BASTEI LÜBBE

ROBERT HEINLEIN IM
TASCHENBUCH-PROGRAMM:

Robert A. HEINLEIN

REISEZIEL: MOND

Roman

Ins Deutsche übertragen
von Jürgen Heinzerling

BASTEI LÜBBE

BASTEI LÜBBE TASCHENBUCH
Band 24 293

1. Auflage: November 2001

Vollständige Taschenbuchausgabe

Bastei Lübbe Taschenbücher
ist ein Imprint der
Verlagsgruppe Lübbe

Titel der amerikanischen Originalausgabe:
Rocket Ship Galileo

Lektorat: Wolfgang Neuhaus / Stefan Bauer
Titelillustration: Richard Hescox / Agentur Schlück, Garbsen
Umschlaggestaltung: QuadroGrafik, Bensberg
Satz: Heinrich Fanslau, EDV & Kommunikation, Düsseldorf
Druck und Verarbeitung:
Brodard & Taupin, La Flèche, Frankreich
Printed in France
ISBN 3-404-24293-9

DER PROBESTART

»Alle bereit?« Der junge Ross Jenkins schaute seine beiden Kameraden mit nervöser Miene an. »Wie steht's mit deiner Kamera, Art? Nicht, dass du wieder die Kappe auf dem Objektiv lässt.«

Die drei jungen Männer hockten im Schutz einer dicken Betonmauer, die ihre Köpfe überragte und rund zehn Fuß lang war. Die Mauer trennte sie von einem im Boden verankerten stählernen Untergestell, das als Sockel für eine schwarze Konstruktion diente, ein spitzes Projektil, gefährlich und hässlich aussehend – eine Rakete. An beiden Seiten befanden sich Flansche zur Anbringung der Leitwerke, die jedoch noch nicht montiert waren. Schließlich sollte heute nur ein wissenschaftlicher Test stattfinden; deshalb war das Monstrum fest mit dem Boden verankert.

»Nun, wie sieht's aus, Art?«, drängte Ross.

Der Angesprochene richtete sich auf und trat vor ihn hin.

»Selbstverständlich habe ich die Kappe abgenommen!«, antwortete Art Mueller ein wenig aufgebracht. »Ich hab's sogar auf meiner Checkliste abgehakt. Kümmer du dich lieber um deine Rakete – das letzte Mal hat sie überhaupt nicht gezündet, und ich hab eine ganze Filmrolle umsonst verkurbelt!«

»Aber du hast schon mal vergessen ... Ach, lassen wir das. Was ist mit der Beleuchtung?«

Statt zu antworten, schaltete Art die Scheinwerfer ein. Die Strahlen schossen senkrecht in die Höhe, wurden von Stahlspiegeln zurückgeworfen und fielen auf die Modellrakete und das Gerüst, das verhindern sollte, dass die Rakete sich während des Testlaufs in die

Luft erhob. Der dritte junge Bursche, Maurice Abrams, beobachtete das Ganze durch ein Periskop, das ihnen einen gefahrlosen Blick über die Mauer gestattete, die sie von der Abschussrampe trennte.

»Ein wirklich hübscher Anblick«, stellte er fest, wobei seiner Stimme die Aufregung zu entnehmen war. »Ross, was meinst du – ob wir dieses Mal die richtige Brennstoffmischung gefunden haben?«

Ross zuckte die Achseln. »Keine Ahnung! Im Labor sah es jedenfalls ganz vielversprechend aus... Bald wissen wir ja mehr! Fertig jetzt, jeder auf seinen Posten. Geht die Checklisten durch – Art?«

»Alles okay.«

»Morrie?«

»Okay!«

»Bei mir auch! Achtung! Ich starte die Uhr... Jetzt!«

Er zählte die Sekunden bis zur Zündung: »Minus zehn ... neun ... acht ... sieben... sechs ... fünf ... vier...«

Art leckte sich die Lippen und schaltete die Kamera ein.

»... drei... zwei... eins...«

»*Zündung!*«, brüllte Morrie, doch seine Stimme wurde bereits vom ohrenbetäubenden Lärm des Triebwerks verschlungen.

Im Moment der Zündung schlug eine Wolke dichten, schwarzen Rauchs aus dem Triebwerk der Rakete; die Wolke wurde an der zwanzig Fuß hinter dem Versuchsstand gelegenen Erdaufschüttung zerstäubt, worauf sich der stinkende Qualm in der gesamten Umgebung verteilte.

Ross schüttelte verärgert den Kopf und fummelte an den Kontrollen herum. Es dauerte eine Weile, bis sich der Qualm hinter dem Schutzwall so weit verzogen hatte, dass er durch das Periskop das Triebwerk der Rakete beobachten konnte. Die Flamme war jetzt fast rauchfrei und bis auf gelegentliche Funken beinahe durchsichtig, sodass er hindurchschauen und die Landschaft dahinter erkennen konnte. Die Bäume schienen zu flimmern und zu zittern, aber der Düsenausstoß war rauchlos.

»Was sagt das Dynamometer?«, erkundigte er sich mit lauter Stimme bei Morrie, ohne den Blick vom Periskop zu nehmen.

Mit Hilfe eines Opernglases und seines eigenen Periskops versuchte Morrie, das am Teststand angebrachte Instrument abzulesen.

»Kann's nicht erkennen!«, brüllte er. »Doch, jetzt sehe ich's ... einen Moment ... zweiundfünfzig ... nein, Korrektur: hundertzweiundfünfzig. Der Zeiger hat schon einmal die Runde gemacht! Hundertzweiundfünfzig ... dreiundfünfzig ... vier ... Ross, du hast es geschafft! Du hast es geschafft! Mehr als doppelt so viel wie bei unserem bislang besten Probelauf!«

Art wandte sich kurz von seiner Filmkamera ab, um zu den anderen hinüberzuschauen. Er hatte den Filmtransport der handelsüblichen Acht-Millimeter-Kamera so umgebaut, dass sie im Zeitraffer lief, um die Versuche möglichst genau festhalten zu können. Der Umbau war durchaus funktionstüchtig, aber man musste sehr genau aufpassen, dass der Film nicht verhakte.

»Wie lange noch?«, erkundigte er sich.

»Siebzehn Sekunden!«, rief Ross ihm zu. »Pass auf – jetzt geb ich mal richtig Stoff!«

Er drehte die Drosselsteuerung ganz nach rechts, auf Vollgas. Das tiefe Röhren der Rakete veränderte sich zu einem Heulen, das von einem schrillen Pfeifen in einer Tonlage begleitet wurde, die so hoch war, dass das menschliche Ohr sie kaum wahrzunehmen vermochte – ein bedrohliches, grelles Fauchen.

Als Ross sich umschaute, sah er, wie Morrie von seinem Periskop zurücktrat und mit einem Opernglas in der Hand auf eine Kiste stieg.

»Morrie – zieh den Kopf ein!«

Doch der Lärm war so gewaltig, dass der Andere ihn nicht hörte und den Hals reckte ...

Ross löste die Hände von den Kontrollhebeln und war mit zwei, drei raschen Schritten bei seinem Freund, packte ihm an der Hüfte und riss ihn um. Beide krachten am Fuß des Schutzwalls auf den Boden und versuchten jetzt, sich wieder von einander zu lösen.

»Was soll der Mist?«, protestierte Morrie keuchend.

»Du Vollidiot!«, raunzte Ross ihn an. »Was sollte das? Willst wohl ohne deine Birne herumlaufen, was?«

»Ich wollte doch nur ...«, versuchte Morrie sich zu verteidigen. Doch Ross war schon wieder auf den Beinen und kehrte eilig an seinen Platz zurück. Was Morrie noch einzuwenden hatte, ging im Lärm des Raketentriebwerks völlig unter.

»Was geht hier eigentlich vor?«, brüllte Art, der während des Vorfalls bei seiner Kamera geblieben war. Dies allerdings weniger aus Pflichtgefühl, sondern weil er nicht recht wusste, auf welche Seite er sich schlagen sollte.

Ross hörte seine Frage und drehte sich zu ihm um. »Dieser Blödmann!«, rief er wütend und zeigte mit dem Daumen auf Morrie. »Er hat versucht ...«

Doch bevor Ross seine Version des Zwischenfalls zum Besten geben konnte, veränderte sich mit einem

Schlag die Tonlage des fauchenden Lärms, um Sekundenbruchteile später von einem gewaltigen Knall erstickt zu werden, der von einem gleißenden Lichtblitz begleitet wurde, der die drei jungen Männer vermutlich das Augenlicht gekostet hätte, wäre da nicht der Schutzwall gewesen. Das Licht überflutete die Bäume mit einem so grellen Schein, dass die reflektierten Strahlen die Augen zum Tränen brachten.

Die drei waren immer noch halb geblendet, als sie die dicken, giftigen Rauchschwaden bemerkten, die hinter der Mauer aufstiegen.

»Aus«, murmelte Ross enttäuscht und schaute Morrie mit festem Blick an. »Aus und vorbei! Das ist das Ende der *Starstruck V.*«

»Ich kann nichts dafür, Ross«, verteidigte sich Morrie. Seine Stimme klang wegen der schlagartig einsetzenden Stille ungewohnt schrill. »Ich kann wirklich nichts dafür. Ich hab doch nur versucht...«

»Wer sagt denn, dass du schuld wärst?«, schnaubte Ross. »Ich weiß, dass du nichts dafür kannst. Ich hatte meine letzten Einstellungen schon vorher gemacht. Sie war sich selbst überlassen und hat es eben nicht durchgestanden. Schwamm drüber. Aber das nächste Mal lass den Kopf unten – viel hätte nicht gefehlt, und du wärst ihn los gewesen. Hast wohl vergessen, wozu die Mauer da ist?«

»Aber ... ich wollte doch gar nicht ... ich wollte nur...«

»Schluss jetzt, alle beide«, schimpfte Art. »Wir haben wieder mal eine Versuchsrakete in die Luft gejagt – und wenn schon! Bauen wir eine neue! Woran es auch gelegen haben mag, wir haben es im Kasten!« Er klopfte auf das Gehäuse seiner Kamera. »Lasst uns lieber anschauen, was übrig geblieben ist.«

Er setzte sich in Bewegung, um hinter den Schutzwall zu gelangen.

»Halt! Nicht so eilig!«, rief Ross. Er warf einen prüfenden Blick durchs Periskop und verkündete: »Beide Tanks sind aufgerissen, also droht wohl keine akute Gefahr. Aber seid trotzdem vorsichtig und verbrennt euch nicht die Finger. Los, kommt schon!« Sie folgten ihm zum Versuchsstand.

Die Rakete hatte sich in einen Haufen wertlosen Schrott verwandelt; der solide gebaute Stand jedoch war weitgehend unversehrt. Art betrachtete das Dynamometer, das bis vor wenigen Momenten dazu gedient hatte, die Schubkraft der Rakete zu messen.

»Ich werde es wohl zusammenflicken müssen«, sagte er düster. »Die Feder ist noch intakt, nur das Zifferblatt und das Nadellager sind defekt.«

Die anderen beiden wussten darauf nichts zu erwidern – außerdem waren sie mit den Überresten der Rakete beschäftigt. Die Brennkammer hatte einen gewaltigen Riss abbekommen, und man musste nicht zweimal hinsehen um festzustellen, dass Teile des Antriebs fehlten.

»Was meinst du, Ross?«, wollte Morrie wissen. »Kann es daran liegen, dass die Treibstoffpumpe plötzlich verrückt gespielt hat, oder ist die Suppe einfach zu heiß geworden?«

»Schwer zu sagen«, entgegnete Ross sichtlich zerstreut. »Ich glaube aber nicht, dass die Pumpe etwas damit zu tun hatte. Kann sein, dass sie streikt, aber dann wird einfach kein Treibstoff mehr zugeführt. Aber dass sie *zu viel* Brennstoff pumpt, kann man ausschließen. Das wäre wirklich verrückt!«

»Dann muss es an der Zündkammer liegen. Die Düse ist in Ordnung, nicht einmal verkratzt – wenigstens nicht sehr«, fügte er hinzu, nachdem er sie im Zwielicht der Dämmerung eingehend betrachtet hatte.

»Kann sein. Heute finden wir das ohnehin nicht mehr heraus. Lasst uns 'ne Plane drüber werfen – wir machen morgen früh weiter. Komm schon, Art!«

»Sofort. Ich hol rasch noch meine Kamera.« Er schraubte sie vom Stativ los und verstaute sie in ihrem Kasten, um anschließend den beiden anderen dabei zu helfen, die Überreste des Dramas mit Planen aus Segeltuch abzudecken. Eine Plane warfen sie über den Versuchsstand, eine zweite über den Schutzwall, den Kontrollstand, die Instrumente und die Periskope. Als sie damit fertig waren, machten sie sich auf den Heimweg.

Die Lichtung gehörte Ross Eltern, die sie den Jungen mit der Auflage überlassen hatte, sie mit einem Stacheldrahtzaun zu umgeben, der sowohl vier- als auch zweibeinige Kreaturen davor bewahren sollte, den nicht ganz ungefährlichen Experimenten versehentlich zum Opfer zu fallen. Der einzige Durchlass dieser Einzäunung lag knapp fünfzig Fuß hinter dem Schutzwall.

Seit dem Beginn des Probelaufs hatte keiner der drei Gefährten auch nur einen Blick dorthin geworfen, da die Rakete ihre Aufmerksamkeit vollständig in Anspruch genommen hatte. Es hätte vermutlich eines mittleren Erdbebens bedurft, sie von ihrem Experiment abzulenken.

Ross und Morrie marschierten voraus, während Art ihnen so dicht folgte, dass er fast in sie hineingelaufen wäre, als sie mit einem Mal stehen blieben, und beinahe seinen Kamerakoffer hätte fallen lassen.

»He, könnt ihr nicht aufpassen, wohin ihr lauft? Tempo, worauf wartet ihr?«

Doch die beiden gaben keine Antwort; schienen nur vor sich auf den Boden zu starren.

»Was ist? Schlafwandeln könnte ihr später noch! Warum – oh!« Jetzt hatte er es ebenfalls entdeckt.

In einiger Entfernung lag der zusammengekrümmte Körper eines hochgewachsenen Mannes auf dem Gehweg. Blut am Kopf und Blut auf dem Boden...

Die drei Freunde stürmten sofort los, doch als sie den Verletzten erreichten, hielt Morrie die beiden anderen zurück. »Seid vorsichtig!«, warnte er. »Fasst ihn nicht an! Denkt daran, was sie im Erste-Hilfe-Kurs gesagt haben! Er hat eine Kopfverletzung. Wenn ihr ihn anfasst, bringt ihn das möglicherweise um!«

»Aber wir müssen doch feststellen, ob er noch lebt!«, erwiderte Ross.

»Lass mich das machen. Los – gib her!« Er streckte die Hand aus und zog die Blätter mit den Versuchsprotokollen aus Ross' Tasche, rollte sie zu einer Röhre von etwa einem Zoll Durchmesser zusammen, drückte das eine Ende auf den Rücken des Mannes und horchte mit diesem improvisierten Stethoskop das Herz des Verletzten ab. Ross stand mit angehaltenem Atem daneben.

Nach einer Weile huschte ein erleichtertes Grinsen über Morries Gesicht. »Sein Motor läuft noch«, verkündete er. »Ziemlich kräftig sogar. Wenigstens haben wir ihn nicht umgebracht.«

»Wir?«

»Wer denn sonst? Wie soll er sonst in diesen Zustand geraten sein? Wenn du dich ein wenig umschaust, findest du wahrscheinlich hier irgendwo den Teil der Rakete, der ihn ins Land der Träume geschickt hat.« Er richtete sich auf. »Aber das tut jetzt nichts zur Sache! Ross, los, ruf die Unfallklinik an, sie sollen einen Krankenwagen schicken. Schnell! Art und ich passen solange auf den armen Kerl auf. Vielleicht kommt er zu sich, dann müssen wir dafür sorgen, dass er sich nicht bewegt.«

»Gut.« Ross rannte los.

Art starrte auf den bewusstlosen Mann. Morrie berührte ihn sanft am Arm. »Setz dich, Junge. Hat keinen Zweck, sich jetzt aufzuregen. Wir haben uns verdammten Ärger eingebrockt! Selbst wenn dieser Typ hier nur leicht verletzt ist, dürfte es wohl das Ende des *Galileo-Klubs* bedeuten – zumindest was das Experimentieren angeht, darüber bist du dir hoffentlich klar?«

Art sah ziemlich unglücklich aus. »Das ist zu befürchten.«

»Jede Wette. Erinnerst du dich – Ross' Vater war nicht gerade begeistert, als wir ihm sämtliche Kellerfenster weggeknallt haben. Ich kann ihm das absolut nicht verübeln. Und jetzt haben wir ihm das hier eingebrockt! Man wird uns die Benutzung des Geländes verbieten. Und wir können von Glück reden, wenn wir Ross' Vater nicht eine Klage auf Schadenersatz eingehandelt haben.«

Art nickte beunruhigt. »Wie es aussieht, werden wir uns wohl für's erste die Zeit mit Briefmarkensammeln vertreiben müssen«, sagte er, doch er war mit seinen Gedanken bereits woanders. *Eine Klage auf Schadenersatz!* Ob sie das Gelände weiter benutzen konnten oder nicht, war im Hinblick darauf eigentlich völlig egal. Natürlich war es für die drei mehr als ärgerlich, das Gelände nicht mehr nutzen zu können, das zum Anwesen von Ross Familie gehörte. Eine Ausweichmöglichkeit gab es nicht, da er selbst mit seiner Mutter in einem kleinen Apartment hinter dem Laden wohnte und Morrie bei seiner Familie in einer Mietwohnung. Und jetzt das – *Schadenersatz*! Für Ross Eltern war es vermutlich kein Problem, aber Art und seine Mutter hatten durch den Laden so gerade ihr Auskommen. Auch das bisschen Geld, das er sich nach der Schule durch die üblichen Jobs dazuverdiente, würde in diesem Fall nicht weiterhelfen. Wenn man sie auf Schadenersatz verklagte, waren sie ruiniert!

Beinahe unmerklich verschwand die Mischung aus Angst und Sorge, die Art beim ersten Anblick des Verletzten empfunden hatte. Stattdessen fühlte er sich nun ungerecht behandelt. Was hatte dieser Typ überhaupt hier zu suchen? War das nicht so etwas wie Landfriedensbruch, was der Mann begangen hatte? Und wieso hatte er die überall aufgestellten Warnschilder ignoriert?

»Lasst mich den Burschen mal näher betrachten«, meinte er schließlich.

»Aber fass ihn ja nicht an!«, warnte Morrie.

»Schon klar. Hast du deine Taschenlampe dabei?« Es war bereits ziemlich finster.

»Sicher. Hier ... fang auf!«

Art schnappte die Taschenlampe aus der Luft und versuchte, sich das Gesicht des Mannes näher anzusehen. Das war alles andere als einfach, weil der Besinnungslose bäuchlings auf dem Boden lag und der sichtbare Teil seines Gesichtes mit Blut verschmiert war.

Arts Stimme klang ungewohnt, als er nun sagte: »Hör mal, Morrie – es schadet doch nichts, wenn ich ihm das Blut ein wenig abwische, oder?«

»Du bist wohl von allen guten Geistern verlassen! Lass ihn ja in Ruhe, bis der Arzt kommt.«

»Schon klar, schon klar – kannst dich wieder abregen! Es ist auch gar nicht nötig – Morrie, ich weiß nämlich, wer es ist!«

»Wirklich? Wer denn?«

»Mein Onkel.«

»Dein *Onkel*?«

»Ja, mein Onkel Don. Du weißt doch – der, von dem ich dir erzählt habe. Dr. Donald Cargraves, mein ›Atombomben‹-Onkel.«

»Jedenfalls bin ich ziemlich sicher, dass er es ist«, fuhr Art fort. »Wenn ich sein Gesicht besser sehen könnte, wüsste ich es sofort.«

»Du müsstest ihn doch auch so erkennen, bist ja mit ihm verwandt...«

»Nein. Ich habe ihn zuletzt gegen Kriegsende gesehen, da hat er meine Mutter besucht. Ist also ziemlich lange her, ich war damals noch ein kleiner Junge. Aber der hier sieht ihm ähnlich...«

»So alt sieht er doch gar nicht aus«, erklärte Morrie zweifelnd. »Wenn du mich fragst... Warte mal! Da kommt der Krankenwagen!«

Ross saß auf dem Beifahrersitz, um dem Fahrer den Weg zu weisen, was ihm nicht ganz leicht fiel. Was der Fahrer denn auch mit entsprechenden Bemerkungen zu würdigen wusste. In den nächsten Minuten trat die Frage nach der Identität des Fremden erst einmal in den Hintergrund, da die Anwesenden Wichtigeres zu tun hatten.

»Scheint nicht allzu schlimm zu sein«, erklärte der Notarzt. »Eine böse Platzwunde am Kopf, vielleicht auch eine Gehirnerschütterung. Dreht ihn mal herum – aber vorsichtig! Ich halte dabei seinen Kopf.«

Als der Verletzte kurz darauf mit dem Rücken auf der Tragbahre lag, schlug er kurz die Augen auf. Er stöhnte und schien etwas sagen zu wollen, worauf der Arzt sich über ihn beugte.

Art schaute Morrie verstohlen an und bedeutete ihm mit einer Geste, dass die Angelegenheit sich wirklich so verhielt, wie er es eben noch vermutet hatte. Jetzt, wo Art das Gesicht des Mannes sehen konnte, gab es für ihn bezüglich der Identität des Fremden keinen Zweifel mehr.

Ross wollte mit dem Krankenwagen zurückfahren, doch der Arzt winkte ab. »Aber meldet euch in den nächsten Tagen auf jeden Fall im Krankenhaus – ihr alle –, damit wir einen Unfallbericht aufnehmen können.«

Als der Krankenwagen außer Sicht war, wurde Ross von den neuesten Erkenntnissen über den Verletzten informiert. Er war ziemlich geplättet. »Dein Onkel, sagst du? Was wollte er denn hier?«

»Woher soll ich das wissen? Ich wusste ja nicht mal, dass er in der Gegend ist!«

»Hoffentlich ist er nicht ernsthaft verletzt. Aber sag mal, Art, ist das etwa *der* Onkel, der für den Nobelpreis vorgeschlagen wurde?«

»Das versuche ich dir ja schon seit einer Weile zu erklären. Es handelt sich tatsächlich um meinen Onkel Donald Cargraves.«

»Dr. Donald Cargraves!« Ross entfuhr ein schriller Pfiff. »Mein lieber Schwan – wenn wir schon Leute umnieten, dann keineswegs die Erstbesten, nein! Es müssen schon richtige Berühmtheiten sein, darunter tun wir's nicht!«

»Ich finde das ganz und gar nicht lustig! Angenommen, er stirbt. Was soll ich dann meiner Mutter sagen?«

»Ich wollte die Sache nicht ins Lächerliche ziehen! Aber wir sollten uns erstmal im Krankenhaus erkundigen, wie es ihm geht, bevor du es deiner Mutter beichtest. Es wäre nicht sonderlich klug, sie unnötig aufzuregen.« Ross seufzte. »Sagen wir erst mal meinen Leuten Bescheid, und dann ab ins Krankenhaus.«

»Hast du ihnen denn nichts gesagt, als du den Krankenwagen gerufen hast?«, fragte Morrie.

»Nee. Sie waren draußen im Garten. Ich habe nur schnell angerufen und bin gleich wieder raus, um an der Ecke auf den Notarztwagen zu warten. Vielleicht haben sie ihn kommen sehen, aber ich habe sie nicht danach gefragt, weißt du?«

»Das sieht dir ähnlich!«

Als sie am Haus ankamen, wurden sie bereits von Ross Vater erwartet. Er erwiderte ihren Gruß und sagte dann: »Ross...«

»Ja, Sir?«

»Ich habe vorhin einen sehr lauten Knall gehört, und kurz darauf sah ich, wie ein Krankenwagen kurz hier anhielt. Was ist passiert?«

»Äh ... Es war so, Dad. Wir haben die neue Rakete fest gemacht und auf vollen Touren getestet...«

Er benötigte mehrere Minuten, um den Vorfall genau zu schildern. Als er fertig war, nickte Mr. Jenkins und meinte: »Ich verstehe. Kommt mit, Jungs.«

Auf dem Weg zur Garage, die früher einmal ein Stall gewesen war, blieb er noch einmal stehen. »Ross, erklär deiner Mutter, wo wir hinfahren. Sag ihr auch, dass sie sich keine Sorgen machen soll.« Dann setzte er seinen Stock fest auf und ging weiter. Mr. Jenkins, der vor seiner Pensionierung als Elektrotechniker gearbeitet hatte, ließ sich nicht so leicht aus der Ruhe bringen.

Art konnte sich an seinen eigenen Vater kaum noch erinnern, während Morries alter Herr aus einem ganz anderen Holz geschnitzt war als Mr. Jenkins – Dr. Abrams regierte über die wuselnde Schar seiner Kinder mit einer Mischung aus tiefer Zuneigung und lautstarken Zurechtweisungen.

Als Ross keuchend zurückkam und sich ans Steuer des Wagen setzen wollte, meinte sein Vater nur: »Nein, danke. Ich möchte gern lebend ankommen, weißt du?«

Auf der gesamten Fahrt fiel so gut wie kein Wort. Als sie schließlich in der Notaufnahme des Krankenhauses waren, ließ Mr. Jenkins sie mit der Anweisung, auf ihn zu warten, im Wartezimmer zurück.

»Was er wohl vorhat?«, fragte Morrie sichtlich nervös.

»Kein Schimmer. Aber wie ich Dad kenne, wird er sich wohl eine faire Lösung einfallen lassen!«

»Das befürchte ich ja«, versetzte Morrie. »Ich will nämlich gar nicht fair behandelt werden, sondern nachsichtig.«

»Hoffentlich hat Onkel Don es gut überstanden«, bemerkte Art.

»Was? Ach so, natürlich! Tut mir wirklich leid, Art – die Hauptsache ist, dass dein Onkel wieder gesund wird. Ernsthaft, Mann!«

»Kein Problem. Ehrlich gesagt, als ich noch nicht wusste, dass es Onkel Don war, habe ich mir auch mehr Gedanken über die möglichen Folgen für uns gemacht als über seine Gesundheit!«

»Vergiss es einfach«, meinte Ross. »Es ist doch ganz normal, dass man zuerst an seine eigenen Probleme denkt. Mein Dad meint immer, es kommt nur darauf an, was man tut. Und so weit es deinen Onkel betrifft, haben wir uns dahingehend nichts vorzuwerfen, denke ich – wir haben getan, was zu tun war!«

»Na großartig. Wir haben ihn nicht angerührt, bevor der Arzt da war, meinst du das? Mehr haben wir ja gar nicht getan«, stellte Morrie nüchtern fest.

»Das war aber genau das, was wir tun *mussten*!«

»Stimmt schon«, erwiderte Art. »Aber ich kann mich nicht ganz mit deiner Theorie anfreunden, dass es nicht darauf ankommt, was man denkt, solange man nur das Richtige tut! Ich meine, dass es auf dasselbe hinausläuft, ob man etwas tut oder nur daran denkt!«

»Nun mach aber mal 'nen Punkt! Wenn sich jemand tapfer verhält, ist er ein Held, selbst wenn er dabei die Hosen voll hat, oder?«

»Doch ... oder nein, warte mal ... Mensch, du kannst einem auch alles verdrehen! Das sind doch zwei grundverschiedene Dinge, kapierst du es nicht?«

»Nein, eigentlich nicht. Aber lass uns das Thema wechseln.«

Irgendwie kam das Gespräch jedoch nicht mehr richtig in Gang, sodass sie bald eine ganze Weile schweigend dasaßen.

Schließlich meinte Morrie: »Mensch, ich hoffe nur, dass er es gut übersteht!«

Nach einiger Zeit tauchte Mr. Jenkins wieder auf. »Also, Jungs«, begann er, »heute scheint euer Glückstag zu sein! Der Röntgenbefund hat ergeben, dass seine Schädeldecke unverletzt ist. Er kam übrigens zu sich, als man die Wunde nähte. Ich habe bereits mit ihm gesprochen, und er hat mir erklärt, dass er nicht die Absicht hat, euch zur Vergeltung zu skalpieren.« Er lächelte.

»Darf ich zu ihm?«, fragte Art.

»Heute Abend nicht mehr. Er hat eine Spritze bekommen und schläft. Ach so, ich habe deine Mutter angerufen, Art!«

»O ja! Danke, Mr. Jenkins.«

»Sie erwartet dich. Ich habe ihr gesagt, dass ich dich zu Hause absetze.«

Art war erstaunt, weil das Gespräch mit seiner Mutter erstaunlich unproblematisch verlief. Offenbar hatte Mr. Jenkins gute Vorarbeit geleistet – andererseits hätte Mrs. Mueller ohnehin niemals geglaubt, dass »ihr Art« etwas »Böses« anstellen würde. Natürlich war sie ziemlich aus dem Häuschen gewesen, aber Mr. Jenkins hatte ihr glaubhaft versichert, dass der Vorfall weder für Art noch für Mrs. Muellers Bruder ernsthafte Folgen nach sich ziehen würde.

Am glimpflichsten kam Morrie davon, dessen Vater nach der Beichte nur meinte: »Selbst wenn er es sich noch anders überlegen sollte – wozu haben wir einige gute Anwälte in der Familie? Sie werden die Sache regeln und dir die Rechnung schicken. In Wochenraten zu fünfzig Cents wirst du ungefähr fünfhundert Jahre brauchen, um das Honorar abzustottern. Und jetzt sieh zu, dass du ins Bett kommst!«

»Ja, Pa.«

Am nächsten Morgen riefen die Jungen zunächst im Krankenhaus an, wo man ihnen versicherte, dass Dr. Cargraves auf dem Weg der Besserung war. Sie beschlossen, ihm nachmittags einen Besuch abzustatten, suchten aber zuerst das Versuchsgelände auf, um sozusagen eine kriminologische Obduktion an den Überresten ihrer Rakete vorzunehmen.

Wenn sie herausfinden wollten, woran der Versuch gescheitert war, blieb ihnen nichts anderes übrig, als die Trümmer zusammenzusuchen, um die Rakete Stück für Stück zusammensetzen zu können. Weitere Aufschlüsse erhofften sie sich von dem Film, auf dem Art den Test festgehalten hatten, doch der war noch nicht entwickelt.

Sie waren mit ihrer Arbeit schon ein gutes Stück vorangekommen, als irgendjemand sich mit Pfiffen und Rufen bemerkbar machte.

»Hallo! Ist da jemand?«

»Komme schon!«, antwortete Ross. Die beiden anderen folgten ihm, als er um den Schutzwall herum bis zu der Stelle lief, von der aus man den Zugangsweg sehen konnte, der zum Gelände führte. Vor dem Stacheldrahtzaun stand ein großer, sehr schlanker und doch kraftvoll wirkender Mann, dessen dynamisches Auftreten und freundliches Grinsen absolut nicht zu dem dicken Kopfverband passen wollte.

»Onkel Don!«, rief Art, während er auf ihn zulief.

»Hallo«, grüßte der Neuankömmling. »Also, du bist Art, ja? Ziemlich groß geworden bist du, aber sonst hast du dich nicht sehr verändert!« Sie schüttelten sich die Hände.

»Was machst du denn hier? Ich dachte, du hütest das Bett?«

»Das war einmal«, erwiderte sein Onkel. »Ich bin wieder fit, kann's anhand des Entlassungsscheins beweisen. Aber stell mich lieber erst mal deinen Freunden vor – das sind doch die anderen Beteiligten des Mordkomplotts, nicht wahr?«

»Entschuldige – Onkel Don, das ist Maurice Abrams und das Ross Jenkins – Dr. Cargraves.«

»Wie geht es Ihnen, Doktor?«

»Freut mich, Sie kennen zu lernen, Doc.«

»Ganz meinerseits.« Cargraves schickte sich an, den umzäunten Teil des Geländes zu betreten, doch im nächsten Augenblick blieb er stocksteif stehen.

»Äh ... gibt es hier Tretminen oder sonst etwas, von dem ich wissen sollte?«

Ross machte ein peinlich berührtes Gesicht. »Tut uns wirklich leid, Doc. Mir ist völlig unbegreiflich, wie es überhaupt passieren konnte ... Der Weg liegt doch hinter dem Schutzwall, wie sie sehen!«

»Vermutlich ein Querschläger. Vergessen wir's. Mir ist ja weiter nichts passiert – ein bisschen Haut und ein bisschen Blut habe ich verloren, das ist alles. Hätte ich gleich beim ersten Warnschild kehrt gemacht, wäre es gar nicht so weit gekommen!«

»Was hatten Sie überhaupt hier ... äh, was hat Sie denn überhaupt hergeführt?«

»Eine berechtigte Frage. Schließlich habt ihr mich nicht eingeladen.«

»So habe ich das nicht gemeint.«

»Ich weiß, aber ich bin euch auf jeden Fall eine Erklärung schuldig. Wisst ihr, als ich gestern hier in der Stadt eintraf, da wusste ich bereits von der Existenz des *Galileo-Klubs* – Arts Mutter hatte ihn in ihren Briefen erwähnt. Und als mir meine Schwester dann mitteilte, wo Art gerade ist und was er da so treibt, beschloss ich, ihn aufzusuchen. Ich war neugierig auf euren Versuch und ließ mir von eurem Dienstmädchen den Weg beschreiben.«

»Moment mal, Doc – Sie sind wirklich hierher gekommen, nur um sich anzuschauen, womit wir herumbasteln?«

»Ja doch. Ist doch ganz normal, schließlich interessiere ich mich für Raketen.«

»Ja ... aber ... was wir hier haben, ist doch nur Kinderkram! Nicht der Rede wert. Es sind alles nur kleine Modelle.«

»Ein Modell, wie ihr es nennt«, erwiderte Dr. Cargraves ernsthaft, »kann immens wichtig sein, ganz gleich, wer es hergestellt hat, oder wie klein es ist. Deshalb wollte ich mir eure Arbeit mal ansehen. Darf ich?«

»Na klar, Doc – wäre uns eine Ehre.«

Ross und Morrie übernahmen es, dem Gast alles zu erklären, während Art nur gelegentlich das Wort ergriff. Sein Gesicht war hochrot vor Glück – schließlich war es *sein* Onkel, einer der bedeutendsten, erfindungsreichsten wissenschaftlichen Pioniere dieser Zeit!

Besonders beeindruckt war Cargraves vom Versuchsstand und der Kontrolleinrichtung. Er bemühte sich, die drei Freunde davon zu überzeugen, dass der Verlust der *Starstruck V* nicht allzu tragisch war.

Was er sah, hätte gewiss nicht nur ihn beeindruckt. Zwar ist es so ungewöhnlich nun auch wieder nicht, dass sich halbwüchsige Jungen mit großem Geschick mechanischen Basteleien widmeten. Doch es war keineswegs üblich, dass diese Freizeitbeschäftigung professionell dokumentiert wird, wie es nun einmal in der Erwachsenenwelt der Wissenschaft unumgänglich ist. Die technische Ausrüstung mochte noch so primitiv sein, das Budget noch so beschränkt – aber der Wissenschaftler hatte auf Anhieb bemerkt, dass die drei Freunde genau die *richtige* Einstellung hatten.

Besonders erstaunt war Cargraves über die aus poliertem Edelstahl gefertigten Spiegel, mit denen das Licht über den Schutzwall reflektiert wurde. »Ein bisschen viel Aufwand, nur um einige Glühlampen zu sparen«, kommentierte er. »Lampen sind doch erheblich billiger als rostfreier Stahl!«

»Aber der Stahl hat uns gar nichts gekostet«, erklärte Ross. »Die Glühbirnen dagegen gehen richtig ins Geld.«

Der Wissenschaftler lachte überrascht. »Das nenne ich ein plausibles Argument! Na, ihr habt hier ganz hübsch was auf die Beine gestellt! Hätte mir eure Rakete zu gerne mal angesehen, bevor sie hochging!«

»Was wir hier zusammenbasteln«, erklärte Ross ein wenig schüchtern, »hält natürlich keinem Vergleich mit den üblichen unbemannten Raketen stand, wie man sie beispielsweise zur Postbeförderung einsetzt. Was aber nicht heißen soll, dass wir nicht etwas Ernsthaftes ausknobeln möchten! Wir würden gern einen der Jugendforschungspreise gewinnen!«

»Habt ihr schon mal an einem solchen Wettbewerb teilgenommen?«

»Noch nicht. Aber im Physikkurs haben wir uns vergangenes Jahr mit Raketen beschäftigt. Es war nur eine Feststoffrakete, aber uns hat's riesigen Spaß gemacht. Und jetzt sind wir alle verrückt auf Raketen!«

»Ich staune nur über eure Steuereinheit, die ist wirklich gelungen. Baut ihr euch das alles selbst, oder bezieht ihr es irgendwoher?«

»Nein, nein, wir bauen uns die Sachen natürlich selbst – in der Schulwerkstatt. Wenn der Lehrer nichts dagegen hat, können wir das Werkzeug nach dem Unterricht für unser Hobby benützen.«

»Das scheint mir eine wirklich gute Schule zu sein«, sagte der Physiker. »Die Schule, die ich besucht habe, hatte nicht mal eine solche Werkstatt.«

»Ich glaube schon, dass unsere Schule ziemlich fortschrittlich ist«, pflichtete Ross ihm bei. »Es ist eine technische Highschool, deshalb werden dort mehr Kurse in Mathematik, Mechanik und praktischer Werkstattarbeit angeboten als anderswo. Das wirklich Angenehme ist aber, dass wir die Werkstätten auch privat benutzen dürfen. Dort haben wir zum Beispiel auch unser Teleskop gebaut.«

»Ach, Astronomen seid ihr also auch?«

»Das ist nicht ganz richtig – von uns dreien ist Morrie der Astronom!«

»Ich verstehe«, entgegnete der Physiker. »Ist ein schönes und ungefährliches Hobby. Von Arts Interessen wusste ich ja bereits – ach, übrigens muss ich mich noch bei dir entschuldigen, Art! Gestern Nachmittag habe ich ein wenig in deiner Kellerwerkstatt herumspioniert! Keine Sorge – ich habe nichts angerührt!«

»Das ist nicht das Problem, Onkel Don«, wehrte Art ab und lief rot an. »Nur hat es dort wahrscheinlich wie in einem Schweinestall ausgesehen.«

»Es sah nicht gerade aus wie in Mutters guter Stube, wenn du das meinst. Eher wirkte es wie ein Labor auf mich, in dem ernsthaft gearbeitet wird. Übrigens fiel mir auf, dass ihr eure Arbeit dokumentiert – natürlich habe ich die Notizhefte nicht angerührt!«

»Jeder von uns macht Aufzeichnungen«, verriet Morrie. »Das ist wohl auf den Einfluss von Ross' altem Herrn zurückzuführen, denke ich.«

»Ach ja?«

»Dad hat mir gesagt«, erklärte Ross, »es sei ihm völlig egal, was ich dort veranstalte, wenn ich es nur auf einem gewissen Niveau tue. Also musste ich von Anfang an Notizen über meine Versuche machen und sie ihm vorlegen. Er krittelte ziemlich darin herum, wenn ich mal irgendetwas unklar formuliert habe, aber ich habe nach und nach eingesehen, dass es doch ganz nützlich ist, wenn man die Versuche vernünftig dokumentiert. Von diesem Zeitpunkt an hat er sich nicht mehr darum gekümmert, und ich bin meine eigenen Wege gegangen.«

»Hilft er euch bei euren Versuchen?«

»Nicht die Bohne! Er sagt immer, dass die Raketen unsere Kinder sind und wir sie gefälligst selbst großziehen sollen.«

Sie machten sich auf den Weg zu dem Schuppen, den sie als Klubhaus verwendeten. Das Gebäude stammte noch aus jenen Tagen, als das Gelände als Farm genutzt wurde. Unterwegs sammelten sie die einzelnen Teile der *Starstruck V* ein, wobei Ross eine Liste der Fundstücke anlegte. »Das scheint soweit alles zu sein«, sagte er nach einer Weile.

»Moment«, gab Morrie zu bedenken, »wir haben überhaupt noch nicht nach dem Splitter gesucht, der Dr. Cargraves getroffen hat!«

»Richtig«, pflichtete der Wissenschaftler bei. »Ich werde diesen Splitter ... das Trümmerstück, Geschoss oder wie immer man es nennen könnte, gerne einmal sehen. Möchte zu gern wissen, wie knapp ich daran vorbeigekommen bin, auf Wolke Sieben Harfe zu spielen!«

Ross machte ein nachdenkliches Gesicht. »Komm doch mal her, Art«, bat er leise.

»Ich *bin* doch bereits da. Was willst du denn?«

»Sieh doch mal nach, *welches* Teil noch fehlt...«

»Das ist doch völlig egal.« Er beugte sich aber trotzdem über die Kiste mit den Überresten der Rakete und ging den Inhalt durch. Nach einer Weile wirkte er doch ziemlich verwirrt.

»Das verstehe ich nicht«, murmelte er. »Ross...«

»Ja?«

»Es fehlt überhaupt nichts. Alles komplett...«

»So sehe ich es auch. Andererseits – es *muss* etwas fehlen!« »Wäre es nicht sinnvoller, wenn wir die Stelle danach absuchen, wo es mich erwischt hat?«, schlug Cargraves vor.

»Das sollten wir tun!«

Sie durchforsteten für eine Weile das Gelände, fanden aber nichts. Schließlich teilten sie das Areal in ein Raster ein, das so fein war, dass ihnen selbst ein Gegenstand von der Größe einer Ameise nicht entgangen wäre. Sie fanden einen Cent und die abgebrochene Spitze eines Indianerpfeils, aber nichts, was dem Splitter einer explodierten Rakete auch nur im Entferntesten ähnelte.

»Das bringt uns nicht weiter«, meinte Cargraves schließlich. »Wo habe ich eigentlich gelegen, als ihr mich gefunden habt?«

»Genau am Durchgang«, erklärte Morrie. »Sie lagen auf dem Bauch und ...«

»Augenblick mal. Auf dem *Bauch*?«

»Ja. Sie waren ...«

»Aber wieso bin ich vornüber gefallen? Ich lief auf euren Raketenstand zu, als plötzlich die Lichter bei mir ausgingen. Wenn es ein Splitter der Rakete gewesen wäre, hätte er mich von vorn treffen müssen – aber dann hätte ich bestimmt nicht auf dem Bauch gelegen!«

»Mag sein, Sir – aber Sie lagen nun einmal nicht auf dem Rücken! Vielleicht war es ja doch ein Querschläger, wie Sie es schon vorhin vermutet haben.«

»Hm ... vielleicht, ja.« Der Doktor blickte sich um. In der Nähe des Durchgangs gab es eigentlich nichts, von dem ein Splitter der Rakete hätte abprallen können. Cargraves untersuchte die Stelle, wo er gelegen hatte, und murmelte irgendetwas in seinen Bart.

»Sagten Sie etwas, Doc?«

»Bitte? Ach, nichts, absolut nichts. Mir kam nur eine ziemlich alberne Idee. Völlig albern.« Er reckte sich, als wollte er die ganze Angelegenheit damit abtun. »Reine Zeitverschwendung, weiter nach dem Geschoss zu suchen, wenn ihr mich fragt. Ich war ziemlich neugierig, aber was solls – gehen wir zurück!«

Das Klubhaus war ein einstiger Holzschuppen von ungefähr zwanzig Fuß Länge und Breite. Die eine Wand wurde von Ross Arbeitstisch eingenommen, auf dem Laborgeräte standen, darunter Reagenzglashalter,

Bunsenbrenner, seltsam gebogene Glasrohre und eine Doppelspule, die schon bessere Tage gesehen hatte und offensichtlich vom Schrottplatz stammte. An dem einen Ende des Tisches befand sich eine selbstgebastelte Abdeckhaube mit eingebautem Sichtfenster, und an der angrenzenden Wand stand auf einem Betonsockeln eine Präzisionswaage, die ziemlich altertümlich wirkte, aber zweifellos von bester Qualität war.

»Um wirklich gute Arbeit leisten zu können, müssten wir eine Klimaanlage haben«, sagte Ross zu dem Wissenschaftler.

»Ach was – ihr habt auch so Beachtliches zustande gebracht!« widersprach Cargraves anerkennend.

Die Jungen hatten die rohen Wände mit Sperrholz verkleidet, die Fugen sauber abgedichtet und einen wasserfesten Anstrich aufgetragen. Der Fußboden war mit ausrangiertem Linoleum bedeckt, das seinen Zweck aber durchaus noch erfüllte. Die Fenster und die Eingangstür waren gut in Schuss. Insgesamt wirkte der große Raum aufgeräumt und sauber.

»Natürlich könnte sich der wechselnde Feuchtigkeitsgehalt der Luft auf manche eurer Experimente auswirken«, fuhr der Wissenschaftler fort. »Seht ihr denn eine Möglichkeit, in absehbarer Zeit doch an eine Klimaanlage heranzukommen?«

»Wohl kaum. Der *Galileo-Klub* löst sich wahrscheinlich bald auf.«

»Was? Das ist aber schade!«

»Ja und nein. Zum Semesterbeginn im Herbst wechseln wir auf die Technische Hochschule.«

»Ich verstehe. Aber habt ihr nicht noch weitere Mitglieder?«

»Wir waren einmal mehr, aber sie sind fast alle entweder weggezogen, zu anderen Schulen gewechselt oder zum Militär gegangen. Vielleicht hätten wir neue Mitglieder anwerben können, aber wir haben es gar nicht erst versucht ... Wir sind halt ein eingespieltes Team. Sie wissen ja, wie das ist.«

Cargraves nickte. Ja, er wusste genau, wie das war, besser vielleicht noch als der Junge. Diese drei leisteten wichtige Beiträge zur Forschung, während die meisten ihrer Altersgenossen, selbst wenn sie technisch interessiert waren, es eher dabei beließen, ein altes Auto aufzumöbeln oder auf Höchstgeschwindigkeit zu frisieren. Wenn es dagegen darum ging, zu forschen und seine Arbeit auch noch gewissenhaft zu dokumentieren ...

»Ist wirklich eine prima Werkstatt, die ihr hier habt. Schade, dass ihr den ganzen Laden nicht mitnehmen könnt!«

An der einzigen Wand des Raumes, die nicht mit wissenschaftlichen Gerätschaften zugestellt war, befand sich eine lange Polsterbank, auf der es sich die beiden anderen Jungen gemütlich gemacht hatten, während sie aufmerksam zuhörten. Über ihren Köpfen waren Bücherregale angebracht. Dort stand Jules Verne gleich neben Marks *Handbuch der Mechanik*. Cargraves entdeckte bei genauerem Hinsehen weitere Titel, die ihm bekannt waren: H.G. Wells' *Sieben berühmte Erzählungen, Handbuch Chemie und Physik* sowie Smyths Standardwerk *Atomenergie für militärische Zwecke*. In unmittelbarer Nachbarschaft mit Leys *Raketen* und Eddingtons *Wesen der physikalischen Welt* standen Dutzende jener Groschenhefte, deren Umschläge meist mit Illustrationen von Robotern oder Weltraumschiffen geschmückt waren.

Er zog ein zerlesenes Exemplar von Haggards *Als die Erde bebte* aus dem Regal und machte es sich zwischen den beiden jungen Männern bequem. Er benahm sich ganz so, als wäre er hier zu Hause, und als wären sie alte Bekannte. Schließlich brauchte er nur im Geiste das Rad der Zeit zurückzudrehen, um sich in ihnen wiederzuerkennen …

»Wenn Sie mich entschuldigen, gehe ich schnell mal rüber ins Haus«, sagte Ross plötzlich.

»Nur zu«, murmelte Cargraves, der sich völlig in das Buch vertieft hatte.

Es dauerte nicht lange, bis Ross wieder zurückkehrte und verkündete: »Meine Mutter möchte euch zum Lunch einladen!«

Morrie grinste, während Art, an seinen Onkel gewandt, ein wenig betrübt meinte: »Meine Mutter ist der Meinung, dass ich viel zu oft bei euch zum Essen bleibe.«

Cargraves klopfte ihm väterlich auf die Schulter. »Für diesmal übernehme ich die Verantwortung«, versicherte er ihm, und wandte sich dann an Ross.

»Sag deiner Mutter bitte, dass wir ihre Einladung dankend annehmen!«

Nach dem Lunch unterhielten sich die Erwachsenen, während die Jugendlichen zuhörten. Der Wissenschaftler, der mit seinem turbanartigen Verband etwas deplatziert wirkte, kam mit Ross Eltern ausgezeichnet zurecht. Sich mit Mrs. Jenkins zu vertragen, war allerdings nicht schwer. Sie hätte sich auch auf einem Kannibalenfest von der freundlichsten und liebenswürdigsten Seite gezeigt. Aber die Jungen waren doch überrascht, dass sich Mr. Jenkins heute so gesprächig gab.

Sie staunten auch darüber, welche Kenntnisse er auf

dem Gebiet der Atomphysik besaß. Sie respektierten ihn zwar, betrachteten ihn aber ohne böse Hintergedanken als eine Art Fossil. Dabei war diese Ansicht in Bezug auf die meisten Angehörigen seiner Generation nicht einmal grundfalsch. Wer von ihnen hatte schon vollends begriffen, dass die Welt sich seit einigen Jahren völlig verändert hatte – aufgrund eines Ereignisses, das am 16. Juli 1945 in Alamogordo, New Mexiko, stattgefunden hatte?

Deshalb waren die drei Jugendlichen doch recht verwundert, als sie bemerkten, dass Mr. Jenkins offenbar genau darüber informiert zu sein schien, wer Dr. Cargraves war, und dass er bis vor kurzem für *North American Atomics* gearbeitet hatte. Die Jungen hörten aufmerksam zu, um herauszubekommen, was Dr. Cargraves für Pläne hatte, doch Mr. Jenkins ging auf diesen Punkt genauso wenig ein wie Cargraves selbst.

Nach dem Lunch kehrten die drei mit ihrem Gast in das Klubhaus zurück. Cargraves streckte sich auf der Polsterbank aus und verbrachte fast den ganzen Nachmittag damit, ihnen Geschichten aus den Anfängen von *Oak Ridge* zu erzählen, als die Aussicht, im Schlamm zu versinken, größer war als die radioaktiver Strahlung. Den Höhepunkt seiner Erzählungen bildete natürlich jener düstere, regnerische Morgen in der Wüste von New Mexiko, als ein ungeheurer, violett- und goldfarbener Rauchpilz in die Stratosphäre aufgestiegen war, der verkündet hatte, dass es der Menschheit gelungen war, die Energie der Sonne zu entfesseln.

Im Anschluss an diesen Bericht erklärte er, dass er nun vorhabe, sich in das alte Buch von H. Rider Haggard zu vertiefen, das ihn bereits am Vormittag so fasziniert hatte. Art widmete sich daraufhin einer Zeitschrift, während Ross und Morrie sich anderweitig beschäftigten.

Beim Lesen wanderten Arts Augen immer wieder zu seinem berühmten Onkel hinüber. Ihm fiel auf, dass Cargraves es mit dem Lesen wohl sehr genau nahm, da es immer ziemlich lange dauerte, bis er auf die nächste Seite blätterte.

Nach einer Weile legte Cargraves das Buch zur Seite.

»Was wisst ihr eigentlich über Atomphysik?«, fragte er.

Die Jugendlichen schauten sich gegenseitig an. Schließlich ergriff Morrie das Wort. »Nicht allzu viel«, bekannte er freimütig. »Auf der Schule stand es nicht auf dem Lehrplan, und hier im Labor haben wir nicht die Möglichkeiten, damit zu experimentieren.«

»Das ist richtig. Aber ihr interessiert euch doch dafür?«

»Und wie! Wir haben alles darüber gelesen, was wir bekommen konnten – Pollard, Davidson und auch Gamows neuestes Werk. Aber uns fehlt das mathematische Grundwissen.«

»Wie weit seid ihr denn in Mathe?«

»Bei der Differenzialrechnung.«

»Hui!«, sagte Cargraves beeindruckt. »Moment mal. Ich denke, ihr geht noch auf die Highschool?«

»Wir haben gerade unseren Abschluss gemacht.«

»Was ist denn das für eine Highschool, an der Differenzialgleichungen auf dem Lehrplan stehen? Oder bin ich hoffnungslos rückständig?«

Morries Erklärung klang beinahe wie eine Rechtfertigung.

»Es ist ein neues Schulmodell. Man muss erst einen Test bestehen, und wenn man den schafft, kann man an einem Kurs teilnehmen, der so ziemlich alles umfasst, von Algebra bis zu den quadratischen Gleichungen, planare und sphärische Trigonometrie, Geometrie der Ebene und der Körper, sowie analytische Geometrie. Wenn man den Kurs abgeschlossen hat, wozu man sich beliebig lange Zeit nehmen kann, geht es mit den richtig interessanten Sachen weiter.«

Cargraves schüttelte fassungslos den Kopf. »Es scheint sich wirklich einiges geändert zu haben, während ich mich mit den Feinheiten der Neutronen beschäftigt habe. Bei dem Tempo, das ihr vorlegt, werdet ihr euch bald an die Quantentheorie und die Wellenmechanik heranwagen können. Ich möchte nur wissen, wie man es fertig bringt, euch derart voll zu stopfen. Habt ihr die Definition des Postulats in der Mathematik kapiert?«

»Ich glaube schon.«

»Erzähl mir was darüber.«

Morrie holte tief Luft. »Eigentlich hat die Mathematik keine reale Entsprechung, nicht einmal die gewöhnliche Arithmetik. Mathematik ist also ein rein geistig-abstraktes Konstrukt und steht in keinerlei Zusammenhang mit der Außenwelt, nur ist sie eben ziemlich nützlich, um einige Dinge zu beschreiben.«

»Gut, erstklassig sogar! Und weiter?«

»Äh ... aber Mathematik ist selbst dann nicht ›real‹ in dem Sinne, wie es die Alten Griechen geglaubt haben. Jedes mathematische System beruht auf rein willkürlichen Annahmen, die man ›Postulate‹ nennt – im Altertum wurden sie ›Axiome‹ genannt.«

»Du bist wirklich pfiffig, Junge. Aber jetzt würde ich

gern mal etwas über die experimentelle Methodik der Physik hören. Nein, ... jetzt bist du dran, Art. Erzähl mal, was du darüber weißt!«

Art war nun doch etwas nervös, weil er nicht wusste, worauf das Ganze hinauslaufen sollte.

»Warte mal«, begann er, »die experimentelle Methodik beruht darauf, dass man vor dem Experiment genau festlegt, welche Parameter man messtechnisch erfassen will, damit man nicht auf den Fehler verfällt, aus theoretischen Erwägungen etwas in ein Experiment hineinzuinterpretieren, das in Wirklichkeit gar nicht vorhanden ist.«

Cargraves nickte zufrieden. »Das reicht mir – es zeigt, dass du weißt, wovon du redest.« Er dachte einige Zeit nach, bevor er weitersprach.

»Also, ihr seid ernsthaft an Raketen interessiert, ja?«

Diesmal war es Ross, der antwortete. »Nun, äh ... ja. Raketen, unter anderem. Wir würden uns gern mal einen dieser Preise für jugendliche Forscher einheimsen.«

»Ist das alles?«

»Nicht ganz ... Ehrlich gesagt hoffen wir, eines Tages vielleicht ...« Er beendet den Satz nicht.

»Ich glaube, ich verstehe, was ihr meint.« Cargraves richtete sich auf. »Aber warum wollt ihr erst an einem Wettbewerb teilnehmen? Wie ihr selbst sagt, sind es ja nur Modelle und keine richtigen Raketen. Die Preise werden doch nur ausgeschrieben, um das Interesse an der Weiterentwicklung von Raketen zu fördern. Es ist wie in meiner Jugend mit den Modellflugzeugen. Aber darüber seid ihr doch schon längst hinaus – richtig interessant sind doch nur die Preise in der *Profiliga*.«

Drei Augenpaare starrten ihn an. »Was wollen Sie damit sagen?«

Cargraves zuckte die Achseln. »Warum fliegt ihr nicht zum Mond – mit mir?«

KOLUMBUS AUF SPARFLAMME

Im Klubhaus war es so still, als hätte die Welt sich in ein lebloses Modell verwandelt, wie ein auf dem Dachspeicher vermoderndes Puppenhaus, die Erinnerung an eine halb vergessene Kindheit. Erst nach einigen Sekunden ergriff Ross das Wort. »Das meinen Sie doch nicht im Ernst?«, fragte er mit gedämpfter Stimme.

»O doch – es ist mein voller Ernst«, erwiderte Dr. Cargraves ruhig. »Noch einmal. Ich möchte ernsthaft den Versuch unternehmen, zum Mond zu fliegen, und wenn ihr wollt, seid ihr mit von der Partie. Art«, fügte er hinzu, »mach endlich den Mund zu. Sonst zieht es.«

Art schluckte, klappte den Mund zu, riss ihn aber sofort wieder auf, um etwas konfus drauflos zu plappern: »Aber sieh mal, Onkel Don ... Wenn du uns mitnimmst ... Ich meine, wie könnten wir denn ... Und wenn es wirklich dazu käme ... Womit könnten wir dir überhaupt nützlich sein ... Wie denkst du denn ...«

»Ruhe bewahren!«, sagte Cargraves grinsend. »Seid mal einen Augenblick still, damit ich euch sagen kann, was mir vorschwebt. Dann könnt ihr euch die Sache durch den Kopf gehen lassen und euch entscheiden, ob ihr mitmachen wollt oder nicht.«

Morrie schlug mit der flachen Hand auf die Polster, dass es nur so staubte. »Mir ist es ganz egal, womit Sie fliegen, und wenn es auf einem Besenstiel wäre – ich komme auf jeden Fall mit!«

»Ich auch«, rief Ross und leckte sich aufgeregt die Lippen.

Art schaute seine Freunde abwechselnd an. »Ihr

glaubt doch nicht etwa, dass ich nicht … Ich wollte doch nur … Ach, verflixt! Ich bin selbstredend mit von der Partie, oder habt ihr etwas anderes vermutet?«

Der junge Wissenschaftler deutete im Sitzen eine leichte Verbeugung an. »*Meine Herren,* ich muss schon sagen, euer Vertrauen ehrt mich! Aber noch habt ihr keinen Vertrag in der Tasche, der euch zu irgendwas berechtigt!«

»Aber …«

»Ruhe!«, raunzte Cargraves gutmütig. »Erstmal lege ich die Karten auf den Tisch. Dann können wir reden. Habt ihr schon mal einen Schwur geleistet?«

»Klar. Bei den Pfadfindern!«

»Ja, und ich war sogar schon mal Zeuge vor Gericht!«

»Gut. Ihr müsst mir nämlich euer Ehrenwort geben, dass ihr nichts von dem verraten werdet, was ich euch jetzt erzähle! Absolute Geheimhaltung, gleichgültig, ob wir nun zusammenarbeiten oder nicht. Es sei denn, dass ihr euch aus moralischen oder juristischen Gründen dazu veranlasst seht. Falls ihr meint, dass es einen solchen Grund geben könnte, solltet ihr mit mir darüber reden. Ansonsten gilt: Klappe halten, egal was passiert. – Haben wir uns verstanden?«

Nachdem sie zugestimmt hatten, setzte Cargraves sich wieder und fuhr fort: »Das war eine reine Formsache, um euch vor Augen zu führen, wie wichtig es mir um die Geheimhaltung ist! Ihr werdet später begreifen, warum es so bedeutsam ist. Aber jetzt will ich euch erstmal sagen, was mir vorschwebt: Mein ganzes Leben warte ich auf den Tag, an dem der Mensch den Weltraum erobern und die Planeten erforschen wird – und ich sehne mich danach, dazu beizutragen und dabei zu sein. Euch brauche ich dieses Gefühl ja wohl nicht näher zu beschreiben, ihr kennt es selbst.« Er zeigte auf die Bücherregale. »Diese Bücher sind für mich der beste Beweis, dass ihr mich versteht, dass ihr selbst dieser Sache verfallen seid. Und was ich draußen auf eurem Versuchsgelände gesehen habe, und was ich hier sehe und gestern sah, als ich in Arts Labor herumspioniert habe, ist für mich der beste Beweis, dass ihr euch niemals mit Büchern und Träumen begnügen werdet – ihr wollt vielmehr etwas *tun*, nicht wahr?«

»Na klar!«, riefen die drei Freunde wie im Chor.

Cargraves nickte. »Ich habs damals genauso gemacht. Erst habe ich mein Diplom in Maschinenbau erworben, da ich dachte, dass es eine gute Vorbereitung auf die Raketenthematik ist. Nach dem Studium nahm ich dann eine Stelle als Ingenieur an, bis ich mir genug zusammengespart hatte, um weiterzustudieren. Ich machte meinen Doktor in Atomphysik, weil ich so eine Vorahnung hatte – oh, ich war nun wirklich nicht der Einzige – dass man für wirklich effektive Raumschiffe um die Atomtechnik nicht herumkommt. Dann kamen der Krieg und das Manhattan-Projekt.« Er hielt kurz inne, fuhr dann fort:

»Kurz nach Beginn des Atomzeitalters gelangten viele Leute zu der Ansicht, dass die ersten Weltraumflüge unmittelbar bevorstehen würden. Aber das war ein Trugschluss – niemand hat bislang eine Vorstellung entwickelt, wie man ein Atom vor eine Rakete spannen könnte. Und wisst ihr auch, warum?«

Ross meldete sich zögernd zum Wort. »Ich glaube schon, dass ich es weiß ...«

»Na, dann mal raus damit!«

»Nun, bei einer Rakete kommt es auf das Produkt aus Masse und Beschleunigung an, das heißt, man benötigt eine ziemlich große Menge an Materie, die mit möglichst hoher Geschwindigkeit durch die Düsen ausgestoßen wird. Aber beim Atomzerfall arbeitet man mit einer sehr geringen Masse, wobei die frei werdende Energie nach allen Seiten ausgestrahlt wird, also keinesfalls in einem hübsch gebündelten Strahl. Trotzdem ...«

»Trotzdem *was*?«

»Nun, ich meine, es müsste doch einen Weg geben, diese Kraft nutzbar zu machen! Bei so viel Energie aus so wenig Masse *muss* es einfach einen Weg geben!«

»Genau das habe ich auch immer gedacht«, gab Cargraves grinsend zu. »Wir haben Atomkraftwerke errichtet, die mehr Energie erzeugen als der Boulder-Damm. Wir haben Atombomben hergestellt. Energie für das Stromnetz, und leider auch Energie zur Vernichtung. Trotzdem haben wir es bislang nicht geschafft, diese Energie als Antrieb für eine Rakete zu verwenden. Einige der Gründe sind bekannt – beim Atomkraftwerk muss man eine starke Abschirmung errichten, um die dort arbeitenden Menschen zu schützen. Und diese Schutzhülle wiegt einiges! Bei einer Rakete verbietet sich so etwas, da jedes Gramm zählt, weil es Brennstoff kostet. Einhundert Pfund mehr oder weniger spielen also eine immens große Rolle. Nehmen wir einmal an, die erforderliche Abschirmung würde nur eine Tonne wiegen – wie viel Brennstoff würde uns das kosten, Ross?«

Ross kratzte sich am Kopf. »Dazu müsste ich wissen, welcher Brennstoff genau gemeint ist und um was für eine Rakete es sich handeln soll – wofür sie vorgesehen ist und so weiter.«

»Da hast du allerdings recht«, gab der Wissenschaftler zu. »Die Frage war falsch gestellt. Also, nehmen wir einmal an, es handelt sich um einen chemischen Treibstoff und um eine Mondrakete mit dem Masseverhältnis zwanzig zu eins. Unter diesen Umständen müssten wir für eine Abschirmung, die eine Tonne wiegt, zwanzig Tonnen Brennstoff kalkulieren.«

Art richtete sich ruckartig auf. »Warte mal, Onkel Don!«

»Ja?«

»Bei chemischem Brennstoff – sagen wir Alkohol, mit flüssigem Sauerstoff – wäre doch gar kein Strahlungsschutz nötig!«

»Da hast du mich erwischt, mein Junge! Aber es sollte ja auch nur als Beispiel dienen. *Falls* man die Atomkraft nutzen könnte, ließe sich das Masseverhältnis möglicherweise auf eins zu eins reduzieren. Dann würde man für eine Abschirmung von einer Tonne Gewicht auch nur eine Tonne Brennstoff benötigen. Das zeigt wohl besser, wo das Problem liegt, nicht wahr?«

Art platzte fast vor Aufregung. »Allerdings! Mann, das wäre ein waschechtes Weltraumschiff! Damit könnte man überall hin!«

»Noch befinden wir uns ja auf der Erde«, stellte sein Onkel nüchtern fest. »Ich sagte ja ausdrücklich *falls*. Außerdem gibt es da noch ein Problem: Atomantriebe sind eine ziemlich knifflige Angelegenheit – schwer in Gang zu bringen, schwer abzuschalten. Aber darüber sollten wir uns jetzt noch keine Kopfschmerzen machen. Ich glaube jedenfalls fest daran, dass wir den Mond erreichen können!«

Er machte eine Pause, während seine Zuhörer gespannt warteten.

»Ich glaube nämlich, dass ich einen Weg gefunden habe, wie man die Atomkraft für einen Raketenantrieb nutzen kann!«

Niemand erhob sich. Keine Jubelrufe ertönten. Stattdessen saßen die drei Freunde atemlos da und warteten darauf, was der Wissenschaftler ihnen noch enthüllen würde.

»Keine Details, dafür ist es wirklich zu früh. Ihr werdet alles erfahren, wenn ihr mit mir zusammenarbeiten wollt.«

»Das werden wir ganz bestimmt!«

»Na klar!«

»Ich hoffe es. Ich habe versucht, die Firma, bei der ich angestellt war, für den Plan zu erwärmen. Aber die haben gekniffen.«

»Da wird doch der Hund in der Pfanne verrückt! Warum denn?«

»Weil solche Firmen nun einmal profitorientiert arbeiten und die Bosse sich deshalb gegenüber den Aktionären verantworten müssen. Und so stellte man sich natürlich die berechtigte Frage, wie es möglich sei, Profit aus einem Mondflug zu schlagen.«

»So ein Quatsch!«, rief Art zornig. »Dafür sollten sie ruhig einmal riskieren, Pleite zu gehen!«

»Nein, da sitzt du aber auf dem falschen Dampfer, Junge! Du darfst nicht vergessen, dass solche Firmen das Geld anderer Leute verwalten. Hast du überhaupt eine Vorstellung davon, was allein die Forschung und Planung einer solchen Großtat verschlingen würde, wenn man sich an die üblichen Verfahren hält?«

»Nein«, gestand Art. »Wahrscheinlich einige zehntausend Dollar, denke ich.«

»Wohl eher Hunderttausende«, vermutete Morrie.

»Das ist schon deutlich besser geschätzt! Der technische Leiter der Firma veranschlagte die Kosten auf gut eine Million.«

»Puh!«

»Das hat er natürlich nur getan, um zu verdeutlichen, dass es ein riskantes Geschäft wäre. Er wollte meine Idee lieber für den Antrieb von Schiffen und Zügen verwenden. Daraufhin habe ich natürlich meine Kündigung eingereicht.«

»Mann, das nenne ich Schneid!«

Morrie erklärte nachdenklich: »Jetzt verstehe ich auch, weshalb Sie uns zur Geheimhaltung verpflichtet haben! Ihre Erfindung gehört jetzt dieser Firma, für die sie gearbeitet haben, ja?«

Cargraves schüttelte vehement den Kopf. »Nein, da hast du daneben getippt! Ihr hättet allen Grund, Krach zu schlagen, wenn ich versuchen würde, euch in eine Patentverletzung hineinzuziehen – selbst für den Fall, dass man mir diese Patente durch einen abgefeimten, schäbigen Vertrag abgeknöpft hätte!« Cargraves redete sich in Fahrt. »Mein Vertrag war aber sauber. Die Firma besitzt nur die Rechte an meiner Erfindung, die dem ursprünglich beabsichtigten Forschungszweck entsprechen – Nutzung der Atomkraft zur Energieversorgung. Alle weiteren Verwendungsmöglichkeiten, die ich mir einfallen lasse, sind mein geistiges Eigentum. Wir haben uns einvernehmlich getrennt. Ich mache ihnen also keine Vorwürfe – als die spanische Königin Kolumbus unterstützte, ahnte ja niemand, dass er mit dem Empire State Building in der Tasche zurückkehren würde.«

»He«, sagte Ross, »diese angeblich so hohen Preise sind meiner Ansicht nach längst nicht hoch genug! Deshalb hat sich auch noch niemand ernsthaft darum bemüht. Das Preisgeld würde ja nicht mal die Ausgaben decken, jedenfalls nicht, wenn sie wirklich so hoch sind, wie Sie sagen. Irgendwie scheint mir das Ganze eine reine Abkocherei zu sein!«

»Ich würde es nicht so formulieren, aber irgendwo

hast du natürlich Recht«, gestand Cargraves. »Ein Hauptpreis von lumpigen 250 000 Dollar bietet für Konzerne wie General Electric, Du Pont, North American Atomics oder andere der wirklich großen Forschungsbetriebe absolut keinen Anreiz. Sie können es sich nicht leisten, da es nun einmal profitablere Geschäfte gibt. Tatsächlich stellt das Preisgeld ja sozusagen eine Spende dieser Konzerne dar, was nur allzu deutlich zeigt, dass sie woanders mehr als genug Profit erwirtschaften.« Er richtete sich erneut auf. »Aber bei uns ist das etwas anderes!«

»Aber wie?«

»Ich pfeife auf das Preisgeld! Ich will nur hin!«, rief Ross.

»Ich auch!«, sagte Art schnell.

»Da geht es euch nicht anders als mir. Soweit es das *Wie* betrifft – nun, da seid ihr gefordert! Ich kann natürlich keine Millionen in das Projekt stecken, aber ich glaube, dass man es auch billiger haben kann. Wir brauchen ein Schiff. Wir brauchen den Treibstoff. Wir brauchen eine verdammte Menge Ingenieurarbeit und mechanischen Kram. Wir brauchen einen Sack voller Kleingeld als Kapitalreserve und zur Deckung der Betriebskosten. Zugegeben, von alledem habe ich bisher nur das Schiff ...«

»Heiliger Strohsack! Redest du von einem *Raumschiff*?« Art machte große Augen.

»Ich habe eine Option auf den Kauf einer Transatlantik-Rakete, und zwar zum Schrottpreis. Soviel kann ich durchaus aufbringen. Die Rakete ist tadellos in Schuss, aber da man jetzt die bemannten Frachter durch die wirtschaftlicheren robotergesteuerten Modelle ersetzt, wird sie ausrangiert. Es handelt sich um eine V-17, die man nicht für den Passagierbetrieb umrüsten kann, und deshalb geht sie zum Schrottpreis weg. Wenn ich sie kaufe, ist bei mir so ziemlich Ebbe in der Kasse. Durch die Förderungsstelle der UN erhält ein Mitglied der *Globalen Vereinigung der Atomwissenschaftlern* – beispielsweise ich«, verdeutlichte er grinsend, »spaltbares Material zu Experimentierzwecken, wenn die Direktoren der Vereinigung ihre Zustimmung erteilen. Das kriege ich schon hin. Ich habe mich für Thorium statt für Uran-235 oder Plutonium entschlossen – ist mir jetzt zu kompliziert, euch den Grund dafür zu schildern. So weit, so gut – aber für die Durchführung des Projekts selbst reichen meine Mittel einfach nicht aus. Ich habe bereits überlegt, mir Sponsoren zu suchen, die an einer exklusiven Vortragsreihe interessiert sind, und dergleichen mehr. Solche Mühen muss man in Kauf nehmen, wenn man als Wissenschaftler vorankommen will. Aber jetzt, wo ich euch kennen gelernt habe, bleibt mir das vielleicht erspart.«

Er stand auf und schaute die drei Freunde nacheinander offen an. »Zur Umwandlung der alten V-17 in ein weltraumtüchtiges Schiff sind keine Riesensummen erforderlich. Was ich brauche, sind vor allem geschickte Hände und kluge, phantasievolle Köpfe – ohne das geht es nicht! Ihr würdet zunächst als Mechaniker und technische Assistenten für mich arbeiten, als Schlosser und Elektriker, und schließlich als Besatzung. Das heißt aber, dass ihr bereit sein müsst, den Großteil des Tages mit Drecksarbeit zu verbringen und euer Essen selbst zu kochen. Mehr als Kaffee und Plätzchen kann ich euch nicht bieten, außer der Chance natürlich, sich sämtliche Knochen zu brechen! Möglich, dass die Rakete niemals abheben wird. Und falls doch, ist es höchst fraglich, ob ihr den Start überlebt. Wenn ihr also meint, dass das hier ein großes, kunterbuntes Abenteuer ist, dann kann ich euch nur raten, diese romantischen Kindereien über Bord zu werfen. Ich werde euch so hart rannehmen, dass ihr bei meinem Anblick Mordgelüste verspürt. Und trotz der ganzen Anstrengung kann es gut passieren, dass nichts dabei herauskommt! Soweit mein Angebot. Überlegt es euch gut und sagt mir dann Bescheid.«

Cargraves hatte das Gefühl, auf ein Erdbeben zu warten, das ihn schon in der nächsten Sekunde von den Beinen werfen konnte. Und dann sprangen die Jungen fast gleichzeitig auf und redeten und schrien so aufgeregt, dass er kein einziges Wort verstehen konnte. Aber er wusste auch so, dass sie das Angebot einstimmig angenommen hatten – der *Galileo-Klub* hatte den unumstößlichen Plan gefasst, zum Mond zu fliegen.

Als der Tumult sich halbwegs gelegt hatte, bemerkte Cargraves, dass Ross ein wenig unglücklich wirkte. »Was ist los, Ross? Hast du jetzt schon kalte Füße bekommen?«

»Nein.« Ross schüttelte den Kopf. »Ich fürchte nur, es ist zu schön, um wahr zu sein.«

»Durchaus möglich. Ich habe da so eine dumpfe Vermutung – du denkst, dass deine Eltern dir einen Strich durch die Rechnung machen könnten, nicht wahr?«

»Genau. Ich glaube nicht, dass sie von dieser Idee begeistert sind!«

Cargraves betrachtete die ernüchterten Gesichter der drei Jungen. Ihm war klar, was ihnen jetzt durch die Köpfe ging. Man kann sich schlechterdings nicht vor seinen Vater stellen und erklären: »Nebenbei bemerkt, die Sache mit dem College kannst du dir abschminken. Ich habe nämlich eine Verabredung mit dem Weihnachtsmann am Nordpol.« Das war auch der eigentliche Grund, warum er zunächst nur zögernd von seinen Absichten gesprochen hatte. Schließlich sagte er: »Ich fürchte, jeder von euch wird selbst zusehen müssen, wie er damit fertig wird. Das Versprechen, das ihr mir gegeben habt, gilt euren Eltern gegenüber selbstverständlich nicht, aber bittet sie, das Ganze vertraulich zu behandeln. Ich möchte nicht, dass ich eines Morgens beim Frühstück vom Stuhl falle, weil es in der Zeitung steht!«

»Aber wozu eigentlich die ganze Geheimniskrämerei, Doc Cargraves?«, wollte Morrie wissen. »Gerade dadurch könnte bei unseren Eltern doch leicht der Eindruck entstehen, es sei nur eine harmlose Spinnerei! Warum sprechen Sie nicht selbst mit ihnen und erklären ihnen die ganze Geschichte?«

»Nein«, erwiderte Cargraves entschlossen, »es sind schließlich *eure* Eltern! Falls sie mich sprechen möchten, ist das kein Problem – ich werde ihnen ausführlich Rede und Antwort stehen. Aber es ist an euch, sie zu überzeugen, dass ihr es wirklich ernst meint. Und was die Geheimhaltung betrifft, dafür gibt es einen guten Grund: An meiner Idee gibt es nur einen einzigen Aspekt, der sich patentrechtlich schützen lässt. Nach den Regeln der UN-Kommission für atomtechnische

Anwendungen kann jeder eine Nutzungslizenz dafür erwerben. Das Unternehmen, bei dem ich früher beschäftigt war, besitzt eine solche Lizenz – aber sie gilt nicht für Raketenantriebe. Die Idee, diese Erfindung auf einen Vorstoß in den Weltraum anzuwenden, gehört mir ganz allein, und ich möchte vermeiden, dass mir jemand mit mehr Geld und sonstigen Mitteln zuvorkommt. Erst kurz vor unserem Abflug werden wir dann die Reporter benachrichtigen – möglicherweise nur, damit sie berichten können, dass wir dabei ums Leben gekommen sind. Aber mit eurem Einwand habt ihr natürlich Recht«, fuhr er nach einer kurzen Pause fort. »Es darf auf keinen Fall der Eindruck entstehen, dass es sich dabei nur um die Spinnereien eines verrückten Wissenschaftlers handelt! Nun, da habe ich wohl einiges an Überzeugungsarbeit zu leisten.«

Bei Arts Mutter machte Dr. Cargraves dann doch eine Ausnahme – schließlich war sie seine Schwester. Nach dem Essen gab er Art zu verstehen, dass er die beiden Erwachsenen eine Zeit lang allein lassen sollte, worauf dieser sich in sein Experimentierzimmer im Keller verzog. Er half ihr beim Abwasch und erzählte ihr anschließend von seinem Plan.

Sie hörte ihm wortlos zu, bis er schließlich fragte: »Nun, was hältst du davon?«

Sie saß regungslos da und ließ ihre Blicke umherschweifen, ohne ihn dabei auch nur einmal anzuschauen, und zerknüllte mit unruhigen Händen ihr Taschentuch. »Don, das kannst du mir nicht antun.«

Er wartete geduldig ab, was sie weiter zu sagen hatte.

»Ich kann ihn nicht gehen lassen, Don! Seit Hans tot ist, ist er das Einzige ...«

»Ich weiß«, sagte der Wissenschaftler sanft. »Aber als Hans umkam, war Art noch ein Baby. Du kannst doch nicht das ganze Leben des Jungen daran ausrichten!«

»Meinst du wirklich, dass du mir dadurch die Entscheidung erleichterst?« Sie war nahe daran, in Tränen auszubrechen.

»Nein, natürlich nicht. Aber gerade wegen Hans darfst du seinen Sohn nicht in Watte packen. Hans hatte wirklich Mumm! Wäre er ein Duckmäuser gewesen, hätte er das Kaiser-Wilhelm-Institut niemals verlassen. Aber Hans war eben ein richtiger Wissenschaftler. Es wäre ihm nicht im Traum eingefallen, seine Aufrichtigkeit für politische Verbrecher aufzugeben! Er ...«

»Aber es hat ihn das Leben gekostet!«

»Ich weiß. Nur vergiss eines nicht, Grace – es war einzig und allein der Tatsache zu verdanken, dass du Amerikanerin bist und genügend Hebel in Bewegung setzen konntest, um ihn aus dem Konzentrationslager herauszubekommen.«

»Ich verstehe wirklich nicht, was das damit zu tun haben soll? Oh, du hättest dabei sein müssen, als sie ihn freiließen! Wie er aussah ...« Sie begann leise zu weinen.

»Ich habe ihn ja gesehen, als du ihn hierher gebracht hast«, entgegnete er sanft, »und das war schlimm genug. Aber es hatte eben *doch* etwas damit zu tun, dass du Amerikanerin bist. Bei uns gehört der Begriff der Freiheit nun einmal zur Tradition – persönliche Freiheit, Freiheit der Wissenschaft. Diese Freiheit kann man aber nicht aufrecht erhalten, wenn man vorsichtig ist und jedes Risiko meidet. Würde Hans noch leben, wäre er der Erste, der mit mir zum Mond fliegen würde, das weißt du ganz genau. Du darfst deinen Sohn nicht in einen goldenen Käfig sperren. Du kannst ihn nicht für immer am Rockzipfel durchs Leben führen. Noch ein paar Jahre, und du wirst dich endgültig damit abfinden müssen, dass er seine eigenen Wege geht.«

Sie senkte den Kopf und schwieg. Er legte sanft eine Hand auf ihre Schulter. »Denk darüber nach, Schwesterchen. Ich werde mein Letztes geben, ihn gesund zurückzubringen, und das weißt du.«

Als Art später heraufkam, saß seine Mutter noch immer da. Offensichtlich hatte sie auf ihn gewartet.

»Arthur?«

»Ja, Mutter?«

»Du möchtest also gern auf den Mond?«

»Ja, Mutter!«

Sie holte tief Atem und sagte mit fester Stimme: »Pass auf dich auf, Arthur! Und hör auf das, was dein Onkel sagt.«

»Versprochen, Mutter.«

Erst kurz nach dem Abendessen gelang es Morrie, seinen Vater für einen Augenblick von der wimmelnden Schar der Geschwistern zu trennen. »Ich möchte von Mann zu Mann mit dir sprechen, Pa.«

»Wie denn sonst?«

»Es ist eine ernste Sache ... Ich weiß, dass du es gerne gesehen hättest, wenn ich eines Tages deine Praxis übernommen hätte. Aber trotzdem hast du nicht gemeckert, als ich mich für die technische Hochschule entschieden habe, und mich sogar bei meinem Entschluss unterstützt.«

Sein Vater nickte. »Meine Praxis wird es auch so überstehen. Wir sind wirklich stolz darauf, auch Wissenschaftler in der Familie zu haben! Sieh dir deinen Onkel Bernard an – ein wirklich brillanter Chirurg. Habe ich ihn deshalb schon mal gebeten, in meine Praxis einzusteigen?«

»Nein. Aber, Pa, das ist es ja gerade – ich will nicht auf die Technische Hochschule!«

»So? Auf welche denn?«

»Ich will auf gar keine Schule.«

Er erklärte seinem Vater Cargraves Plan, wobei die Worte nur so aus ihm heraussprudelten, da er ihm einen möglichst vollständiges Bild von der verrückten Idee vermitteln wollte, um eine folgerichtige Entscheidung zu bewirken. Schließlich verstummte er und wartete ungeduldig auf den Urteilsspruch.

Sein Vater blickte ihn nervös an. »Jetzt ist es der Mond, gut und schön! Nächste Woche wird es dann wohl die Sonne sein, hm? Maurice, glaubst du nicht, dass ein Mensch erst einmal zur Ruhe kommen sollte, bevor er den Plan fasst, etwas erreichen zu wollen?«

»Aber, Pa – es ist nun einmal *das*, was ich erreichen will!«

»Hm. Wann soll es denn losgehen?«

»Heißt das, du hast nichts dagegen?«

»Nun mal langsam mit den jungen Pferden, Maurice! Bis jetzt habe ich weder Ja noch Nein gesagt. Erinnere dich mal, es ist ja schon eine Weile her, seit du vor die Gemeinde getreten bist, um die schönen Worte ›Ab heute bin ich ein Mann‹ zu sagen. Also, das bedeutet doch wohl, dass du von diesem Augenblick an tatsächlich ein Mann warst, oder? Du musst mich nicht um Erlaubnis fragen, ich habe lediglich die Aufgabe, dich zu beraten. Und genau das werde ich jetzt tun. Also, ich rate dir ausdrücklich davon ab! Ich halte das Ganze nämlich für blanken Wahnsinn!«

Morrie fiel ihm nicht ins Wort, obwohl ihm diese Meinung völlig gegen den Strich ging. Respektvoll wartete er ab, was sein Vater noch zu sagen hatte.

»Lass dir die Sache erst einmal durch den Kopf gehen und sag mir in einer Woche, zu welchem Entschluss du gekommen bist! Die Chancen, dass du dir bei dieser Geschichte den Hals brichst, sind nicht gerade klein.«

»Nun, man muss halt damit rechnen!«

»Eine Woche, Maurice! Für einen Selbstmordplan sollte das wirklich reichen. Aber Mutter erzählst du lieber nichts davon!«

»Ganz bestimmt nicht.«

»Solltest du dich wirklich entschließen, bei der Sache mitzumachen, werde ich es ihr schonend beibringen. Wie du dir denken kannst, wird Ma nicht gerade begeistert davon sein, Maurice.«

Am nächsten Morgen erhielt Dr. Donald Cargraves einen Anruf von den Jenkins, die ihn baten, unbedingt bei ihnen vorzusprechen, sobald seine Zeit es erlaube. Obwohl es keinen wirklichen Grund dafür gab, kam er sich vor, als würde er um die Hand eines Mädchens anhalten. Das Ehepaar Jenkins empfing ihn im Esszimmer – Ross ließ sich erst gar nicht blicken.

Mr. Jenkins schüttelte ihm die Hand und bot ihm einen Stuhl an.

»Zigarette, Doktor? Zigarre?«

»Weder noch, danke.«

»Falls Sie Pfeife rauchen – nur zu«, fügte Mrs. Jenkins freundlich hinzu.

Cargraves bedankte sich und begann, seinen alten Rotzkocher zu stopfen.

»Ross hat mir da eine wirklich seltsame Geschichte erzählt«, begann Mr. Jenkins. »Wie soll ich es sagen – wenn er nicht im Allgemeinen ein vernünftiger und kluger Junge wäre, würde ich sagen, dass seine Phantasie mit ihm durchgegangen ist! Vielleicht können Sie uns das Ganze ein wenig genauer erklären?«

»Ich wills versuchen.«

»Danke. Stimmt es, Doktor, dass Sie einen Flug zum Mond planen? Mir ist zu Ohren gekommen, dass Sie Ross und seine Freunde eingeladen haben, sich an diesem phantastischen Unternehmen zu beteiligen.«

»Ja, das stimmt.« Dr. Cargraves zerbiss vor Nervosität beinahe das Mundstück seiner Pfeife.

Mr. Jenkins musterte ihn mit unbewegtem Blick. »Ehrlich gesagt, bin ich sehr erstaunt! Selbst wenn diese Sache ungefährlicher sein sollte, als es den Anschein hat, finde ich es doch im höchsten Maße befremdlich, dass sie einen Klub halbwüchsiger Jungs zu Ihren Partnern machen.«

Cargraves bemühte sich zu erklären, weshalb er die drei Freunde rekrutiert hatte. »Jedenfalls«, schloss er seine Erläuterungen ab, »halte ich ihre Jugend nicht unbedingt für ein Gegenargument. Die meisten Wissenschaftler, die am *Manhattan-Projekt* gearbeitet haben, waren ebenfalls blutjung!«

»Aber nicht so jung wie Ross, Doktor!«

»Vielleicht. Aber wussten Sie, dass Sir Isaac Newton noch ein Junge war, als er die Integralrechnung schuf? Und Einstein war auch erst sechsundzwanzig, als er seinen ersten Artikel über die Relativität veröffentlichte – die demnach um einiges früher abgefasst wurde, wohlgemerkt! In der Technik und der Physik misst man die Weisheit nicht in Kalenderjahren, es kommt vielmehr auf den Hintergrund und die Befähigung an.«

»Angenommen, Sie haben Recht, Doktor – aber den notwendigen Hintergrund zu erwerben, dazu braucht es doch eine gewisse Zeit! Zeit, die man mit Lebensjahren gleichsetzen kann. Die Jungs können gar nicht auf das vorbereitet sein, was Ihnen bevorsteht! Man benötigt ja nicht umsonst Jahre für die Ausbildung zum Techniker, und noch länger, wenn man seinen Meister als Werkzeugmacher oder Armaturenbauer machen will! Ich bin selbst Ingenieur und weiß, wovon ich rede.«

»Da haben Sie Recht. Unter normalen Umständen würde ich Ihnen durchaus zustimmen. Aber bei diesen Jungs gelten andere Voraussetzungen! Haben Sie sich mal angesehen, was die bereits auf die Beine gestellt haben?«

»Ja, zum Teil.«

»Und? Wie beurteilen Sie es?«

»Gute Arbeit, denke ich – vor allem wenn man ihren Kenntnisstand berücksichtigt.«

»Aber das ist es ja gerade! Ihr Kenntnisstand ist völlig ausreichend für meine Belange. Und sie sind geradezu besessen von Raketen. Durch ihr Hobby haben sie sich genau die Spezialkenntnisse angeeignet, die ich brauche!«

Mr. Jenkins dachte eine Weile darüber nach. Dann schüttelte er energisch den Kopf. »Zugegeben, vielleicht ist etwas dran an dem, was Sie sagen. Trotzdem ist der Plan völlig hirnrissig, wenn ich das einmal sagen darf. Ich behaupte ja gar nicht, dass Weltraumflüge unmöglich sind – eines fernen Tages wird irgendjemand die damit verbundenen Probleme gewiss lösen. Aber das wird bestimmt kein Amateurklub sein und auch kein Tante-Emma-Laden! Wenn jemand es schafft, dann sicher die Luftwaffe oder ein Großunternehmen, und keine halbwüchsigen Jungs!«

Cargraves schüttelte den Kopf. »Erwarten Sie bitte nicht, dass eine Regierungsbehörde diesen Schritt unternimmt! Die Vorlage würde vom Kongress mit hysterischem Gelächter quittiert. Und was die Großunternehmen betrifft – ich weiß aus erster Hand, dass auch sie nichts tun werden.«

Jenkins blickte ihn überrascht an. »Wenn es stimmt, was Sie sagen, erscheint es mir so gut wie sicher, dass wir uns die Weltraumfahrt abschminken können – zumindest zu unseren Lebzeiten.«

»Das kann man so nicht sagen«, erwiderte der Wissenschaftler. »Die Vereinigten Staaten sind nun einmal nicht das einzige Land auf dem Erdball. Deshalb würde es mich nicht im Mindesten überraschen, wenn ich eines Tages im Radio höre, dass die Russen das Rennen gewonnen haben. Sie verfügen ja genau wie wir über die technischen Voraussetzungen und scheinen nicht abgeneigt, größere Summen für wissenschaftliche Zwecke auszugeben. Gut möglich, dass sie es schaffen!«

»Und wenn es so kommen würde?«

Cargraves holte tief Atem. »Ich habe nichts gegen die Russen. Wenn sie den Mond vor mir erreichen, ziehe ich den Hut vor ihnen! Nur ändert das nichts daran, dass mir unser politisches System besser gefällt als das ihre. Es wäre ein schwarzer Tag für uns, sollte sich herausstellen, dass sie etwas so Großes und Imposantes auf die Beine stellen konnten, während wir trotz unseres technischen Vorsprungs noch in den Startlöchern sitzen.

»Wie dem auch sei«, fuhr er fort, »ich bin Patriot genug, um eine Menge dafür zu tun, dass *wir* es sind, die das Rennen machen, und keine andere Nation!«

Mr. Jenkins nickte und entschied, dass es an der Zeit

war, die Taktik zu ändern. »Gehen wir einmal davon aus, dass die drei Jungs tatsächlich über die erforderlichen Spezialkenntnisse verfügen. Akzeptiert! Aber es sind trotzdem Jugendliche, das können Sie nicht aus der Welt reden! Vermutlich ist es das, was mir an dieser Idee nicht gefallen will. Sie benötigen erfahrene Techniker und Wissenschaftler, die zudem qualifizierte Raketenpiloten sind!«

Dr. Cargraves legte den gesamten Sachverhalt noch einmal dar, wobei er sich bemühte, kein Detail auszulassen, soweit es die Chancen betraf, das Projekt mit einem minimalen Etat durchzuführen.

Als er seine Ausführungen beendet hatte, sagte Mr. Jenkins gerade heraus: »Dann haben Sie die drei Jungs also nur eingespannt, weil Sie knapp bei Kasse sind?«

»Wenn Sie es so formulieren wollen – ja!«

»Das haben Sie selbst so formuliert, nicht ich! Ich will ehrlich sein, Doktor: Ich kann Ihren Plan absolut nicht billigen! Dabei möchte ich Ihnen keine bösen Absichten unterstellen – nichts läge mir ferner! Aber ich halte Ihre Idee für schlichtweg unausgegoren. Zudem gefällt es mir nicht, wie sie Ross und seinen Kumpels Flausen in den Kopf setzen. Ob sie nun geeignet sind oder nicht, ich vermag es nicht zu beurteilen. Aber Sie hätten sich vorweg auf jeden Fall mit den Eltern in Verbindung setzen müssen!«

Donald Cargraves lag eine bissige Bemerkung auf der Zunge, aber er sprach sie nicht aus. Stattdessen überlegte er, wie er Jenkins klar machen konnte, dass er selbst die letzte Nacht kaum geschlafen hatte, weil ihm die gleichen Gedanken durch den Kopf gegangen waren.

»Trotzdem möchte ich erwähnen«, fuhr Mr. Jenkins fort, »dass ich Ihre Enttäuschung über meine Ablehnung nachempfinden kann und auch, dass ich Ihren Enthusiasmus durchaus nachzuvollziehen vermag.« Ein Lächeln huschte über sein Gesicht. »Deshalb mache ich Ihnen einen Vorschlag. Ich werde drei Handwerker einstellen – Sie können sich die Leute von mir aus selbst aussuchen –, außerdem einen Ingenieur oder Physiker, die Ihnen beim Umbau Ihres Schiffes behilflich sein werden. Und wenn es soweit ist, werde ich auch eine qualifizierte Besatzung finanzieren. Wobei es gut sein kann, dass sich so viele Freiwillige melden, das wir keinen Cent dafür ausgeben müssen. Halt, ich bin noch nicht fertig...« erklärte er, als Cargraves das Wort ergreifen wollte. »Sie würden mir gegenüber absolut keine Verpflichtungen eingehen. Soweit es die geschäftliche Seite betrifft, denke ich mir, dass wir einen Vertrag aufsetzen sollten, in dem Sie mir bei Gelingen des Projektes einen angemessenen Prozentsatz der Einnahmen aus Interviews, Büchern, Vorträgen und dergleichen zukommen lassen. Was halten Sie davon?«

Cargraves zog hörbar die Luft ein. »Mr. Jenkins«, begann er vorsichtig, »wenn mir jemand in der vergangenen Woche einen derartigen Vorschlag gemacht hätte, wäre ich sofort darauf eingegangen. Aber jetzt kann ich ihn nicht mehr annehmen!«

»Warum denn nicht?«

»Ich kann die Jungs nicht enttäuschen. Ich stehe ihnen gegenüber im Wort.«

»Wie sieht es aus, wenn ich Ihnen frei weg erkläre, dass meine Entscheidung hinsichtlich Ross' Teilnahme unumstößlich ist?«

»Das ändert nichts! Für diesen Fall müsste ich mich nach jemand anders umsehen, der gewillt wäre, mein Projekt auf derselben Basis zu unterstüzen, wie Sie es eben vorgeschlagen haben. Nichts für ungut, Mr. Jenkins – aber ich kann es nicht von Ihnen annehmen, weil es für Ross dann so aussehen würde, als hätte ich mich kaufen lassen!«

Mr. Jenkins nickte. »Ich dachte mir schon, dass Sie es so sehen. Ehrlich gesagt flößt mir Ihr Verhalten Respekt ein, Doktor. Gut – wenn Sie nichts dagegen haben, werde ich jetzt Ross hereinrufen, um ihm das Ergebnis unserer Unterhaltung mitzuteilen.« Er stand auf und ging zur Tür.

»Einen Augenblick noch, Mr. Jenkins ...«

»Ja?«

»Ich möchte Ihnen sagen, dass ich Ihre Einstellung ebenfalls respektiere. Wie ich Ihnen bereits erklärt habe, ist mein Plan mit gewissen Risiken verbunden. Nun, meiner Meinung nach sind diese Gefahren es durchaus wert, dass man sich ihnen auseinandersetzt, aber ich kann Ihnen natürlich nicht das Recht absprechen, Ihrem Sohn zu verbieten, Kopf und Kragen zu riskieren.«

»Da liegt wohl ein Missverständnis vor, Dr. Cargraves! Natürlich ist es gefährlich – und natürlich sind wir deshalb beunruhigt. Aber das ist keineswegs der Grund, warum ich des ganzen Sache ablehnend gegenüber stehe. Ich würde Ross niemals verbieten, etwas Gefährliches zu unternehmen. Schließlich habe ich ihm erlaubt, Flugunterricht zu nehmen, oder mit Sprengstoff zu hantieren, um ein noch extremeres Beispiel zu nennen. Nein, das ist nicht der Grund!«

»Was dann?«

»Ross soll ab dem kommenden Herbst die Technische Hochschule besuchen«, erklärte Jenkins leise. »Meiner Meinung nach ist es wichtiger für ihn, eine solide Ausbildung zu erhalten, als der Erste zu sein, der auf dem Mond landet.« Er wandte sich wieder zur Tür.

»Einen Moment noch! Sie befürchten also, dass dadurch seine Ausbildung zu kurz kommt? Also, wenn es das ist – würden Sie mich für einen kompetenten Lehrer halten?«

»Sie? Ja, natürlich!«

»Nun – ich würde mich verpflichten, dafür zu sorgen, dass die Jungen in ihrer Fachausbildung nicht zurückbleiben.«

Mr. Jenkins trat unentschlossen auf der Stelle. »Nein, Doktor«, antwortet er lahm, »an der Sache ist nicht mehr zu rütteln. Ein Techniker braucht sein Diplom, sonst hat er im Berufsleben keine Chance. Ross wird auf alle Fälle erst seinen Abschluss machen.« Mit raschen Schritten begab er sich zur Tür und öffnete sie.

»Ross!«

»Komme sofort, Dad.«

Cargraves hörte, wie der Gegenstand des Disputs die Treppe heruntergepoltert kam. Als Ross ins Zimmer trat, schweifte sein Blick zuerst zu Cargraves, dann zu seinem Vater und zuletzt zu seiner Mutter, die immer noch schwieg und ihn nun anlächelte.

»Nun, wie lautet das Urteil?«, wollte der Junge wissen.

Sein Vater redete nicht lange um den heißen Brei herum. »Ross, ich bin gegen diesen Plan. Du gehst im Herbst zur Hochschule.«

Ross Mundwinkel zuckten, aber er verkniff sich einen Kommentar. Stattdessen wandte er sich an Cargraves und fragte ihn: »Was ist mit Art und Morrie?«

»Art kommt mit. Morrie hat mich angerufen und mir erklärt, dass sein Vater nicht gerade begeistert war, ihm die Entscheidung aber letztlich selbst überlassen hat.«

»Ändert das etwas an deiner Meinung, Dad?«

»Ich fürchte, nein. Sohn, glaub mir, es fällt mir nicht

leicht, dir etwas zu verbieten. Aber bis zu deinem einundzwanzigsten Lebensjahr bin ich nun mal für dich verantwortlich. Und deshalb steht meine Entscheidung fest – die Schule geht vor!«

»Aber, Dad ... ein Diplom ist doch nicht alles! Und wenn wir es schaffen, dann werde ich so berühmt sein, dass man sich auch dann um mich reißen wird, wenn ich den Wisch nicht habe. Und wenn wir es nicht schaffen – nun, dann war die ganze Büffelei ohnehin für die Katz!«

Mr. Jenkins schüttelte den Kopf. »Ross, mein Entschluss steht fest.«

Cargraves sah, dass Ross mit den Tränen kämpfte, was seltsamerweise nicht kindlich, sondern auf eine anrührende Art erwachsener wirkte. Mit zitternder Stimme sagte er: »Dad?«

»Ja, Ross?«

»Wenn ich schon nicht mit darf, kann ich dann wenigstens bei den Umbauten helfen? Sie werden Hilfe brauchen ...«

Cargraves musterte ihn scharf. Es schmerzte ihn, mit ansehen zu müssen, wie sehr der Junge unter der Entscheidung seines Vaters litt.

Mr. Jenkins machte ein überraschtes Gesicht und antwortete schnell: »Warum nicht – jedenfalls solange, bis die Schule anfängt.«

»Aber ... was ist, wenn sie bis dahin nicht fertig sind? Ich kann sie doch nicht mitten in der Arbeit sitzen lassen!«

»Also gut – falls es sich als unbedingt notwendig erweisen sollte, fängst du eben erst im nächsten Semester an. Aber das ist wirklich mein allerletztes Zugeständnis!«

Er wandte sich an Dr. Cargraves. »Ich vertraue darauf, dass Sie ein Auge darauf werfen, dass seine Ausbildung nicht zu kurz kommt!«

Anschließend wandte er sich wieder an Ross: »Damit betrachte ich diese Angelegenheit als abgeschlossen, Ross. Werde erst mal einundzwanzig, dann habe ich nichts dagegen, wenn du dein Leben in einem Weltraumschiff aufs Spiel setzt! Ich persönlich glaube nämlich fest daran, dass sich deine Chancen, der Erste auf dem Mond zu sein, dadurch eher erhöhen als verringern!« Damit erhob er sich.

»Albert…«

»Ja, was gibt es, Martha?«, wandte sich der Angesprochene an seine Frau.

Sie legte ihre Handarbeit beiseite und sagte mit Nachdruck: »Lass ihn gehen, Albert!«

»Wie? Was hast du da gesagt?«

»Lass den Jungen zum Mond fliegen, wenn er die Gelegenheit hat.« Sie machte eine kurze Pause und fuhr dann mit nachdenklichem Gesicht fort:

»Ich weiß, dass ich vorhin noch ganz anders geredet habe – du hast dir auch alle Mühe gegeben, hier meine Argumente zu vertreten. Aber ich habe mir meine Gedanken über das gemacht, was Dr. Cargraves gesagt hat. Und ich bin jetzt davon überzeugt, dass er Recht hat: Wenn die jungen Vögel erst mal flügge sind, sollte man sie nicht um jeden Preis im Nest halten. Oh, ich weiß sehr gut, was ich selbst gesagt habe!«, sagte sie rasch, als ihr Mann etwas erwidern wollte. »Mütter sind eben manchmal etwas zu gluckenhaft, weißt du? Aber dieses Land ist nun einmal nicht von hasenfüßigen Menschen aufgebaut worden. Ross' Ururgroßvater hat die Steppe in einem Planwagen durchquert und unseren Familiensitz an dieser Stelle hier begründet. Überlege mal – er war damals gerade erst neunzehn, seine Braut siebzehn. Dass die Eltern dagegen waren, ist vollkommen selbstverständlich.« Sie zuckte zusammen, weil sie versehentlich eine ihrer Stricknadeln zerbrochen hatte. »Ich möchte aber nicht diejenige sein, die den alten Pioniergeist unterdrückt.« Mit diesen Worten stand sie auf und verließ rasch das Zimmer.

Mr. Jenkins schaute ihr fassungslos hinterher. »Du hast meine Einwilligung, Ross«, sagte er nach langem Schweigen. »Ich wünsche Ihnen viel Glück, Doktor. wenn Sie mich jetzt entschuldigen …«

Er erhob sich, um seiner Frau zu folgen.

ERWACHSENENPROBLEME

»Wie weit ist es denn noch?« Der Wagen war offen, sodass Art gegen den Wüstenwind anschreien musste, um sich verständlich zu machen.

»Schau doch auf die Karte«, erwiderte Ross und riss das Lenkrad herum, um einem Wildkaninchen auszuweichen. »Von der *Route 66* bis zur Stichstraße sind es dreiundfünfzig Meilen, und von da aus noch einmal sieben Meilen.«

»Seit wir die 66 verlassen haben, haben wir rund neununddreißig bis vierzig Meilen zurückgelegt«, entgegnete Art. »Demnach müsste die Stichstraße also bald in Sicht kommen.«

Er kniff die Augen zusammen und ließ den Blick über die karge, aber farbenfrohe Landschaft New Mexicos schweifen. »Hast du schon mal so viel offenes, ungenutztes Land gesehen? Eigentlich haben nur die Kakteen was davon, und die Kojoten!«

»Mir gefällt es jedenfalls«, erwiderte Ross. »Und jetzt halt dich fest!« Sie hatten ein Teilstück der Verbindungsstraße erreicht, das fast bis zum Horizont schnurgerade verlief. Ross trat das Gaspedal durch ... siebzig ... achtzig ... neunzig ... fünfundneunzig Meilen zeigte der Tacho jetzt an, und erreichte kurz darauf den dreistelligen Bereich.

»Vorsicht, Ross!«

»Wo brennt's?«

»Diese Karre wird nur durch Heftpflaster zusammengehalten! Wenn du weiter so auf's Gas trittst, zerlegst du sie in Einzelteile!«

»Feige!«, erwiderte Ross, nahm aber trotzdem den Fuß vom Gas, bis die Geschwindigkeit sich merklich verringert hatte.

»Was heißt hier feige?«, meinte Art streitlustig. »Wenn wir uns bei dem Versuch umbringen, den Mond zu erreichen, enden wir immerhin als Helden. Aber wenn wir uns den Hals vorher brechen, landen wir bestenfalls als Idioten des Tages in der Zeitung!«

»Okay, ich lass es ja schon langsamer gehen – warte mal, ist das schon die Abzweigung?«

Rechts vor ihnen zweigte eine schlecht erhaltene, unbefestigte Straße nach rechts ab und verlor sich weit draußen in der Wüste. Sie bogen ab und erreichten nach einer ganzen Weile ein Stahltor, das die Straße über ihre gesamte Breite versperrte. Ein nahezu unüberwindbar anmutender, mit Stacheldraht gegen vorwitzige Klettermaxen bewehrter Zaun sperrte das dahinter liegende Gelände ab.

Am Tor war ein Warnschild angebracht:

ACHTUNG – LEBENSGEFAHR!
TRUPPENÜBUNGSPLATZ
BETRETEN AUF EIGENE GEFAHR
BLINDGÄNGER UND ANDERE FUNDSACHEN, VON DENEN MÖGLICHERWEISE EINE GEFAHR AUSGEHT, SIND DEM RANGER DES BEZIRKS ANZUZEIGEN.

»Das müsste es sein«, erklärte Ross. »Hast du die Schlüssel?«

Das Gelände hinter dem Zaun war ein stillgelegter Truppenübungsplatz, der zu den 8 000 000 Morgen Staatsgebiet der US-Truppen gehörte, die seit dem Kriegsende brachlagen, weil es zu kostspielig und überdies gefährlich war, diese Gebiete auf einen Schlag wieder nutzbar zu machen. Für Cargraves wirkte sich dieser Umstand nun vorteilhaft aus. Da das Gelände für seine Zwecke geradezu ideal war, lag es doch weit entfernt von der nächsten menschlichen Ansiedlung entfernt und wurde ihm zudem dank Intervention der *Globalen Vereinigung der Atomwissenschaftler* kostenlos zur Verfügung gestellt.

Art warf Ross einen Schlüsselbund zu. Ross probierte einige Schlüssel aus, bevor er pikiert meinte: »Du hast mir wohl die falschen gegeben?«

»Kann nicht sein«, erwiderte Art. »Das sind die Schlüssel, die Doc geschickt hat!«

»Was machen wir jetzt?«

»Wir könnten das Schloss aufbrechen!«

»Dieses Schloss? Vergiss es! Sollen wir einfach darüberklettern?«

»Mit dem ganzen Zeugs hier? Willst du mich veralbern?«

In diesem Moment bemerkten sie, dass sich ihnen ein Wagen näherte. In der unendlichen Weite der Wüste sah es eine Weile so aus, als ob er überhaupt nicht von der Stelle käme. Als er schließlich bei ihnen anhielt, steckte ein Mann den Kopf auf dem Seitenfenster. Er trug einen Stetsonhut mit einem militärisch wirkenden Abzeichen.

»Hey, ihr da!«

Art murmelte: »Hey, du selbst!«, und rief danach laut und betont freundlich: »Guten Morgen!«

»Was macht ihr hier?«

»Wir wollen da rein!«

»Habt ihr das Schild nicht gesehen? Moment mal – heißt einer von euch Jenkins?«

»Das ist Ross Jenkins. Ich bin Art Mueller.«

»Freut mich, euch kennen zu lernen. Ich bin der Ranger, heiße Buchanan. Vielleicht sollte ich euch reinlassen, aber ich weiß nicht recht...«

»Warum denn nicht?«, erwiderte Ross in ziemlich scharfem Ton, da er das Gefühl hatte, nicht richtig ernst genommen zu werden.

»Nun, will's euch erklären ... Vor kurzem gab es hier einen bösen Unfall. Deshalb wurde das Schloss ausgewechselt!«

»Unfall?«

»Ein Mann ist irgendwie da reingekommen, ohne den Zaun zu beschädigen. Etwa eine Viertelmeile vor der Hütte dort ist er dann unglücklicherweise auf eine Landmine getreten.«

»Ist er ... Wurde er getötet?«

»Allerdings – tot wie ein Wüstenkaff! Ich hab es nur bemerkt, weil die Raubvögel über ihm kreisten. Hört mal – im Prinzip spricht nichts dagegen, dass ich euch da reinlasse, ich hab ja eine Kopie eurer Genehmigung. Aber macht mir ja keine Dummheiten! Haltet euch immer schön innerhalb des markierten Bereichs in der Nähe der Hütte auf, und verlasst ja den Weg nicht, der an den Strommasten entlang verläuft!«

Ross nickte einverständig. »Versprochen, wir werden vorsichtig sein!«

»Schön – aber vergesst es nicht! Sagt mal, was wollt ihr denn eigentlich da drin? Karnickel züchten?«

»Richtig geraten! Riesenkarnickel, acht Fuß groß!«

»So? Na, dann passt nur gut auf, dass sie nicht in die Gefahrenzone hoppeln, sonst enden sie noch als falscher Hase!«

»Wir werden schon aufpassen!«, erwiderte Ross. »Wissen Sie denn, wer der Tote war? Oder was er hier wollte?«

»Keine Ahnung. Die Vögel haben nicht genug von ihm übrig gelassen, um ihn identifizieren zu können. Seltsame Geschichte. Da drin gab es absolut nichts zu klauen, euer Kram war noch nicht geliefert!«

»Ah, die Sachen sind also schon hier?«

»Ja. Die Spedition hat die Frachtkisten dort vor der Hütte aufgestapelt. Vermutlich war es ein Städter«, fuhr der Ranger fort. »Hat die falschen Schuhe für die Gegend angehabt. Eigentlich unmöglich, dass er ohne Wagen hier angekommen ist, aber wir haben keinen gefunden. Wirklich seltsam.«

»Wirklich«, pflichtete Ross ihm bei. »Aber er ist tot, und damit ist die Angelegenheit wohl aus der Welt!«

»Da hast du Recht. Also, hier sind eure Schlüssel. Ach so, hier ist noch was ...«, er griff in seine Jackentasche, »fast hätte ich's vergessen! Ein Telegramm.«

»Für uns? Danke sehr!«

»Ein Tipp: Ihr solltet vorn an der Landstraße einen Briefkasten aufhängen«, schlug Buchanan vor. »Reine Glückssache, dass das Telegramm euch erreicht hat!«

»Eine gute Idee«, entgegnete Ross, der mit seinen Gedanken längst anderswo war und nun hektisch den Umschlag aufriss.

»Bis dann mal!« Buchanan ließ den Motor an.

»Bis dahin! Und nochmals vielen Dank.«

»Was steht denn drin?«, fragte Art ungeduldig.

»Lies selber.«

ABSCHLUSSPRÜFUNG IST HEUTE GELAUFEN. MACHEN UNS SAMSTAG AUF DEN WEG. BESTELLT SCHON MAL EINE BLASKAPELLE, TANZMÄDCHEN UND ZWEI MASTOCHSEN – EINER MEDIUM, EINER HALB ROH.

DOC UND MORRIE

Ross grinste. »Stell dir vor! Unser alter Morrie ist jetzt ein amtlich geprüfter Raketenpilot! Jede Wette, dass er einen halben Meter größer ist, wenn er hier ankommt!«

»Darauf kannst du Gift nehmen! Verdammt noch mal – wir hätten auch diese Ausbildung machen sollen!«

»Immer langsam mit den jungen Pferden. Denk nur mal daran, dass wir nicht den halben Sommer pauken mussten!«

Für Ross war die Sache damit erledigt, was jedoch keineswegs für Art galt. Er war sich dessen bewusst, dass er auf Morrie eifersüchtig war, weil dieser in Begleitung *seines* berühmten Onkels nach *Spaatz Field* gegangen war. Die drei Jungen hatten Flugstunden genommen, aber Morrie war der Einzige, der den Ehrgeiz gehabt hatte, die Prüfung abzulegen. Dummerweise gab es aber in den nach Arts Auffassung völlig überholten Vorschriften eine Klausel, nach der Besitzer eines Flugscheins die Raketenlizenz im verkürzten Verfahren erwerben konnten. Dr. Cargraves erfüllte diese Voraussetzung seit rund fünfzehn Jahren – ungeachtet der Tatsache, dass er in dieser Zeit kaum einmal hinter dem Steuerknüppel gesessen hatte. Zufällig war er auf die erwähnte Klausel gestoßen. Als er erfuhr, dass auf Morrie dieselbe Voraussetzung zutraf, stand natürlich fest, wer nach *Spaatz Field* gehen würde und wer nicht.

So war es dazu gekommen, dass Ross und Art die Vorbereitungen in die Hand genommen hatten und im Zuge dieser Aufgaben hier in New Mexico eingetroffen waren, um den Stützpunkt einzurichten.

Bald schon bemerkten die beiden, dass die Warnungen des Rangers keineswegs übertrieben waren. Innerhalb der Einzäunung war der Wüstenboden an vielen Stellen von Bombentrichtern aufgerissen, und ein wirres Netz aus tiefen Furchen bezeugte, dass hier vor gar nicht langer Zeit noch Jeeps, Panzern und andere militärische Fahrzeuge umhergefahren waren.

Die Kommandohütte stand auf einem Platz, der von einem einfachen Drahtzaun abgegrenzt war, etwa eine Viertelmeile breit und über eine Meile lang. Einige hundert Yards hinter dem Zaun wirkte der Boden wie ein erstarrter, grünlich schimmernder See, der sich bis an den Horizont erstreckte – verglaster Sand, das Resultat der *Weltuntergangsbombe*, wie die Presse den spektakulären UN-Atomversuch von 1951 bezeichnet hatte.

Angesichts dieses schaurigen Anblicks verschwendeten die beiden Jungen zunächst keinen Gedanken an das vor ihnen eingetroffene Frachtgut oder die Kommandohütte. Ross fuhr mit dem Wagen bis an die Absperrung heran. Was sie sahen, ließ sie ehrfürchtig erstarren.

Art entfuhr ein leiser Pfiff.

»Stell dir mal vor, du hättest dort gestanden, als das Ding losging!«, flüsterte Ross.

»Lieber nicht! Da möchte ich so weit weg sein wie irgend möglich. Stell dir mal vor, so eine Bombe geht in der Nähe einer Stadt hoch!«

Ross schüttelte den Kopf. »Man kann nur hoffen, dass sie so ein Ding nie mehr zünden, außer vielleicht zu Versuchszwecken. Wenn sie erst einmal damit anfangen, damit herumzuschmeißen, könnte das gut das Ende der Zivilisation bedeuten!«

»Sie werden sich hüten«, prophezeite Art. »Was glaubst du denn, wozu die UN-Polizei da ist? Es wird keine Kriege mehr geben. Das weiß doch jeder!«

»Du und ich wissen es vielleicht. Aber ich frage mich

manchmal, ob es sich schon weiter herumgesprochen hat.«

»Wer es nicht glauben will, könnte jedenfalls auf schmerzhafte Weise eines Besseren belehrt werden!«

»Ja, aber *wir* gehen dabei ebenfalls nicht leer aus, das ist das Dumme!«

Art stieg aus dem Wagen. »Würde zu gern wissen, wie es im Explosionszentrum aussieht.«

»Jetzt nicht. Wir werden es früh genug herausfinden!«

»Hm. Ich glaube jedenfalls nicht, dass es noch irgendwelche Blindgänger dort draußen gibt – *danach* dürfte es keine mehr geben, die noch hochgehen können.«

»Denk nur mal an unseren Freund, den die Vögel aufgefressen haben – explodiert sind doch vermutlich nur die Blindgänger, die der Druckwelle ausgesetzt waren. Da die Bombe aber in einer Höhe von fünf Meilen zur Detonation gebracht wurde …«

»Moment mal, ich dachte …«

»Du hast vermutlich an den Versuch von Chihuahua gedacht, der auf dem Boden durchgeführt wurde. Egal, komm jetzt. Wir haben noch eine Menge zu tun.« Er ließ den Motor an.

Die Kommandohütte erwies sich als eines jener schmucklosen Fertigbauten, wie sie in großen Fabriken am Fließband produziert werden. Sie war als Unterkunft für die Techniker errichtet worden, die das Gelände nach dem Atombombenversuch untersucht hatten. Seitdem war sie unbewohnt, was man ihr auch ansah.

»Was für ein Schweinestall«, bemerkte Art. »Wir hätten lieber ein Zelt mitbringen sollen.«

»Wenn wir erst ein wenig Ordnung reingebracht haben, wird es schon gehen. Hast du bei dem Krempel da draußen auch Heizöl gesehen?«

»Da standen zwei Fässer, glaub ich.«

»Okay. Dann werde ich mal versuchen, den Ofen in Gang zu bringen. Könnte allmählich eine Kleinigkeit zu essen vertragen!«

Die Hütte war gewiss recht praktisch, wenn sie nur nicht so verdreckt gewesen wäre. Einen Brunnen gab es hier auch, und das Wasser war genießbar, obwohl es einen merklichen Nachgeschmack aufwies. Sechs primitive Pritschen waren vorhanden, nur das Bettzeug fehlte. Die Kochgelegenheit befand sich in einer Ecke des Raumes, und statt eines Speisezimmers gab es einen großen Tisch aus Pinienholz und dazu jede Menge Regale und Haken, sodass man seine Siebensachen ordentlich verstauen konnte.

Der Ofen funktionierte auf Anhieb, wobei er allerdings einen ziemlich unangenehmen Geruch verbreitete. Ross schaffte es in erstaunlich kurzer Zeit, Rühreier, Kaffee, Brot und Butter, Bratkartoffeln nach deutscher Art und eine Apfelpastete auf den Tisch zu bringen, die hinsichtlich ihrer Form keineswegs dem Ideal entsprach, dafür aber nur an wenigen Stellen angebrannt war.

Sie brauchten fast den gesamten Tag, um die Hütte sauber zu machen, den Wagen abzuladen und die notwendigsten Gerätschaften auszupacken. Nachdem sie ihr Abendessen verzehrt hatten, das ihnen weitaus besser schmeckte als die vorhergehende Mahlzeit, beeilten sie sich, in ihre Schlafsäcke zu kriechen. Bevor Art die Augen schloss, bemerkte er bereits, dass Ross leise vor sich hin schnarchte. Ihm war, als überlege er noch, ob er sich die Ohren zustopfen sollte, um Ross' Schnarchen und dem schaurigen Geheul der Kojoten zu entgehen, als er die gleißende Morgensonne bemerkte.

»Aufstehen, Ross!«

»Äh ... was ... was'n los?«

»Die Sonne geht bald wieder unter!«

»Mann, bin ich müde!«, erwiderte Ross und zog sich die Bettdecke über den Kopf. »Ich glaube, ich werde heute im Bett frühstücken.«

»Na klar, du und deine gesamte Dienerschaft! Raus aus den Federn – wir müssen heute das Fundament für die Werkstatt legen.«

»Richtig.« Widerstrebend kroch Ross aus dem Bett. »Herrliches Wetter! Man müsste ein Sonnenbad nehmen.«

»Mach lieber Frühstück, ich werde inzwischen alles für die Arbeit vorbereiten.«

»Zu Befehl, Herr General!«

Die Werkstatt bestand aus einem zerlegten Gerüstrahmen und Blechplatten. Sie vermischten den Zement mit dem sandigen Wüstenboden, wodurch sie ein Fundament erhielten, das stabil genug war, um das Metallhaus zu tragen. Bevor sie die Bodenanker setzten, führten sie genaue Messungen aus und bereiteten ihre Motorwerkzeuge vor. Ross schaute mit prüfendem Blick zu, wie Art die Bodenanker nebeneinander aufreihte.

»Bist du auch ganz sicher, dass wir alles dabei haben?«

»Klar ... Schleifmaschine, Fräsmaschine, Drehbank ...«, er hakte seine Liste ab, »... Bohrmaschine, die beiden Sägen ...«

Damit verfügten sie über das notwendigste Werkzeug für alle anfallenden Arbeiten. Nun begannen sie, die Bodenanker in den feuchten Beton einzusetzen, wobei sie genau darauf achteten, dass die Befestigungslöcher an den Metallschuhen exakt an der richtigen Position waren. Bis zum Anbruch der Dunkelheit war das Fundament soweit fertig, dass sie sich bereits Gedanken über die Endmontage der Metallteile machen konnten.

»Meinst du, dass die Stromversorgung die Belastung aushalten wird?«, fragte Art besorgt, als sie Feierabend machten.

Ross zuckte die Achseln. »Wir werden die Geräte sowieso nicht alle gleichzeitig laufen lassen. Mach dir nicht zu viele Gedanken, sonst erreichen wie den Mond nie! Los, wir müssen noch den Abwasch erledigen, sonst haben wir kein Geschirr für's Abendbrot!«

Am Samstag hatten sie die Geräte bereits einem ersten Probelauf unterzogen, wobei Art die Wicklung eines Motors hatte erneuern müssen. Die Vielzahl an kleineren Gerätschaften hatten auf den Regalen ihren Platz gefunden, und so machte die Hütte einen sauberen und verhältnismäßig aufgeräumten Eindruck.

Beim Auspacken der Kisten entdeckten sie, dass sich jemand an der Fracht zu schaffen gemacht hatte. Soweit schien jedoch nichts beschädigt zu sein. Ross maß der ganzen Angelegenheit keine große Bedeutung zu, aber Art war doch ein wenig beunruhigt – es wollte ihm gar nicht gefallen, dass jemand an seinem teuren Funkgerät und sonstigen elektronischen Geräten herumgespielt haben könnte.

»Nun hör endlich auf, dich zu ärgern«, versuchte Ross ihn zu beruhigen. »Erzähl es einfach Doc, wenn er kommt. Die Kisten waren ja versichert.«

»Ja, aber nur *während* des Transports«, stellte Art sachlich fest. »Apropos – was meinst du, wann werden sie wohl hier sein?«

»Das kann man nicht so genau sagen«, entgegnete Ross. »Wenn sie mit dem Zug kommen, frühestens am Dienstag. Andererseits – wenn sie bis Albuquerque fliegen und von dort den Überlandbus nehmen, könnten sie morgen schon hier sein. Moment mal, was war denn das?« Er blickte nach oben.

»Wo?«, fragte Art.

»Da! Dort drüben, links. Eine Rakete!«

»Tatsächlich! Vermutlich von der Luftwaffe – die kommerziellen Linien fliegen andere Routen. He – sie geben Schubumkehr!«

»Die wollen doch nicht etwa *hier* landen?«

»Meinst du ...?«

»Weiß nicht! Ich überlege nur... Da kommt sie schon! Das kann doch nicht sein ...«

Seine Worte wurden vom Donnerlärm der sich verlangsamenden Rakete übertönt, der ein wenig an einen heranbrausenden Expresszug erinnerte. Vor dem Einschalten der Bremstriebwerke war die Rakete der von ihr verursachten Schallwelle so weit vorausgeeilt, dass sie sich scheinbar geräuschlos genähert hatte. Der Pilot führte einen sehr routiniert wirkenden Landeanflug durch und brachte die Rakete mit einem letzten korrigierenden Feuerstoß aus den Bug- und Landedüsen rund fünfhundert Yards von ihnen entfernt zum Stehen.

Im nächsten Augenblick rannten die beiden los.

Kurz bevor sie den schlank aufragenden, metallisch grauen Schiffskörper erreichten, öffnete sich in der Nähe der Stummelflügel eine Tür, aus der eine hoch gewachsene Gestalt sprang, gefolgt von einer kleineren.

»Doc! Doc! Morrie!«

»Hallo, ihr beiden!«, rief Cargraves. »Tja, wir haben's

tatsächlich geschafft! Wie sieht es mit dem Mittagessen aus?«

Morrie hielt sich kerzengerade und platzte fast vor Stolz. »*Ich* habe die Landung durchgeführt!«, verkündete er.

»Du?«, erwiderte Art zweifelnd.

»Klar! Warum auch nicht – ich habe meine Lizenz! Willst du sie sehen?«

»›Raketenpilot Abrams‹, steht hier tatsächlich«, bestätigte Ross, während er das Dokument überflog. »Aber warum bist du nicht im Gleitflug heruntergekommen? Du hast das Ding praktisch auf den Düsen aufgesetzt!«

»Oh, es sollte eine kleine Vorübung für die Mondlandung sein!«

»Doc fliegt die Kiste zum Mond, basta! Sonst bleibe ich hier!«

Vermutlich wären die beiden aneinander geraten, hätte Cargraves nicht eingegriffen. »Immer langsam mit den jungen Pferden! Ich werde die Landung auf keinen Fall durchführen, und Morrie auch nicht!«

Morrie machte ein bestürztes Gesicht, und Ross fragte verwirrt: »Aber wer soll dann …?«

»Art wird die Mondlandung übernehmen.«

Art schluckte und meinte zweifelnd: »Ich?«

»Auf gewisse Weise, ja. Wir können keine Bruchlandung riskieren – es sei denn, ihr wollt zu Fuß zur Erde zurück! Also werden wir uns auf den Radar verlassen – Art wird die Schaltkreise so modifizieren, dass der Robotpilot die Landung übernehmen kann. Aber Morrie bleibt auf jeden Fall in Bereitschaft«, fügte er rasch hinzu, als er Morries enttäuschten Gesichtsausdruck sah. »Morrie reagiert bedeutend schneller als ich. Ich werde langsam alt … Wie steht es mit dem Futter?

Außerdem möchte ich mich umziehen und möglichst schnell an die Arbeit.«

Während Morrie seinen Pilotenoverall trug, war Cargraves im Anzug erschienen. Art musterte ihn von Kopf bis Fuß. »Warum hast du dich so in Schale geworfen, Onkel? Du siehst wirklich nicht aus wie jemand, der aus einer Rakete steigt! Sag mal, sollte das Schiff nicht ursprünglich hierher gebracht werden?«

»Eine kleine Änderung im Plan! Ich bin von Washington aus direkt zum Flugplatz gedüst und mit Morrie losgebraust. Das Schiff war ja betriebsbereit, also haben wir uns gleich auf den Weg gemacht und auf diese Weise rund fünfhundert Mäuse an Frachtgebühr gespart.«

»Und in Washington ist alles soweit klar gegangen?«, erkundigte Ross sich interessiert.

»Ja. Die Rechtsabteilung unseres Vereins war ziemlich rege. Ihr müsst nur noch jede Menge Papiere unterschreiben. Aber jetzt sollten wir mit der Quatscherei aufhören und endlich loslegen! Sobald wir etwas gegessen haben, fangen du und ich mit der Abschirmung an.«

»Ist mir recht!«

Ross und der Doc verbrachten drei Tage mit der anstrengenden und schmutzigen Aufgabe, die Brennstoffzuführung der Heckdüsen zu demontieren. Die Steuertriebwerke, die ja nur zur Kurskorrektur und beim Landen notwendig waren, blieben unverändert. Sie wurden mit flüssigem Brennstoff angetrieben, wodurch Cargraves das Hauptproblem atomarer Triebwerke elegant umschifft hatte: Nukleare Prozesse lassen sich eben nicht einfach an- und abschalten, ganz im Gegensatz zum Verbrennungsvorgang in einem herkömmlichen Triebwerk.

Während der Arbeit unterrichteten sie einander über die neuesten Ereignisse. Ross erzählte von dem Fremden, der dem Blindgänger zum Opfer gefallen war. Cargraves wirkte ziemlich beunruhigt, als der Junge die aufgebrochenen Körbe erwähnte.

Er legte sein Werkzeug beiseite und wischte sich den Schweiß aus dem Gesicht. »Erzähl das noch mal, und zwar möglichst genau«, bat er.

»Wieso denn, Doc? Es ist ja nichts beschädigt worden!«

»Glaubst du, dass es der Tote war?«

»Das habe ich auch erst gedacht, bis mir einfiel, dass der Ranger ausdrücklich sagte, der Kerl sei bereits Vogelfutter gewesen, bevor unser Kram hier eintraf.«

Cargraves wirkte nun doch sehr besorgt und sprang auf.

»Was ist los, Doc?«

»Mach du nur ruhig weiter«, entgegnete der Gelehrte zerstreut. »Ich muss mit Art sprechen.«

Ross wollte noch etwas sagen, überlegte es sich aber anders und ging wieder an die Arbeit.

»Art und Morrie, woran arbeitet ihr gerade?«, fragte Cargraves.

»Nichts weiter, wir haben uns gerade seine Instrumente vorgeknöpft. Ich entwerfe die Schaltkreise für den Beschleunigungsintegrator. Sein Kreisel eiert noch ein wenig, glaube ich.«

»Könnte gut sein. Wirf mal einen Blick ins Handbuch. Aber darum geht es mir jetzt nicht. Sagt mal, könntet ihr nebenher eine Alarmvorrichtung für das Gelände hier aufbauen?«

»*Könnte* schon, wenn ich das Material hätte.«

»Was du tun könntest, interessiert mich ehrlich

gesagt weniger! Wie sieh's aus, schaffst du es mit dem, was uns hier zur Verfügung steht?«

»Halt mal, Onkel Don«, protestierte der Jüngere. »Sag mir erst einmal, was genau du willst – und dann werde ich dir sagen, ob es geht!«

»Entschuldige, war nicht so gemeint! Ich möchte das Schiff und die Hütte mit einer Alarmanlage sichern. Lässt sich das machen?«

Art kratzte sich am Ohr. »Lass mich mal kurz nachdenken. Dazu brauchte ich Photozellen und ultraviolettes Licht. Das Übrige werde ich schon zusammenkitten. Ich habe zwei Belichtungsmesser in meiner Fotoausrüstung, die Zellen sind also kein Problem. Nur mit dem UV-Licht – da habe ich keinen Schimmer, wo ich es hernehmen soll. Wenn wir eine Bräunungslampe hätten, könnte ich den UV-Anteil herausfiltern. Warte mal – wie wäre es mit einer Bogenlampe? Die könnte ich schnell zusammenbasteln!«

Cargraves schüttelte den Kopf. »Zu anfällig. Jemand müsste die ganze Nacht aufbleiben, um sie neu zu justieren. Hast du keine bessere Idee?«

»Hm ... wir könnten vielleicht ein Thermoelement verwenden, wie wäre das? Dann könnte ich einen normalen Scheinwerfer benützen und den Infrarotanteil herausfiltern.«

»Wie lange würdest du brauchen, um das hinzukriegen? Mir ist egal, *wie* du es machst, aber es muss auf jeden Fall bis zum Anbruch der Dunkelheit fertig sein. Von mir aus kannst du den Zaun auch unter Hochspannung setzen!«

»Das liegt eigentlich nahe«, pflichtete Art ihm bei. »Andererseits ...«

»Andererseits was?«

»Statt den Zaun unter Spannung zu setzen, damit

der Eindringling einen gewischt bekommt, könnten wir auch nur ein oder zwei Volt draufjagen und das Ganze an einen hoch empfindlichen Verstärker anschließen. Ich kann das so hinkriegen, dass es losheult wie ein Baby, sobald jemand den Zaun berührt. Wie wäre es damit?«

»Das gefällt mir schon besser. Also, sieh zu, dass die Alarmanlage fertig wird. Greif dir Morrie und macht euch an die Arbeit.«

Cargraves begab sich wieder an die Arbeit, bemerkte jedoch nach einer Weile, dass er sich nicht richtig konzentrieren konnte. Ihm wollte das Rätsel um das »Geschoss« nicht aus dem Kopf, das ihn beinahe das Leben gekostet hätte. Und auch nicht die anderen Ungereimtheiten, die ihn zunehmend beunruhigten. Er hasste Ungereimtheiten, weil sie nicht in sein geordnetes Weltbild passten.

Etwa eine Stunde später entschied er, draußen vor der Rakete nachzusehen, wie Art vorankam. Um ins Freie zu gelangen, musste er durch die Pilotenkabine, wo er auf Morrie stieß. Er hob verwundert die Augenbrauen. »He, Sportsfreund«, sagte er, »was machst du denn hier? Du solltest doch Art helfen.«

Morrie machte ein undeutbares Gesicht. »Ach ja, richtig«, murmelte er. »Er hat wohl irgendwas in der Richtung gesagt. Aber ich hatte zu tun.« Er deutete auf den Computer, dessen Abdeckung er entfernt hatte.

»Ich hatte ihm gesagt, dass du ihm helfen sollst. Hat er dir wirklich nichts davon gesagt?«

»Doch, hat er – aber er braucht meine Hilfe gar nicht. Er wird er auch allein fertig.«

Cargraves setzte sich. »Morrie«, begann er langsam, »ich glaube, wir müssen mal ganz offen miteinander reden. Hast du dir schon mal Gedanken darüber gemacht, wer der stellvertretende Kommandant dieser Expedition sein soll?«

Morrie gab keine Antwort, also sagte Cargraves: »Du und niemand anders! Du bist schließlich der Einzige außer mir, der eine Fluglizenz für das Ding hier besitzt. Falls mir etwas zustoßen sollte, müssen die beiden anderen dir bedingungslos gehorchen. Ist dir das klar?«

»Art wird nicht gerade erbaut davon sein«, murmelte Morrie düster.

»Da gebe ich dir vollkommen recht. Art ist momentan ein wenig patzig – was man ihm nicht weiter verübeln kann! Er ist wütend, weil er die Fluglizenz nicht machen durfte.«

»Aber dafür kann ich doch nichts!«

»Das habe ich nicht gesagt, aber du musst es jedenfalls wieder einrenken. Du musst dich so verhalten, dass sie Befehle von dir widerspruchslos entgegennehmen, falls es sich einmal als notwendig erweisen sollte. Es wird Augenblicke geben, in denen unser Leben von unbedingtem Gehorsam abhängt. Ich will ganz offen zu dir sein, Morrie – wenn ich die Wahl gehabt hätte, wäre Ross mein Stellvertreter. Er ist einfach abgeklärter als du. Aber jetzt hast du den Posten und damit auch die Verantwortung am Hals. Du musst alles daransetzen, diese Aufgabe zu erfüllen. Falls du nicht dazu bereit bist, blase ich das ganze Unternehmen ab!«

»O nein, wir müssen es durchziehen! Wir können doch jetzt nicht einfach aufgeben!«

»Wir werden es schon schaffen«, versicherte Cargraves. »Die Schwierigkeit liegt darin, Morrie, dass die amerikanische Jugend frei und unbekümmert heranwächst. Das ist in Ordnung, mir gefällt das. Aber einmal kommt der Zeitpunkt, an dem das nicht ausreicht, weil man in bestimmten Situationen breit sein muss, Befehle entgegenzunehmen, um sie ohne Murren und ohne Widerspruch auszuführen. Weißt du, worauf ich hinaus will?«

»Sie wollen, dass ich in die Werkstatt gehe und Art helfe?«

»Richtig!« Er legte die Hände auf die Schultern des Jungen, drehte ihn mit dem Gesicht zur Tür, gab ihm einen Klaps auf den Rücken und meinte: »Mach dich vom Acker!«

Morrie verschwand. Doch an der Tür drehte er sich noch einmal zu Cargraves um und rief: »Wegen mir brauchen Sie sich keine Sorgen zu machen, Doc. Ich kann das schon geradebiegen, ehrlich!«

»Roger!«

Cargraves entschied, dass es wohl besser wäre, wenn er sich später auch Art vornahm.

GEFAHR IN DER WÜSTE

Am nächsten Tag trafen die Skaphanderanzüge ein. Cargraves war alles andere als begeistert darüber, da die Jungen ziemlich aufgeregt waren und die Arbeit erst einmal Arbeit sein ließen. Für sie waren die Anzüge der ersehnte Beweis, dass sie tatsächlich bald auf der Mondoberfläche spazieren gehen würden. Seufzend entschied er, dass es wohl das Beste war, die jungen Burschen erst einmal gewähren zu lassen.

Es waren leicht abgeänderte Stratosphärenanzüge, wie sie von der Luftwaffe benutzt wurden. Sie ähnelten Taucheranzügen, wirkten aber bei Weitem nicht so plump. Die Helme waren die typischen Goldfischgläser aus Plexiglas, das mit einer Schicht Polyvinyl-Butyral laminiert war, um es bruchfest zu machen. Eine eingebaute Heizung gab es nicht – ganz im Gegensatz zu dem, was man in vielen Zukunftsromanen lesen kann, ist das Vakuum des Weltalls weder heiß noch kalt, sondern thermisch neutral. Auf dem Mond nimmt ein Mensch Hitze als Strahlung auf oder gibt sie als solche ab, oder der thermische Austausch findet durch Kontakt mit der Oberfläche des Mondes statt. Da allgemein angenommen wurde, dass die Temperatur auf dem Mond zwischen extremen Tiefsttemperaturen und Hitze weit über dem Siedepunkt von Wasser schwankte, hatte Cargraves die Sohlen und den Gesäßbereich der Skaphander mit Asbest beziehen lassen, sodass die entsprechenden Körperteile auch bei Kontakt mit der Mondoberfläche vor Erfrierungen und Verbrennungen geschützt waren. Die Handschuhe waren mit dem gleichen Material isoliert und die Anzüge so gut isoliert und so luftdicht, dass die Körperwärme die abgestrahlte Hitze hinreichend ersetzte. Cargraves hätte es zwar begrüßt, hätten die Anzüge über irgendeine Art der Temperaturregelung verfügt, aber dieser Luxus würde wohl den ihnen nachfolgenden Pionieren und Kolonisten vorbehalten sein.

Jeder Anzug hatte einen Befestigungsflansch für eine Sauerstoffflasche, die weitaus größer war als jene, die Piloten mit sich führen. Ihr Gewicht war so hoch, dass man sie auf der Erde nur für ganz kurze Zeit mit sich hätte herumtragen können. Auf dem Mond jedoch, wo alles nur ein Sechstel wiegt, gab es dieses Problem nicht.

Cargraves erinnerte sich noch an die ersten Stratosphärenanzüge, deren Material so steif war, dass selbst die kleinste Bewegung größte Mühe bereitete. Doch beim Anprobieren dieses neuen Anzugs stellte er erfreut fest, dass er sich mit erstaunlicher Leichtigkeit bewegen konnte, selbst nachdem er Ross aufgetragen hatte, den Druck auf drei Atmosphären zu erhöhen. Die neuartigen De-Camp-Gelenke dehnten sich tatsächlich nicht aus, genau wie der Hersteller es versprochen hatte.

Cargraves ließ den Jungen beim Experimentieren freien Lauf, achtete aber darauf, dass sie so viele praktische Tests wie möglich anstellten, um die Versprechen des Herstellers zu prüfen. Schließlich wurden die Anzüge Art anvertraut, der sich nun daran machte, sie mit Funkanlagen auszustatten.

Am Tag darauf entschied der Doc, seine gesamte Mannschaft ausschließlich für den Umbau des Triebwerks einzusetzen. Die Thorium-Lieferung konnte jeden Moment eintreffen, sodass es an der Zeit war, den

Strahlungsschild fertigzustellen, der sie vor dem spaltbaren Material schützen sollte. Diese Abschirmung war nach seinen eigenen Berechnungen aus Blei, Stahl und einem speziellen Kunststoff so konstruiert, dass sie ein Höchstmaß an Schutz gegen die Alpha-, Beta- und Gammastrahlen, aber auch die herumirrenden Neutronen aus dem Vorderteil der Rakete bieten würde.

Gammastrahlen ähneln den Röntgenstrahlen und durchdringen beinahe jede Materie, wogegen die Alphateilchen von den Kernen der Heliumatome gebildet werden und die Betateilchen ganz normale Elektronen darstellen, die sich mit einer extrem hohen Geschwindigkeit fortbewegen. Bei den Neutronen handelt es sich dagegen um elektrisch neutrale Teilchen, die den Großteil der Masse der meisten Atomkerne bilden. Diese Partikel sind es auch, die für die Explosion einer Atombombe verantwortlich sind, oder, um es wissenschaftlich exakter auszudrücken, die die Kettenreaktion auslösen.

Allen diesen Strahlungsarten ist eines gemeinsam: Sie sind extrem gesundheitsschädlich. Lebensgefährlich.

Der Thoriumantrieb sollte nur zum Schiffskörper hin abgeschirmt werden, da man die Abstrahlung in den Weltraum ignorieren konnte. Morrie hatte die Rakete so innerhalb der Umzäunung gelandet, dass sie in der Nähe der Hütte stand. Jetzt aber musste sie so herummanövriert werden, dass sich ihre Antriebsgase bei den Tests nach Montage des Thoriumantriebs auf dem Versuchsgelände verloren, wo einst die *Weltuntergangsbombe* detoniert war.

Um dieses Manöver durchzuführen, wurden hydraulische Winden eingesetzt, was aber nicht verhinderte, dass mancher Tropfen Schweiß dabei floss. Schließlich verfügten sie nicht über einen fahrbaren Kran oder eine der anderen, praktischen Maschinen, wie sie zu solchen Zwecken auf professionellen Flugplätzen benutzt werden, wo derartige Prozeduren entsprechend leicht von der Hand gehen. Obwohl sie alle kräftig zupackten, war es bereits später Nachmittag, als sie ihr Ziel erreicht hatten. Cargraves entschied, den Rest des Tages zur Freizeit zu erklären, und sie nutzten die Gelegenheit, um den lang ersehnten Ausflug auf das Versuchsgelände in die Tat umzusetzen.

Die Jungen hatten bereits zahllose Fotos und Zeichnungen vom schrecklichen Wirken der *Weltuntergangsbombe* gesehen, sodass sie nicht unbedingt erwarteten, etwas Wirkliches zu erleben, als sie an den Wänden des Kraters hinunterstiegen. Doch es dauerte nicht lange, bis ihnen angesichts der Verwüstung und der völligen Leblosigkeit dieser sich über Meilen und Meilen erstreckenden, zu Glas erstarrten Einöde kalte Schauer über den Rücken liefen.

Cargraves marschierte voran, bewaffnet mit einem Geigerzähler. Das Gerät unterschied sich kaum von jenen, die während des Krieges in Kanada beim Uranschürfen verwendet wurden. Er hatte es eigentlich nur mitgenommen, um den Jungen zu demonstrieren, wie vorsichtig man mit radioaktivem Material umgehen musste. Zwar rechnete er eigentlich nicht damit, dass der Strahlungsmesser bedenkliche Werte anzeigen und die gefürchtete Tonfolge im Kopfhörer erzeugen würde, die höchste Gefahr signalisierte. Schließlich hatte man das Gelände schon vor Jahren genauestens untersucht.

Also diente der Geigerzähler lediglich dazu, den Jungen zu zeigen, worauf es hier ankam, um zu verinnerlichen, was er ihnen nun erzählen würde.

»Hört mal zu, Freunde«, begann er, als sie das Lager wieder erreicht hatten. »Übermorgen trifft das Thorium hier ein, dann hat die lustige Zeit ein Ende! Das Zeug ist giftig. Das dürft ihr nie vergessen!«

»Klar«, kommentierte Morrie zustimmend. »Das wissen wir doch.«

»Das mag ja sein, aber die Sache steckt bislang nur in euren Köpfen. Ich möchte jedoch, dass euch dieses Wissen in Fleisch und Blut übergeht! Wir werden das gefährliche Areal zwischen Schiff und Umzäunung genau abstecken. Sollte der Wind euren Hut dort hinein blasen, so lasst ihn verdammt noch mal liegen, bis er verfault – aber holt ihn unter keinen Umständen heraus!«

Ross machte ein verstörtes Gesicht. »Moment mal, Doc! Es kann doch nicht schädlich sein, wenn man sich der Strahlung für ein paar Sekunden aussetzt, oder?«

»Wahrscheinlich nicht«, gab Cargraves zu, »vorausgesetzt, es bliebe bei dieser kurzen Strahlendosis. Aber es lässt sich nicht vermeiden, dass wir in den nächsten Wochen andauernd etwas abbekommen, trotz der Abschirmung. Der Vergiftungsprozess schreitet unmerklich voran und wirkt sich dadurch umso verheerender aus. Deshalb solltet ihr vermeiden, euch den Strahlen auszusetzen, wo ihr nur könnt. Damit steigen eure Chancen, falls ihr wirklich mal durch einen Unfall eine größere Dosis abbekommt! Art?«

»Hier!«

»Ab sofort bist du unser medizinischer Beobachter. Du hast darauf zu achten, dass jeder seinen Filmstreifen und sein Elektroskop trägt – und zwar ständig, Tag und Nacht. Du wirst regelmäßig die Filme wechseln, sie entwickeln und die Elektroskope nach Anweisung überprüfen. Du wirst genaue Tabellen über alles führen und mir jeden Freitag früh Meldung machen – wenn die Werte zu hoch sind, auch öfter. Kapiert?«

»Kapiert, Doc!«

»Außerdem hast du dafür zu sorgen, dass im wöchentlichen Turnus von jedem von uns beim Arzt in der Stadt eine Blutuntersuchung durchgeführt wird!«

»Könnten wir das nicht selbst machen?«, schlug Art vor.

»Lass das ruhig den Arzt übernehmen – du hast genug damit zu tun, sämtliche elektronischen Geräte funktionsbereit zu halten. Ach so, bevor ich es vergesse ...« Er schaute sie der Reihe nach an, um ihnen zu zeigen, dass das Folgende besonders wichtig war.

»Sollten sich bei irgendeinem von uns auch nur die geringsten Verstrahlungssymptome zeigen – auf dem Film, beim Bluttest, wie auch immer –, und selbst wenn nur der Hauch eines solchen Verdachts besteht, muss der Betreffende sofort nach Hause, um es auszukurieren. Ich werde dabei kein Risiko eingehen, so hart es für den Einzelnen auch sein wird. Das ist keine Schikane von mir – die Naturgesetze sind dafür verantwortlich. Wer sich nicht vorsieht, fliegt raus, und wir werden uns nach einem Ersatzmann für ihn umsehen müssen.«

Sie nickten einverständig, aber dann meldete sich Art leise zu Wort: »Doc?«

»Ja?«

»Und was ist, wenn es Sie betrifft? Ich meine, was passiert, wenn Sie eine Überdosis abbekommen?«

»Ich? Das kann ich mir nicht vorstellen – ich habe viel zu große Angst vor dem Zeugs. Aber wenn es wirklich passiert, dann werft mich raus! Sei's drum«, fuhr er etwas ernsthafter fort, »du wirst über meinen Zustand natürlich genauso Buch führen! Wie steht's mit dem

Abendessen? Ich möchte, dass ihr beide, Morrie und du, heute Nacht die erste Wache übernehmt, damit Ross gleich nach dem Essen loslegen kann. Er und ich werden um fünf aufstehen, wir wollen uns also früh hinlegen.«

»Okay – was habt ihr denn morgen früh vor?«

»Wir fahren nach Albuquerque, zum Einkaufen.« Mehr war aus ihm nicht herauszubringen. Insgeheim wollte es ihm schon seit einiger Zeit nicht gefallen, dass sie hier draußen waren, ohne auch nur eine einzige Schusswaffe zu besitzen. Anfangs hatte er an so etwas gar nicht gedacht, zumal die Anschaffung von Gewehren und Munition eine zusätzliche Ausgabe bedeutet hätte. Natürlich gab es genug Menschen, die viele Jahre in der Wüste verbrachten, ohne mehr abzuschießen als den letzten Weltrekord im Dauerlangweilen. Außerdem – was nutzten einem Schusswaffen, wenn man erst einmal auf dem Mond war?

Seit es jedoch unzweifelhafte Anzeichen dafür gab, dass sich jemand für ihre Arbeit interessierte, waren ihm Bedenken gekommen, ob sie sich wirklich in Sicherheit wiegen konnten. Er hatte Art angewiesen, die Alarmanlage Abend für Abend zu prüfen und mit den Kopfhörern ins Bett zu gehen. Trotzdem war er ziemlich beunruhigt.

Es war bereits gegen drei Uhr morgens, als Cargraves von Art aus dem Schlaf gerissen wurde. Grelles Kunstlicht blendete ihn.

»Doc! Doc! Aufwachen!«

»Was ... was 'n los?«

»Die Alarmanlage!«

Cargraves war mit einem Satz aus dem Bett. Sie beugten sich über die Alarmvorrichtung. »Ich höre nichts!«

»Ich hab's leise gedreht, aber es ist trotzdem deutlich zu hören! Da ist es wieder – hast du es diesmal mitbekommen?«

Das Gerät gab ein quäkendes Geräusch von sich. »Soll ich die anderen wecken?«

»Hm ... nein. Noch nicht. Warum hast du Licht gemacht?«

»Ich hatte ein wenig Angst, ehrlich gesagt!«

»Geht schon klar.« Cargraves streifte seine Hose über und schlüpfte in seine Schuhe. »Mach das Licht mal eben für zehn Sekunden aus! Ich verschwinde durch dieses Fenster. Falls ich in zwanzig Minuten nicht zurück sein sollte, oder falls sonst irgendetwas passiert, weckst du die anderen, und ihr kommt mir zu Hilfe! Aber bleibt zusammen. Ihr dürft euch auf keinen Fall trennen!« Er steckte sich eine Taschenlampe ein. »Okay?«

»Du solltest nicht allein gehen...«

»Hör mal, Art – ich dachte eigentlich, dass wir über meine Vorschriften nicht mehr diskutieren, oder?«

»Ja, sicher – ach, was soll's!« Art bezog Position neben dem Lichtschalter und betätigte ihn.

Cargraves stieg aus dem Fenster und schlich bis zur Werkstatt, wo er im Schatten der Mauer stehen blieb, um seine Augen an die Dunkelheit zu gewöhnen, als das Licht wieder aufflackerte.

Es war eine mondlose, klare Wüstennacht. Am östlichen Himmel strahlte hell der Orion. Bald schon konnte er in der Dunkelheit die Umrisse der Salbeisträucher ausmachen, wie auch die Zaunpfähle und die etwa hundert Yards entfernt stehende Rakete.

Das Vorhängeschloss an der Werkstatttür war unbeschädigt, und auch die Fenster ließen kein Anzeichen eines gewaltsamen Eindringens erkennen. Er versuchte, die spärliche Deckung des Geländes so gut wie möglich auszunutzen, während er sich der Rakete näherte.

Die Einstiegsluke stand halb offen. Cargraves versuchte sich daran zu erinnern, wer die Rakete als Letzter verlassen hatte – Ross oder er selbst? Falls es Ross gewesen war, konnte er eigentlich nicht glauben, dass dieser vergessen hatte, die Luke zu schließen.

Er zögerte. Sollte er sich wirklich unbewaffnet in die Rakete wagen? Er hätte einiges dafür gegeben, jetzt einen Fünfundvierziger in der Hand zu halten.

Doch dann stieß er die Tür auf, sprang mit einem raschen Satz hindurch und machte sofort einen Schritt zur Seite, da seine Silhouette in der Einstiegsöffnung ein sehr gutes Ziel für den Eindringling abgegeben hätte. Angestrengt horchte er in die Dunkelheit und wartete ab, dass sein Herzschlag wieder zur Ruhe käme. Als er ganz sicher war, dass sich nichts regte, zog er die Taschenlampe hervor, streckte sie von sich und knipste sie ein.

Die Pilotenkabine war leer. Um einiges erleichtert trat er einen Inspektionsgang durch das Schiff an. Zuletzt warf er einen Blick in den Maschinenraum. Nichts. Weder Beschädigungen noch andere Anzeichen, die auf das Vorhandensein eines Eindringlings schließen ließen.

Vorsichtig trat er den Rückzug an. Als er wieder draußen vor der Rakete stand, vergewisserte er sich, dass die Einstiegsluke hinter ihm auch wirklich fest geschlossen war. Dann durchsuchte er weitläufig das Gelände um die Hütte und die Werkstatt, ohne irgendein Anzeichen dafür zu finden, dass jemand in das umzäunte Areal eingedrungen war. Allerdings war er sich bewusst, dass sich im schwachen Schein des Sternenlichts gut ein halbes Bataillon übel gesinnter Mordbuben hinter den Büschen verbergen konnte, ohne dass er es bemerkt hätte.

Schließlich gab er es auf und kehrte zur Hütte zurück.

»Wird langsam Zeit, dass du kommst«, bemerkte Art. »Ich wollte die anderen gerade wecken, um dich zu suchen. Hast du irgendwas entdeckt?«

»Nein. Hat deine Alarmanlage noch mal losgequäkt?«

»Kein Mucks.«

»Sag mal – könnte es sein, dass ein Kojote den Alarm ausgelöst hat?«

»Wie sollte ein Kojote durch den Außenzaun kommen?«, wollte Art wissen.

»Vielleicht hat er sich durchgebuddelt? Es gibt ja bereits Kojoten hier drin. Ist ja nicht zu überhören!«

»Am Geheul eines Kojoten kann man nicht erkennen, wie weit weg er ist!«

»So sprach der Häuptling der Wüstenindianer! So, du kannst dich wieder hinhauen, aber lass das Licht brennen. Ich bleibe auf. In einer Stunde muss ich sowieso raus. Ab Marsch, zurück in deinen Schlafsack!«

Cargraves steckte sich eine Pfeife an und ließ sich nachdenklich in eine Ecke des Raumes nieder.

Auf der Fahrt nach Albuquerque war Cargraves viel zu sehr mit sich selbst beschäftigt, um weiter über die Vorgänge in der vorangegangenen Nacht nachzugrübeln. Ross legte ein solches Tempo vor, dass die Gedanken des Forschers sich ausschließlich damit befassten, wie kurz das Leben doch war und wie man auch in der Kurve seinen Hut nicht vom Kopf verliert. Einen Vorteil hatte Ross' Raserei jedenfalls – sie legten die Strecke so schnell zurück, dass sie sich beim Einkauf viel Zeit lassen konnten.

Cargraves wählte zwei Garand-Gewehre aus, die aus Armeebeständen stammten und deshalb zu einem sehr günstigen Preis zu haben waren. Außerdem kaufte er eine Polizeiwaffe, eine .38er Special. Eine Zeit lang stand er unentschlossen vor den neuesten, mit modernsten Zieleinrichtungen ausgestatteten Jagdgewehren, aber das Geld war bereits knapp. Schließlich konnten solche unvorhergesehenen Ausgaben das ganze Unternehmen gefährden, vor allem wenn dann noch Vorfälle wie der in der letzten Nacht für Verzögerungen des geplanten Starttermins sorgten.

Als Verpflegung für die Reise zum Mond bestellte er einige Kisten mit Heeres-Notrationen. Während der Verkäufer die Bestellung notierte, bemerkte Ross: »Wenn ich an die Weltraum-Geschichten denke, in denen die Raumfahrer nichts weiter zu sich nehmen als Nahrungspillen! Glauben Sie, dass es wirklich so kommen wird?«

»Nicht, solange ich dafür bezahlen muss!«, erwiderte der Physiker launig. »Ihr Jungs könnt von mir aus Pillen futtern. Aber ich will was Ordentliches zwischen den Zähnen haben!«

»Einverstanden«, erklärte Ross.

Anschließend suchten sie eine Gartenhandlung auf, wo Cargraves drei Dutzend junge Rhabarberpflanzen bestellte. Für den Aufenthalt auf dem Mond hatte er sich ein Lufterneuerungssystem ausgedacht, das auf einem Sauerstoff-Kohlenstoff-Zyklus beruhte. Die Pflanzen sollten die eine Hälfte zu diesem Kreislauf beitragen. Zwar würden sie genug flüssigen Sauerstoff zum Atmen für den Hin- und Rückflug mit sich führen, doch mit Hilfe eines geschlossenen Erneuerungssystems konnten sie solange auf dem Mond bleiben, wie es ihnen beliebte – oder jedenfalls solange, wie die Lebensmittelvorräte reichten.

Der zur hydroponischen Aufzucht des Rhabarbers benötigte Kunstdünger wurde gleich mitbestellt. Nachdem dies alles erledigt war, versorgten sie sich mit Schokoladen-Malzmilch und Hamburgern, bevor sie auf dem schnellsten Weg ins Lager zurückkehrten.

Bei ihrer Ankunft stürmten Morrie und Art neugierig aus der Werkstatt.

»Hallo, Doc! Hallo, Ross! Was gibt's Neues?«

Ross zeigte ihnen die Gewehre. Art wollte sie sofort ausprobieren, und Cargraves hatte nichts dagegen. Morrie blieb bei Cargraves stehen und meinte: »Ehe ich's vergesse, Doc – der IMFL war hier!«

»Der *wer*?«

»Inspektor vom Ministerium für Luftfahrt. Er hatte einen Brief von Ihnen.«

»Von *mir*? Was stand denn drin?«

»Dass Sie das Ministerium bitten, einen Inspektor herauszuschicken, der die umgebaute Rakete prüfen und sie zur Benutzung freigeben sollte. Ich habe ihm gesagt, dass sie noch nicht fertig sei.«

»Hast du ihm sonst noch was erzählt? Hast du ihm etwa gesagt, dass sie mit Atomkraft angetrieben wird?«

»Nein, das schien er bereits zu wissen. Er wusste auch, dass wir einen Weltraumflug vorhaben. Wie passt das eigentlich zu dem, was Sie uns eingeschärft haben, Doc? Ich dachte, die Sache sollte noch eine Weile geheim bleiben.«

»Das sollte sie eigentlich auch«, sagte Cargraves erbittert. »Was hast du ihm denn so erzählt?«

»Nichts – so wahr ich hier stehe. Dachte mir, das sollten Sie entscheiden, also habe ich mich einfach dumm gestellt! Ich habe Art informiert, und hat dasselbe getan. Das war doch richtig, oder? Ich wusste, dass er vom Ministerium kam, aber ich dachte mir, er sollte lieber mit Ihnen sprechen. Meinen Sie, dass wir ihn verärgert haben?«

»Ich hoffe, ihr habt ihn so mies behandelt, dass ihn vor Wut der Schlag trifft!«, rief Cargraves wütend. »Der Kerl war nie und nimmer vom Ministerium, der war ein falscher Fuffziger!«

»Aber er hatte doch Ihren Brief!«

»Gefälscht. Ich möchte wetten, dass er sich draußen irgendwo solange versteckt gehalten hat, bis ich fort war. Hast du ihn irgendwann allein gelassen, nur für einen Moment?«

»Nein. Moment mal – ja, doch, aber höchstens fünf Minuten. Wir waren beim Schiff, und er bat mich um eine Taschenlampe, also habe ich sie ihm geholt. Äh ... es tut mir Leid!« Der Junge schaute ihn kreidebleich an.

»Schon gut. Jeder höfliche Mensch hätte an deiner Stelle nicht anders gehandelt. Du wusstest ja nicht, dass du einen Betrüger vor dir hattest. Möchte nur wissen, wie er durch das Tor gekommen ist. Hatte er einen Wagen?«

»Ja. Ich ...«

»War das Tor verschlossen?«

»Ja, aber vielleicht hat er dem Ranger etwas vorgeschwindelt, sodass der ihn hereingelassen hat.«

Während ihrer Unterhaltung hatten sie sich auf die Rakete zu bewegt. Jetzt nahm Cargraves eine oberflächliche Untersuchung vor, fand aber nichts Verdächtiges. Es schien, als hätte der Eindringling nicht das gefunden, was er suchte – vermutlich deshalb, weil der *Antrieb* ja noch nicht eingebaut war …

Die Sache mit dem Tor ließ ihm noch immer keine Ruhe. »Ich fahre schnell mal zum Tor«, verkündete er nervös. »Sag den anderen Bescheid.«

»Ich werde Sie fahren.« Die Jungen waren sich einig, dass es mit Cargraves Fahrkünsten nicht weit her war. Vermutlich war es das einzige Gebiet, auf dem sie ihm nicht unverhohlene Bewunderung zollten – was sie ihm natürlich nicht sagten.

»Okay. Aber Tempo!« Morrie rannte zu den beiden anderen, die ein Gemetzel unter den leeren Konservendosen der letzten Woche veranstalteten. Wenige Sekunden später hatte er den Motor angeworfen und ließ ihn mehrmals aufheulen, während Cargraves neben ihm Platz nahm.

Das Vorhängeschloss war unbeschädigt, aber bei näherer Betrachtung stellten sie fest, dass jemand ein Glied der Kette herausgesägt und durch eine Drahtschlaufe ersetzt hatte. Cargraves bemerkte seelenruhig: »Das wär's dann wohl.«

»Sollten wir nicht lieber eine neue Kette beschaffen?«, fragte Morrie.

»Reine Materialverschwendung! Er hat ja immer noch seine Säge!«

Auf der Rückfahrt herrschte bedrückendes Schweigen. Cargraves war ernsthaft beunruhigt, während Morrie ein schlechtes Gewissen hatte, weil er auf den Betrüger hereingefallen war, statt ihn gefangen zu nehmen.

Cargraves befahl ihm, die ganze Angelegenheit für sich zu behalten, bis sie mit dem Essen fertig waren. Erst als der Tisch abgeräumt war, erzählte er den anderen, was sich zugetragen hatte. Art und Ross nahmen die Mitteilung mit ernsten Mienen entgegen, gaben sich aber doch recht gelassen.

»Sieht mir ganz so aus«, meinte Ross, »als ob jemand etwas gegen uns hat!«

»Dieser verflixte Mistkerl«, sagte Art leise. »Mir kam er gleich so aalglatt vor! Den hätte ich zu gern vor der Mündung meiner Garand gehabt!«

»Vielleicht ergibt sich diese Gelegenheit noch«, erklärte Cargraves. »Ich muss zugeben, Jungs, dass ich mir schon seit einiger Zeit ziemliche Sorgen mache!«

»Das haben wir schon wegen der Sache mit der Alarmanlage geahnt!«

»Na klar! Aber ich frage mich immer noch, was dahintersteckt. Wenn irgendetwas über unseren Flug ins All durchgesickert wäre und verständliche Neugierde dahinter stecken würde, könnte ich es ja begreifen. Aber mir ist nicht klar, warum der Betreffende ein solches Risiko auf sich nimmt – das scheint auf ein Motiv hinzuweisen, das ein bisschen stärker ist als Neugierde.«

»Jede Wette, dass die an deinem Triebwerk interessiert sind, Onkel Don!«

»Na, das würde zwar eine ganz prima Abenteuergeschichte abgeben, ist aber nicht logisch. Gesetzt den Fall, der Drahtzieher hinter diesen Vorfällen wüsste, dass ich einen Atomantrieb entwickelt hätte, bräuchte er nur einen Lizenzantrag zu stellen und könnte das Patent dann für seine Zwecke nutzen!«

»Vielleicht denkt er, du hättest der Kommission irgendetwas verheimlicht?«

»Falls er das glaubt, könnte er gegen Kaution die Einleitung eines Prüfverfahrens beantragen. Stattdessen macht er sich aber die Mühe, Briefe zu fälschen und Tore aufzubrechen, statt ein Verfahren abzuwarten, das mich möglicherweise ins Gefängnis bringen würde.«

»Wie dem auch sei, das ist derzeit nicht unser größtes Problem«, bemerkte Morrie. »Wir sollten lieber überlegen, wie wir ihm das Leben schwer machen. Ich schlage vor, wir gehen rund um die Uhr Patrouille!« Er warf einen Seitenblick auf die beiden Gewehre.

»Nein«, widersprach Cargraves, »Arts Alarmvorrichtung ist besser als jeder Wachposten. Nachts sieht man nicht genug. Das weiß ich aus leidiger Erfahrung.«

»Sag mal«, warf Art ein, »wie wär's, wenn ich die Radaranlage auf dem Dach montieren würde? Wenn ich sie auf Landüberwachung stelle, könnten wir das umliegende Gelände kontrollieren.«

»Nein«, erwiderte Cargraves. »Ich möchte um jeden Preis verhindern, dass die für unseren Flug notwendigen Geräte gefährdet werden. Ohne Radar können wir nicht losfliegen, also sollten wir ihn nicht zweckentfremden, um Einbrecher damit aufzuspüren!«

»Ich passe schon auf, dass nichts kaputt geht!«

»Meiner Meinung sollten wir zusehen, dass wir ihn vor die Flinte kriegen!«, schlug Morrie vor.

»Das wäre das Beste«, pflichtete Art ihm bei. »Ich werde versuchen, seinen Standort mit dem Radar auszumachen. Wir setzen dir einen Kopfhörer auf, mit mindestens tausend Fuß Kabel, und dann führe ich dich durch die Dunkelheit direkt zu ihm, sodass du ihm eins verpassen kannst!«

»Klingt vernünftig«, erwiderte Morrie.

»Nicht so schnell!«, warnte Cargraves. »Wenn ihr hier Wildwest spielen wollt und meint, ihr könntet einen Kerl über den Haufen knallen, bloß weil er hier eindringt, ohne euch vorher um Erlaubnis zu fragen, dann könnte es gut sein, dass ihr vor Gericht damit auf die Nase fallt! Ein gut gemeinter Rat von mir – ihr solltet nicht so viele Comics lesen!«

»Ich seh mir Comics nicht an«, maulte Art. »Jedenfalls nicht oft«, ergänzte er etwas leiser.

»Wozu haben wir die Gewehre überhaupt erst gekauft, wenn wir nicht damit schießen dürfen?«, beschwerte sich Ross.

»Diese Frage kann ich sofort klären: Du kannst *jederzeit* damit schießen – *wenn* du in Notwehr handelst! Aber ich habe keine Lust, mich mit einem Klub Verrückter zu umgeben, die mit blutrünstigen Blicken und dem Finger am Abzug durch die Gegend laufen! Dann schließe ich die Gewehre lieber in der Werkstatt ein, das sage ich euch. Überlegt mal, die Gewehre werden weitere Eindringlinge dazu bringen, es sich zweimal zu überlegen, ob sie ihr Vorhaben wirklich in die Tat umsetzen. Feuert nur, wenn es unbedingt sein muss – aber schießt absichtlich daneben, falls der andere nicht das Feuer eröffnet!«

»Okay.«

»Einverstanden.«

»Ich hoffe, er eröffnet das Feuer!«

»Sonst noch irgendwelche Vorschläge?«

»Nur noch eine Frage«, meldete sich Art zu Wort. »Angenommen, unser Freund kappt unsere Stromzufuhr? Wir hängen ja mit all unseren Geräten dran – Radio, Licht und auch die Alarmanlage. Er könnte uns den Saft abdrehen, während wir schlafen, und den ganzen Laden ausräumen, ohne dass wir etwas davon bemerken!«

Cargraves nickte. »Ein vernünftiger Einwand.« Er überlegte einen Augenblick. »Wir werden die Alarmanlage sofort über eine Hilfsleitung mit den Schiffsbatterien verbinden und morgen einen Ersatzstromkreis für die Beleuchtung verlegen.« Er erhob sich. »Auf geht's, Art. Und ihr beiden seht zu, dass ihr mit euren Übungen weiterkommt!«

»Was? Wir sollen Matheaufgaben lösen?«, protestierte Ross. »Ausgerechnet heute Abend? Mann, wir können uns doch nicht auf Bücher konzentrieren, während hier einer herumschleicht!«

»Ihr solltet es zumindest versuchen«, entgegnete der Doktor unnachgiebig. »Es soll Leute gegeben haben, die Bücher sogar geschrieben haben, während sie darauf warteten, gehängt zu werden!«

Die Nacht verlief ruhig. Ross und Doc waren bereits früh am Morgen am Schiff zugange, während Art und Morrie sich damit beschäftigten, die Beleuchtungsanlage mit der Batterie ihres Wagens zu verbinden. Doc drängte darauf, dass diese Arbeit vorrangig war, da jeden Augenblick mit dem Eintreffen des Thoriums zu rechnen sei. Er und Ross kletterten schließlich in die Rakete und machten sich an die Arbeit. Cargraves legte das Werkzeug zurecht, während Ross sich, laut und falsch pfeifend, um den Rand des Abschirmungschildes herumzwängte.

Im nächsten Augenblick nahm Cargraves einen grellen Blitz war, bevor ihm eine ungeheure Druckwelle ins Gesicht schlug und ihn gegen die nächste Wand schleuderte.

Art rüttelte ihn an der Schulter. »Doc!«, rief er besorgt. »Doc! Wach auf – bist du verletzt?«

»Ross ...«, murmelte Cargraves undeutlich.

»Hier ist Art, nicht Ross!«

»Aber Ross – was macht Ross? Ist er tot?«

»Weiß nicht. Morrie ist bei ihm!«

»Geh und sieh nach.«

»Aber du bist ...«

»Geh und schau nach, sagte ich!«

Art kletterte hinaus, worauf Cargraves wieder bewusstlos wurde.

Als er das zweite Mal zu sich kam, beugte Art sich gerade über ihn.

»Onkel«, sagte er, »das Thorium ist angekommen. Was sollen wir tun?«

Thorium. Thorium? Sein Kopf schmerzte, und das irgendwie fremdländisch klingende Wort schien ihm nichts zu sagen. »Ich komme gleich ... Wie steht es mit Ross? Ist er tot?«

»Nein, er lebt!«

»Schwer verletzt?«

»Seine Augen – nur seine Augen! Er ist nicht weiter verletzt, bloß ein paar Kratzer, aber er kann nichts sehen. Was soll ich ihnen wegen des Thoriums sagen, Onkel?«

»Zum Teufel mit dem Thorium! Sag ihnen, sie sollen es wieder mitnehmen!«

»Was?«

Er versuchte aufzustehen, doch alles schien sich zu drehen, und er fühlte sich zu schwach. Er ließ den Kopf zurückfallen und versuchte, seine durcheinanderwirbelnden Gedanken zu sammeln.

»Denk mal nach, Art«, murmelte er resignierend. »Wir brauchen kein Thorium mehr. Wir fliegen nicht. Das Ganze war ein großer Fehler von mir. Schick das Zeug zurück – es ist Gift!« Wieder verschwamm alles vor seinen Augen, und er schloss sie, um das aufkommende Übelkeitsgefühl zu unterdrücken.

»Ross...«, sagte er noch, bevor wieder alles um ihn herum schwarz wurde.

Er kam zu Bewusstsein, als Morrie und Art seinen Körper vorsichtig nach Verletzungen abtasteten.

»Ruhe bewahren, Doc, Ruhe bewahren!«, sagte Morrie.

»Wie geht es Ross?«

»Na, ja...« Morrie zog die Brauen hoch. »Ross ist wohl soweit in Ordnung – bis auf die Augen. Zumindest behauptet er, dass ihm sonst nichts weiter fehlt.«

»Ist er ... blind?«

»Äh ... er kann nichts sehen, ja...«

»Wir müssen ihn sofort ins Krankenhaus schaffen.« Cargraves richtete sich auf und versuchte, auf die Beine zu kommen.

»Au!« Er saß wieder auf dem Boden.

»Es ist sein Fuß«, vermutete Art.

»Wollen mal nachsehen. Stillhalten, Doc!«

Sie zogen ihm vorsichtig den linken Schuh aus und rollten den Strumpf zurück. Morrie tastete das Bein ab. »Was hältst du davon, Art?«

Der Angesprochene antwortete erst, nachdem er den Fuß sorgfältig untersucht hatte.

»Der Knöchel ist entweder verstaucht oder gebrochen. Muss auf jeden Fall geröntgt werden!«

»Wo ist Ross?«, drängte Cargraves erneut. »Wir müssen ihn ins Krankenhaus bringen!«

»Natürlich. Sicher«, pflichtete Morrie ihm bei. »Aber

Sie auch! Wir haben Ross erstmal in die Hütte gebracht.«

»Ich will ihn sehen – sofort!«

»Moment, ich hole nur eben den Wagen.«

Mit Arts Hilfe gelang es Cargraves, aufzustehen und auf dem gesunden Fuß zur Tür zu humpeln. Von dort aus zum Boden zu gelangen, erwies sich als weitaus schwieriger und ziemlich schmerzhaft, aber er schaffte es und ließ sich erleichtert auf dem Beifahrersitz des Wagens nieder.

»Wer da?«, rief Ross ihnen entgegen, als die Jungen mit Cargraves in der Mitte die Hütte betraten.

»Wir sind's nur«, beruhigte Art ihn.

Ross lag auf seinem Bett; seine Augen waren mit einem Taschentuch bedeckt. Cargraves humpelte zu ihm. »Wie geht's, Junge?«, fragte er mit gedämpfter Stimme.

»Oh, Sie sind's, Doc! Wird schon wieder. Mich haut so leicht nichts um. Aber wie steht es mit Ihnen?«

»Nicht der Rede wert ... Was machen deine Augen?«

»Na ja ... momentan bin ich ziemlich unzufrieden damit«, gab Ross launig zu. »Ich sehe nur violette und grüne Lichter!« Er bemühte sich, seiner Stimme einen unbekümmerten Klang zu verleihen, was allerdings nicht ganz dazu passen wollte, dass seine Halsschlagader sichtbar pulsierte. Cargraves wollte den Verband abnehmen, wurde aber von Morrie zurückgehalten.

»Lassen Sie den Verband, Doc!«, sagte er nachdrücklich. »Es gibt nichts zu sehen. Warten Sie, bis wir ihn ins Krankenhaus gebracht haben!«

»Aber ... Gut, ich seh's ein. Machen wir lieber, dass wir fortkommen.«

»Wir haben nur auf Ihren Befehl gewartet. Art wird euch fahren.«

»Und was willst du solange machen?«

»Ich«, erklärte Morrie bestimmt, »werde jetzt sofort auf das Dach klettern und mir was zu essen und eine Knarre mitnehmen. Wenn ihr zurückkommt, werde ich immer noch dort hocken.«

»Aber...« Cargraves zuckte die Achseln und ließ es auf sich beruhen.

Als sie zurückkehrten, kletterte Morrie vom Dach und half Cargraves ins Haus. Ross wurde von Art geführt – seine Augen waren verbunden, und in der Brusttasche seines Hemdes steckte eine dunkel getönte Brille.

»Wie steht's?«. erkundigte sich Morrie, wobei er seinen Blick nicht von Ross wandte.

»Es ist noch zu früh, um etwas Endgültiges zu sagen«, erwiderte Cargraves niedergeschlagen, während er sich auf einem Stuhl niederließ. »Es sind keine Verletzungen festzustellen, aber der Sehnerv wurde offenbar paralysiert.«

Morrie schnalzte, gab aber keinen weiteren Kommentar ab. Ross tastete nach einem Stuhl und setzte sich. »Mach dir keine Sorgen«, sagte er an Morrie gewandt. »Ich werde es schon durchstehen. Es ist eine Art Überreizung durch den Lichtblitz. Der Arzt hat lange mit mir darüber gesprochen. Schlimmstenfalls dauert es zwei bis drei Monate, aber dann ist alles wieder in Ordnung.«

Cargraves biss sich auf die Unterlippe. Der Arzt hatte ihm mehr erzählt, als er Ross gegenüber geäußert hatte. *Schlimmstenfalls* kam es überhaupt nicht wieder in Ordnung...

»Und was ist mit Ihnen, Doc?«

»Verstauchung und eine Zerrung im Rücken. Wurde bereits behandelt.«

»Nichts weiter?«

»Nein. Wir haben beide eine Tetanusspritze bekommen, aber das haben sie wohl nur gemacht, um auf Nummer sicher zu gehen.«

»Alles in allem denke ich, dass die Firma ihre Produktion schon bald wieder in vollem Umfang aufnehmen wird«, verkündete Morrie betont optimistisch.

»Nein«, widersprach Cargraves. »Nein, das wird sie nicht. Ich habe während der ganzen Fahrt versucht, mit diesen beiden Kerlen dort ein vernünftiges Wort zu reden, aber sie wollten mir einfach nicht zuhören. Wir sind fertig. Die Firma ist im Eimer!«

Keiner der Jungen wusste darauf etwas zu erwidern. Mit erhobener Stimme fuhr Cargraves fort: »Der Flug zum Mond fällt flach. Wollt ihr das nicht endlich einsehen?«

Morrie schaute ihn seelenruhig an. »Sie sagten, ›die Firma ist im Eimer‹. Heißt das, dass Ihnen das Geld ausgegangen ist?«

»Das ist ein Aspekt, wenn auch nicht der entscheidende. Was ich sagen wollte, ist...«

»Ich habe noch ein paar Staatsanleihen, die ich einlösen könnte«, verkündete Ross, wobei er seinen bandagierten Kopf in Cargraves Richtung drehte.

»Danke, ich weiß dein Angebot wirklich zu würdigen«, erwiderte Cargraves mit sanfter Stimme. »Aber das ist keine Lösung. Glaubt nicht, dass ich einfach aufgebe! Aber mir sind die Augen geöffnet worden – es war völliger Blödsinn, eine reine Idiotie! Ich hätte euch Jungs nie da hineinziehen dürfen. Ross, dein Vater hatte vollkommen Recht! Jetzt muss ich zusehen. Ich habe wohl einiges gut zu machen, und weiß noch nicht wie...«

Ross schüttelte den Kopf. Morrie streifte Art mit

einem Seitenblick und fragte: »Was meinst du? Du bist schließlich unser Bordarzt.«

Art wusste absolut nicht, wie er sich verhalten sollte. Zuerst wollte er etwas sagen, dann überlegte er es sich anders und stand auf, um zum Arzneischrank zu gehen, nahm ein Fieberthermometer und kehrte damit zu Cargraves zurück.

»Mach den Mund auf, Onkel.«

Bevor Cargraves protestieren konnte, schob Art ihm das Glasrohr in den Mund. »Beim Fiebermessen wird nicht gesprochen«, erklärte er und richtete den Blick auf seine Armbanduhr.

»Was, zum ...«

»Mund zu!«

Cargraves fügte sich, obwohl er ziemlich wütend war. Keiner sprach ein Wort, bis Art nach dem Thermometer griff.

»Was zeigt es an?«, erkundigte sich Morrie.

»Achtunddreißig-drei.«

»Das möchte ich sehen!«, rief Cargraves. Doch Art hielt das Thermometer so, dass er die Skala nicht sehen konnte. Der Doktor erhob sich mühselig und verlagerte versehentlich sein Gewicht auf den verletzten Fuß. Mit schmerzverzerrter Miene setzte er sich wieder, ohne ein Wort zu verlieren. Art schlug das Thermometer herunter, reinigte es und legte es an seinen Platz im Arzneischrank zurück.

»Wie es aussieht«, erklärte Morrie bestimmt, »sind Sie im Augenblick nicht mehr der Chef, sondern ich.«

»Hä? Verdammt, was ist bloß in dich gefahren, Morrie?«

Morrie fragte nur: »Was meinst du dazu, Art?«

Art druckste eine Weile herum, erklärte dann aber,

ohne mit der Wimper zu zucken: »Es ist, wie Morrie sagt, Onkel!«

»Ross?«

»Ich weiß zwar nicht richtig, wie wir weitermachen sollen«, erklärte Ross langsam, »aber ich merke, worauf sie hinauswollen und schließe mich Art und Morrie an.«

Cargraves merkte, wie seine Kopfschmerzen wiederkamen. »Ich glaube, ihr spinnt! Aber das spielt ohnehin keine Rolle, weil es nichts daran ändert, dass wir am Ende sind.«

»Nein«, widersprach Morrie energisch, »wir spinnen keineswegs, und ob wir am Ende sind, bleibt abzuwarten. Fest steht nur, dass Sie hiermit krankgeschrieben sind! Dadurch geht die Befehlsgewalt automatisch an mich über – Sie haben diese Anordnung ja selbst getroffen. Solange Sie nicht wieder für gesund erklärt worden sind, können Sie uns keine Befehle erteilen oder irgendwelche Entscheidungen treffen!«

»Aber...« Schlagartig hielt er inne und lachte schallend, zum ersten Mal seit vielen, vielen Stunden. »Das ist doch völlig verrückt! Ihr verhaftet mich sozusagen, indem ihr eine reine Formalität gegen mich einsetzt. Aber ihr könnt mich doch nicht auf die Krankenliste setzen, bloß weil ich erhöhte Temperatur habe!«

»Wir haben Sie nicht deshalb auf die Liste gesetzt, nur ist es der Grund, warum Sie auf der Liste *bleiben*! Art hat Sie bereits krankgeschrieben, als Sie besinnungslos waren. Und Sie bleiben krankgeschrieben, bis er Sie wieder für gesund befindet. Sie selbst waren es doch, der ihn zum Bordsanitäter ernannt hat.«

»Ja, aber... Sieh mal an, Art – du hast mich also schon früher auf die Krankenliste gesetzt, ja? Das ist nicht nur ein Gag, um mich auf den Leim zu führen?«

»Nein, Onkel«, versicherte Art ihm. »Als ich Morrie erzählt habe, dass du die Anweisung erteilt hast, das Thorium nicht anzunehmen, wollte er dich fragen, ob das wirklich stimmt. Aber du warst bewusstlos. Wir wussten nicht, was wir tun sollen, bis Morrie darauf kam, dass ich ja für unseren Gesundheitszustand verantwortlich bin. Also sah ich mich gezwungen, zu entscheiden, ob du deinem Dienst nachgehen kannst oder nicht. Deshalb ...«

»Aber du hast doch nicht ... na, egal, das ist ja unwesentlich. Ich habe das Thorium zurückgehen lassen. Der geplante Flug findet also nicht statt. Es gibt keinen Bordsanitäter, und ich habe auch keinen Stellvertreter. Der ganze Laden existiert sozusagen gar nicht mehr.«

»Aber das will ich dir ja schon die ganze Zeit klarmachen, Onkel – wir haben das Thorium nicht zurückgehen lassen!«

»Ich habe den Lieferschein quittiert«, erklärte Morrie. »In Ihrem Auftrag, selbstverständlich.«

Cargraves rieb sich den Kopf. »Da hört doch glatt alles auf! Egal, auch das wird nichts ändern. Ich habe erkannt, dass die ganze Idee irrsinnig war. Ich fliege nicht zum Mond, basta! Moment, Morrie, bevor du etwas sagst – ich will gar nicht in Frage stellen, dass du zur Zeit hier das Sagen hast, aber ich darf doch wohl reden, oder nicht?«

»Na klar. Reden Sie nur, soviel Sie wollen. Aber es werden keine endgültigen Entscheidungen getroffen, jedenfalls nicht, bevor sich Ihre Temperatur wieder normalisiert hat und bevor Sie eine Nacht richtig durchgeschlafen haben!«

»Okay. Aber ihr werdet schon noch sehen, dass sich das alles von selber erledigt. Schließlich braucht ihr mich, um den Antrieb einzubauen. Habe ich Recht?«

»Ja.«

»Seht ihr's endlich ein? Ihr Jungs lernt zwar von Tag zu Tag mehr über Atomenergie, aber ihr wisst längst nicht genug darüber, und ich habe euch noch nicht erklärt, wie der Antrieb funktioniert.«

»Wir könnten uns aber *jederzeit* eine Lizenz auf Ihr Patent besorgen. Dazu brauchten wir nicht einmal um Ihre Einwilligung«, gab Ross zu bedenken. »Wir fliegen zum Mond!«

»Vielleicht – *falls* sich ein anderer Atomphysiker mit euch zusammentut. Aber dann wäre es nicht mehr unser Projekt, Jungs! Möglicherweise habe ich ein wenig Fieber oder auch nicht – das spielt keine Rolle. Ich bin jetzt zum ersten Mal ganz klar im Kopf, seit ich damals auf eurem Versuchsstand eins auf die Nuss gekriegt habe. Ich denke, ich habe euch noch einiges zu erklären. Wir *müssen* das Ganze abbrechen, aber ich möchte nicht, dass wir deswegen Streit bekommen!«

»Was meinen Sie denn mit ›seit Sie eins auf die Nuss gekriegt haben?‹«

Cargraves beantwortete die Frage ganz sachlich. »Gleich nachdem wir damals das Gelände abgesucht hatten, wusste ich, dass der ›Unfall‹ in Wirklichkeit gar kein Unfall war. Jemand hat mir eins verpasst, wahrscheinlich mit einem Totschläger. Damals konnte ich mir nicht erklären, warum, und ich blicke auch jetzt noch nicht vollständig durch. Mir hätte allerdings ein Licht aufgehen müssen, als wir es hier dann plötzlich mit Einbrechern zu tun hatten. Aber ich wollte einfach nicht glauben, dass sie es tatsächlich ernst meinen. Das ist mir eigentlich erst gestern aufgegangen – es wird doch niemand als falscher Bundesinspektor auftreten, wenn er nicht um einen sehr hohen Einsatz spielt und zu allem entschlossen ist. Ich habe mir den Kopf darüber zerbrochen, da mir nicht einfallen wollte, was der Betreffende vorhatte. Ich habe keine Sekunde daran geglaubt, dass sie wirklich so weit gehen würden, uns umzubringen!«

»Aber jetzt glauben Sie, dass man uns wirklich umbringen will?«, fragte Ross ungläubig.

»Ich bin davon überzeugt! Der falsche Inspektor hat uns ja nicht nur reingelegt, sondern auch eine Bombe hinterlassen!«

»Vielleicht wollte er nur das Schiff in die Luft sprengen.«

»Wozu?«

»Wäre es nicht denkbar«, überlegte Art laut, »dass es sich um Konkurrenten handelt, die hinter den großen Preisen her sind?«

»Man kann doch keinen Preis gewinnen, indem man ein Raumschiff kaputtmacht!«

»Nein, aber es könnte uns daran hindern, ihnen zuvorzukommen!«

»Vielleicht. Es klingt mir ein bisschen weit hergeholt, doch es wäre immerhin denkbar. Aber der Hintergrund spielt auch gar keine so große Rolle – es geht in erster Linie darum, dass es jemand auf uns abgesehen hat, und dass dieser Jemand vor nichts zurückschreckt. Wir leben hier draußen in völliger Abgeschiedenheit. Wenn ich es mir leisten könnte, das Gelände mit Wachposten abzuriegeln, könnten wir uns vielleicht in Sicherheit wiegen. Aber dazu fehlt mir das Geld. Und ich kann nicht riskieren, dass man euch Jungs über den Haufen knallt oder euch in die Luft sprengt.«

Art blickte ihn trotzig und ziemlich unglücklich an, während Morries Gesicht keinerlei Gefühlsregung erkennen ließ.

»Wenn das alles ist, was Sie vorzubringen haben,

Doc, dann schlage ich vor, dass wir jetzt essen und das Thema auf morgen vertagen.«

»Einverstanden.«

»Halt – nicht so eilig.« Ross war aufgestanden und tastete nach der Stuhllehne, um sich zu orientieren. »Wo sind Sie, Doc?«

»Hier – links von dir.«

»Gut. Ich möchte Ihnen nämlich etwas sagen. Ich fliege zum Mond. Ich fliege auf jeden Fall zum Mond, ob Sie nun mit wollen oder nicht. Ich fliege zum Mond, selbst wenn ich mein Augenlicht nie mehr wiederbekomme. Ich fliege zum Mond, selbst wenn Morrie oder Art bei mir den Blindenhund spielen müssen. Und soweit es Sie betrifft – es ist mir egal, was Sie tun. Aber ich muss mich ein wenig über Sie wundern, Doc«, fuhr er nach einem Moment der Stille fort. »Sie drücken sich davor, die Verantwortung für uns zu übernehmen, nicht wahr? Darauf läuft es doch hinaus?«

»Ja, Ross, darauf läuft es wohl hinaus.«

»Aber Sie waren trotzdem gewillt, die Verantwortung für einen Mondflug mit uns zu übernehmen, ja? Das ist doch viel gefährlicher als alles, was uns hier zustoßen könnte, oder nicht?«

Cargraves biss sich auf die Unterlippe. »Das ist etwas anderes.«

»Gut. Ich werde Ihnen genau sagen, was anders daran ist: Wenn wir bei dem Versuch ums Leben kommen, den Mond zu erreichen, sind die Chancen neunundneunzig zu hundert, dass wir alle zusammen dabei draufgehen. Dann müssen Sie nicht zurückkehren, um unseren Eltern Rede und Antwort zu stehen. Das ist der ganze Unterschied!«

»Aber Ross ...«

»Aber Ross!«, äffte der den Wissenschaftler nach.

»Was, zum Teufel, soll das, Doc? Ich frage mich, wenn das Ganze nun auf dem Mond passiert wäre – würden Sie dann auch so herumjammern und die Flinte ins Korn werfen? Ich kann mich nur über Sie wundern, Doc! Wenn Sie bei jeder Kleinigkeit die Nerven verlieren, bin ich doch sehr dafür, dass wir Morrie zum ständigen Leiter der Expedition machen!«

»Jetzt reicht's aber, Ross«, bemerkte Morrie ruhig.

»Schon gut. Ich war sowieso fertig.« Ross setzte sich.

Bedrückende Stille breitete sich im Raum aus, bis Morrie es nicht mehr ertragen konnte und sagte: »Komm, Art, lass uns was zu Essen machen! Sonst kommen wir gar nicht mehr dazu, unsere Aufgaben zu erledigen.«

Cargraves schaute sie ein wenig verwirrt an. Morrie bemerkte seinen Gesichtsausdruck und erklärte: »Das machen wir immer so – einer liest die Aufgaben vor, der andere macht die Küchenarbeit.«

An diesem Abend begab Cargraves sich sehr früh zur Ruhe, tat aber nur so, als ob er schlief. Er beobachtete, dass Morrie und Art offenbar die Absicht hatten, die ganze Nacht abwechselnd Wache zu schieben. Aus gutem Grund sah er davon ab, ihnen Ratschläge zu erteilen.

Die Jungen begaben sich erst bei Sonnenaufgang ins Bett. Cargraves bemühte sich, seinen geschundenen Körper möglichst leise aus dem Bett zu erheben. Auf einen Stock gestützt, humpelte er zum Schiff, um zu überprüfen, wie groß der von der Bombe hervorgerufene Schaden war. Dabei fiel sein Blick eher zufällig auf die Kiste mit dem Thorium, die wegen der Transportabschirmung weitaus größer war, als man es aufgrund der relativ geringen Menge des spaltbaren Materials hätte vermuten sollen. Mit Erleichterung stellte er fest, dass das Siegel der Atomenergie-Behörde unverletzt war. Dann bewältigte er den schmerzhaften und umständlichen Einstieg ins Innere des Schiffes, um den Kommandostand zu inspizieren.

Die Schäden hielten sich erfreulicherweise in Grenzen. Ein wenig Schmiedearbeit, einige Schweißarbeiten, das ist alles, sagte er sich. Was blieb, war das Rätsel um die Beweggründe des Täters, deshalb setzte er seine Untersuchung sehr vorsichtig fort.

An der Rückseite des Schutzschilds entdeckte er sechs kleine Stücke eines Materials, das an Knetgummi erinnerte. Obwohl aus den Klümpchen keine Zünddrähte herausragten, wusste Cargraves sofort, um was es sich handelte. Offenbar war der Saboteur nicht lange genug allein gewesen, um sein tödliches Spielzeug komplett zu verkabeln. Und so waren es gerade die mangels Zünder relativ ungefährlichen Bröckchen Plastiksprengstoff, die einwandfrei bewiesen, dass der Täter es darauf abgesehen hatte, den Kommandostand zu zerstören *und* jeden zu töten, der das Pech hatte, in der Nähe zu sein.

Mit äußerster Vorsicht begann er, den Sprengstoff zu beseitigen. Mit schweißbedeckter Stirn suchte er schließlich alles sorgfältig nach weiteren tödlichen Fallen ab, bis er überzeugt war, dass keine Gefahr mehr drohte. Er ließ die Sprengstoffbröckchen in seine Hemdtasche gleiten und machte, dass er nach draußen kam.

Als er die Einstiegsluke verließ und sich wieder dessen bewusst wurde, wie sehr er durch sein verletztes Bein gehandicapt war, begann er plötzlich, an sämtlichen Gliedmaßen zu zittern. Ihm war, als wäre er selbst eine Bombe, die jeden Augenblick explodiern konnte. Humpelnd erreichte er den Zaun und machte sich daran, die Bröckchen so weit in das verminte Gelände zu werfen, wie er nur konnte. Er legte dazu alle bis auf eines auf den Boden, um sich bei einer möglichen Detonation fallen lassen zu können, ohne eine Explosion der verbleibenden Sprengstoffbröckchen zu riskieren. Aber die gefürchtete Explosion blieb aus – anscheinend war das Zeug verhältnismäßig unempfindlich gegen mechanische Belastungen. Als er sich des Sprengstoffs entledigt hatte, wandte er sich zum Gehen und überließ es der Sonne und dem Regen, die gefährliche Substanz in unschädliche Bestandteile zu zersetzen.

Vor der Hütte traf er Ross, der sich die Morgensonne in sein verbundenes Gesicht scheinen ließ. »Sind Sie das, Doc?«, rief der Junge.

»Ja. Guten Morgen, Ross.«

»Guten Morgen, Doc.« Ross kam mit vorsichtigen Schritten auf den Wissenschaftler zu. »Ich war gestern Abend wohl ziemlich ruppig, Doc. Tut mir leid, ich war ein bisschen nervös.«

»Vergiss es. Wir alle waren nervös.«

Der Junge tastete nach seiner Hand und drückte sie.

»Was machen deine Augen?«

Ross Gesicht hellte sich auf. »Es wird besser, denke ich. Heute Morgen nach dem Aufstehen habe ich den Verband etwas angehoben. Ich kann sehen ...«

»Großartig!«

»Ja, ich kann sehen, zwar verschwommen und doppelt und dreifach – aber immerhin. Auf Dauer vertragen die Augen die Helligkeit allerdings noch nicht.«

»Trotzdem – das klingt, als ob du bald wieder richtig

einsatzbereit bist«, entgegnete Cargraves. »Aber sei vorsichtig und mute dir nicht zu viel zu!«

»Ich passe auf ... sagen Sie mal, Doc ...«

»Ja, Ross?«

»Ach, nichts ... Ist schon gut.«

»Ich weiß, was dir auf dem Herzen liegt, Ross. Wenn es dich beruhigt: Ich habe mich anders entschlossen – gestern Abend vor dem Einschlafen. Wir ziehen die Sache durch!«

»Gut!«

»Gut? Vielleicht ist es alles andere als das! Ich weiß es nicht. Aber wenn ihr Jungs unbedingt zum Mond wollt, bin ich auf eurer Seite. Wir werden hinkommen, und wenn wir laufen müssen!«

»Das hört sich schon eher nach Ihnen an, Doc!«

»Danke. Sag mal, sind die anderen schon auf?«

»Noch nicht. Sie haben wohl nicht viel Schlaf bekommen.«

»Verstehe. Lassen wir sie einstweilen schlafen. Komm, wir setzen uns solange in den Wagen. Hier, nimm meinen Arm!«

Als sie es sich bequem gemacht hatten, fragte Ross: »Doc, wie lange wird es noch dauern, bis wir startbereit sind?«

»Nicht mehr lange, denke ich. Warum?«

»Weil ich glaube, dass es wirklich wichtig ist, dass wir so bald wie möglich loslegen. Wenn man uns weiter davon abzuhalten versucht, ist es nur eine Frage der Zeit, bis es uns erwischt. Wenn es nach mir geht, könnten wir heute starten!«

»Das geht nun mal nicht«, erwiderte Cargraves, »aber allzu lange dürfte es nicht mehr dauern. Ich muss noch den Antrieb einbauen, aber das ist kein Problem, da es nur darum geht, einige Teile zusammenzuschrauben. Das war bereits bis ins letzte Detail durchgeplant, lange bevor wir uns kennen lernten.«

»Wenn doch meine Augen in Ordnung wären!«

»Dabei kann mir sowieso niemand helfen. Nicht, dass ich dich nicht dabei haben möchte, Ross!«, fügte er rasch hinzu, als er die enttäuschte Miene des Jungen sah. »Ich habe euch die Sache nur deshalb bisher nicht näher erklärt, weil ich mir dachte, es wäre einfacher, wenn wir erst das ganze Gebilde vor unseren Nasen haben.«

»Wie funktioniert das überhaupt?«

»Du kennst doch einen Heronsbrunnen, das habt ihr doch bestimmt in der Schule durchgenommen, ja? Unten ein kleiner Dampfkessel und oben ein rotierendes Sprühding wie bei einem Rasensprenger, du weißt schon. Man erhitzt den Kessel, und der Dampf entweicht durch das Sprühding und setzt es dabei in Bewegung. Nun, mein Antrieb arbeitet ähnlich, nur dass ich statt Feuer Atomenergie benütze, und statt Wasser verwende ich Zink. Wir bringen das Zink zum Kochen, lassen es verdampfen und erhalten Zinkdampf. Dann lassen wir den Dampf durch die Düse entweichen. Das ist eigentlich schon alles.«

Ross stieß einen Pfiff aus. »Einfach – und wirklich gewitzt! Aber wird es auch funktionieren?«

»Ich bin überzeugt davon. Als wir uns kennen lernten, hatte ich gerade die ersten Versuche mit einem Zinkdampf-Kraftwerk durchgeführt. Das produzierte einen harten, heißen Dampfstrahl, genau wie ich es vorhergesehen hatte. Nur konnte ich keine handelsübliche Turbine finden, die das aushielt. Während des Betriebs wurden sämtliche Schaufeln zerstört. Und da wurde mir schlagartig klar, dass ich hier einen sehr brauchbaren Raketenantrieb vor mir hatte.«

»Echt stark, Doc! Aber sagen Sie mal – warum verwenden Sie nicht lieber Blei? Es ist schwerer, und man könnte mehr mitnehmen.«

»Ein berechtigter Einwand. Die dichtere Masse würde auf einen kleineren Raketenmotor hinauslaufen, kleinere Tanks, ein kleineres Schiff, weniger totes Gewicht. Aber unsere Hauptschwierigkeit liegt gar nicht in der Masse – worauf es wirklich ankommt, ist die Austrittsgeschwindigkeit an der Düse. Ich habe mich für Zink entschieden, weil es einen niedrigeren Verdampfungspunkt hat als Blei. Ich möchte den Dampf stark überhitzen, um zu einem brauchbaren, schnellen Antrieb zu kommen, darf dabei aber nicht den Hemmstoff überbeanspruchen, den ich verwende.«

»Kohlenstoff?«

»Ja, Kohlenstoff – Graphit. Wir verwenden Kohlenstoff, um den Neutronenstrom zu dämpfen, und Kadmiumstäbe zur Kontrolle des Prozesses. Die Strahlung wird von dem flüssigen Zink absorbiert. Das Zink kocht, und der Zinkdampf zischt durch die Düse hinaus!«

»Verstehe. Aber warum nehmen Sie nicht Quecksilber anstelle von Zink? Es ist noch schwerer als Blei, und der Siedepunkt liegt niedriger als bei beiden.«

»Oh, Quecksilber wäre sehr gut geeignet, aber es ist zu kostspielig! Wir müssen sparen, wo wir nur können.« Doc schwieg, als Morrie den Kopf aus der Tür der Hütte steckte.

»Hey, ihr beiden! Wenn ihr nicht bald kommt, stellen wir es euch vor die Tür!«

»Das lass mal lieber bleiben!« Cargraves kletterte aus dem Wagen, trat jedoch mit dem falschen Fuß auf und schrie laut auf.

»Moment, ich stütze Sie!«, bot Ross an.

Sie halfen sich gegenseitig, so gut es ging. Während sie sich der Hütte näherten, fuhr Cargraves fort: »Wenn man vom Reaktor absieht, haben wir eigentlich nicht mehr viel zu tun. Das Thorium ist bereits in Graphit eingebettet, genau nach meiner Planung. Wir müssen also im Grunde nur noch die Luftschleuse einrichten und sollten dann den ersten Probelauf veranstalten.«

Obwohl die Rakete im Transatlantik-Verkehr außerhalb der Atmosphäre eingesetzt worden war, verfügte sie nicht über eine Luftschleuse, da ihre Konstrukteure nun einmal nicht damit gerechnet hatten, dass jemand sie eines Tages auf der Mondoberfläche verlassen wollte. Für den Mondflug war eine Luftschleuse natürlich unabdingbar. Cargraves beabsichtigte, an das Innere des Rahmens der Einstiegsluke eine Stahlkabine anzuschweißen, die mit einer zweiten, luftdicht abschließenden Tür versehen war, die nach innen aufging.

»Ich kann die Schleuse anbringen, während Sie sich um den Einbau des Reaktors kümmern!«, schlug Ross vor. »Das heißt, falls meine Augen bis dahin wieder mitmachen.«

»Selbst wenn das der Fall wäre – ich halte es nicht unbedingt für ratsam, in das Licht eines Schweißapparats zu blicken! Können die anderen nicht schweißen?«

»Das schon – aber, unter uns gesagt, wenn sie eine saubere Schweißnaht wollen, sollten Sie besser mich fragen!«

Beim Frühstück teilte Cargraves den anderen beiden Jungs mit, dass er sich entschlossen hatte, den Flug doch durchzuführen. Art bekam rote Wangen und brachte vor Aufregung keinen vernünftigen Satz heraus. Morrie erklärte mit einem Pokergesicht: »Man sagt ja immer, dass Schlaf gut gegen Fieber ist. Behalten wir unsere bisherigen Pläne bei?«

»Absolut, nur werden wir uns jetzt stärker dahinter klemmen. Wie steht es in deinem Ressort?«

»Von mir aus könnte es heute Nachmittag losgehen. Die Kreiselstabilisatoren schnurren wie die Katzen – ich habe so lange Hohmann-Kreisbahnen und S-Flugbahnen ausgerechnet, dass es mir schon zum Hals heraushängt. Die Rechenmaschine und ich – wir beide sind so!« Er streckte zwei Finger aus.

»Fein. Dann kannst du dich jetzt um unseren Proviant kümmern. Und wie sieht es bei dir aus, Art?«

»Wer? Ach so – ich ... nun, bei mir ist alles klar, denke ich. Beide Radars sind einsatzbereit. Ich habe da nur noch ein paar Kleinigkeiten an den FM-Kreisen auszubügeln.«

»Aber grundsätzlich funktioniert alles?«

»Ich denke schon.«

»Dann lass die Finger von den Funkgeräten! Ich habe genug anderes für dich zu tun.«

»Was wird denn nun aus dem Radarschirm, den Art zusammenbasteln wollte?«, erkundigte sich Morrie.

»Hm? Ach so, wegen unseres neugierigen Freundes, meinst du ...«

Cargraves dachte einen Moment nach. »Ross ist der Meinung – und ich übrigens auch –, dass es das Beste wäre, so schnell wie möglich abzuhauen. Ich halte es deshalb nicht unbedingt für ratsam, den Radar auszubauen. Es würde uns nur Zeit kosten, ganz abgesehen von der Gefahr, dass dabei etwas kaputtgehen könnte, das wir nicht so leicht ersetzen können.«

Morrie nickte. »Ich bin sowieso der Ansicht, dass ein Mann mit einem Gewehr in den Händen mehr wert ist als der beste technische Wachhund. Schaut her – wir sind vier Mann. Das macht für jeden zwei Stunden weniger Schlaf pro Nacht, wenn wir Wache schieben. Was haltet ihr davon?«

Cargraves willigte sofort ein, während die anderen eine Menge anderer Vorschläge zur Absicherung des Geländes machten, die sich aber bei näherer Betrachtung entweder als zu zeitraubend, zu kostspielig oder schlicht als unpraktikabel erwiesen. Also entschieden sie, die Dinge einfach laufen zu lassen, aber sicherheitshalber das Gelände nachts zu beleuchten, wobei ein

Kreis von Scheinwerfern direkt um die Rakete errichtet werden sollte. Sämtliche Zuleitungen würden so verschaltet werden, dass die Scheinwerfer bei einem Ausfall der Stromversorgung aus den Batterien der Rakete gespeist wurden.

Am Mittwoch der folgenden Woche konnte Cargraves sich mit einem Gefühl größter Zufriedenheit zum Lunch niederlassen. Das Thoriumkraftwerk befand sich an Ort und Stelle hinter der reparierten Abschirmung. Das allein war ihm eine Menge wert, da er beunruhigt gewesen war, solange sie jederzeit damit rechnen mussten, lebensgefährliche Strahlendosen abzubekommen, selbst wenn sie Schutzanzüge trugen und alle Vorsichtsmaßnahmen beim Umgang mit dem Thorium beachteten.

Nun war das kein Problem mehr, und sie hatten es auch geschafft, die Luftschleuse einzubauen und erfolgreich auf Dichtigkeit zu prüfen. Der Proviant war bereits an Bord, und die für die Beschleunigungsphase notwendigen Hängematten für Art und Ross befanden sich bereits an ihrem Platz (für Cargraves und Morrie waren die Pilotensitze vorgesehen, die ebenfalls den Andruck milderten).

Das Kraftwerk hatte den ersten Testlauf bei gedrosselter Leistung mit Bravour absolviert, was Cargraves endgültig das Gefühl gab, dass das Projekt reibungslos verlief, zumal die Schalttafeln ausnahmslos grünes Licht anzeigten.

Der falsche Inspektor hatte sich nicht wieder blicken lassen, und die nächtlichen Patrouillen verliefen ohne Störung. Das Erfreulichste war jedoch, dass Ross Sehkraft erstaunlich schnell zurückgekehrt war. Der Augenarzt hatte ihn am letzten Montag gesund geschrieben, nachdem der Junge versprochen hatte, in den nächsten Wochen eine getönte Brille zu tragen.

Cargraves humpelte zwar noch, kam mittlerweile aber zumindest ohne Krücke zurecht. Er hatte sich mit wachsender Begeisterung auf Fachliteratur gestürzt (völliges Kauderwelsch für gewöhnliche Sterbliche) und zog in Erwägung, einen Aufsatz für die Zeitschrift *Physical Review* zu schreiben. Derzeit favorisierte er den Titel *Eine Reihe verifizierter experimentelle Faktoren zum Flug in den Weltraum*, verfasst von Donald Morris Cargraves, ordentlicher Doktor, Diplomphysiker, Leutenant der Reserve, Träger des Nobelpreises, Inhaber eines Lehrstuhls für Raumfahrttechnik und Nuklearphysik, Mitglied des akademischen Beirats usw. Noch war er nicht im Besitz dieser Ehren – er probierte sie sozusagen nur an …

Draußen fuhr mit einem Heidenlärm ein Wagen vor, und dann stürmte Art auch schon mit der Post herein.

»Der Weihnachtsmann ist da!«, rief er. »Ein Brief von deiner Familie, Ross, und einen von der künstlichen Blondine, auf die du so scharf bist!«

»Ich bin absolut nicht scharf auf sie. Außerdem ist sie von Natur aus blond!«, antwortete der auf die Schippe Genommene erbost.

»Wenn du es sagst – du wirst schon noch dahinter kommen! Drei für dich, Morrie – nur Geschäftspost. Die übrigen sind für dich, Doc«, rasselte er herunter, bis er nur noch den Brief von seiner Mutter in der Hand hielt.

»Schon wieder aufgewärmtes Dosenfleisch!«, brummte er, als er sich setzte.

»Damit du dich langsam an das Essen gewöhnst, das

du auf dem Mond vorgesetzt bekommst«, erwiderte der Koch. »Sagen Sie mal, Doc...«

»Ja, Morrie?«

»Hier steht, dass die Notrationen im Expressbüro in der Stadt eingetroffen sind. Ich werde sie heute Nachmittag abholen. Das Übrige sind Rechnungen. Damit ist meine Liste wohl komplett abgehakt.«

»Gut«, erwiderte er zerstreut, während er einen Briefumschlag aufriss. »Du kannst Ross und mir auf dem Versuchsstand helfen. Das ist die einzige größere Arbeit, die wir noch zu erledigen haben.« Er entfaltete den Brief, um ihn zu lesen.

Plötzlich stutzte er und überflog die Zeilen ein zweites Mal. Ross bemerkte, dass er aufgehört hatte zu essen, und sagte: »Was ist denn los, Doc?«

»Ach, halb so wild, aber ärgerlich ist es doch. Die Firma in Denver kann die Dynamometer für den Probelauf nicht liefern.« Er warf Ross den Brief zu.

»Und was heißt das für uns?«, fragte Morrie.

»Ich weiß noch nicht. Ich werde mit euch in die Stadt fahren, am besten gleich nach dem Essen. Ich muss ein Gespräch zur Ostküste führen und möchte nicht riskieren, dass der Zeitunterschied mir ein Schnippchen schlägt.«

»Geht klar!«

Ross gab den Brief zurück. »Gibt es nicht genügend andere Firmen, bei denen man so was kaufen kann?«

»Von wegen! Dynamometer für derartige Drücke kann man nun mal nicht an jeder Straßenecke bekommen. Wir werden es erst mal bei Baldwin versuchen, die bauen Dampfkessel.«

»Warum bauen wir sie nicht selbst?«, fragte Art. »Für die *Starstruck*-Versuche haben wir doch auch Marke Eigenbau verwendet!«

Cargraves schüttelte den Kopf. »So sehr ich eure Fähigkeiten bewundere – für manche Dinge braucht man Spezialwerkzeuge und besondere Geräte. Aber wo wir gerade von den *Starstruck*-Versuchen sprechen«, fuhr er fort, um mit voller Absicht zu einem weniger ärgerlichen Thema zu wechseln, »habt ihr schon mal daran gedacht, dass wir noch gar keinen Namen für das Schiff haben? Was würdet ihr von *Starstruck VI* halten?«

Art gefiel der Name. Morrie gab jedoch zu bedenken, dass *Moonstruck* wohl passender wäre, während Ross eine ganz andere Idee hatte.

»Für unsere Raketenmodelle war *Starstruck* gewiss nicht schlecht, aber für ein Mondschiff brauchen wir doch wohl etwas – wie soll ich es sagen? – etwas Würdigeres.«

»*Pionier?*«

»Hach, wie einfallsreich!«

»*Thor* – in Bezug auf den Antrieb, wisst ihr?«

»Nicht schlecht, aber auch nicht gut genug!«

»Warum nicht *Einstein*?«

»Ich kann mir schon denken, warum ihr sie nach Einstein benennen wollt«, meinte Cargraves ein, »aber ich glaube, dass mir ein noch besserer Name eingefallen ist, der euch aus diesem Grund vielleicht auch besser gefällt. Wie wäre es mit *Galileo*?«

Damit war die Diskussion beendet, da sämtliche Mitglieder des *Galileo-Klubs* von diesem Vorschlag aus verständlichen Gründen begeistert waren. Jener Mann, der die Gebirge des Mondes als Erster gesehen und beschrieben hatte, jener Mann, dessen Name zum Inbegriff des aufrechten, freigeistigen Forschers geworden war – sein Name klang wie Musik in ihren Ohren.

Cargraves fragte sich in diesem Moment, ob auch

ihre Namen in drei Jahrhunderten ähnliche Gefühle bei den zukünftigen Forschern auslösen würden. Vielleicht, wenn sie Glück hatten, viel Glück – auch Kolumbus war ja nicht in Vergessenheit geraten. Und falls sie kein Glück hatten – nun, mit einer Rakete zu zerschellen, war ein schneller Tod.

Doch bald darauf hatte es den Anschein, als würde das Glück sie verlassen. Diese Veränderung war keineswegs so dramatisch, wie man sich wohl die letzten Sekunden in einem mit flammenden Düsen abstürzenden Raumschiff vorstellen muss.

Cargraves stand bis kurz nach fünf (Ostküstenzeit) schwitzend in einer Telefonzelle und sprach schließlich noch eine Stunde mit Chicago, bis es dort nach fünf war. Erst dann sah er ein, dass Dynamometer von der benötigten Stärke so kurzfristig nicht zu haben waren.

Er ärgerte sich, weil er erst so spät Verbindung mit den Herstellern aufgenommen hatte, und fühlte sich auch um keinen Deut besser, wenn er daran dachte, dass es eigentlich aus Gründen der Sparsamkeit eine durchaus nahe liegende Idee gewesen war, sich auf die Firma in Denver zu verlassen, die auch gebrauchte, generalüberholte Instrumente zum günstigen Preis anbot. Stattdessen schrieb er sich die volle Verantwortung für das Scheitern der Mission zu, was ihm eine gewisse innere Befriedigung verschaffte.

Als er in den schwer beladenen Wagen stieg, bemerkte Morrie sein enttäuschtes Gesicht. »Fehlanzeige, was?«

»Fehlanzeige. Los, machen wir, dass wir zurück ins Lager kommen!«

Danach schwiegen sie, während sie über die Ausfallstraße brausten, bis Morrie plötzlich in den Fahrtwind rief: »Ich hätte da einen Vorschlag, Doc! Warum lassen wir die Rakete nicht wie geplant auf demselben Prüfstand laufen, aber ohne Dynamometer?«

»Das macht doch keinen Sinn! Ich muss wissen, wie groß der Druck ist!«

»Das geht auch so – einer von uns setzt sich hinein und beobachtet den Beschleunigungsmesser. Dazu brauchen wir allerdings einen mit Pendelmechanismus, und nicht den Integralmesser für die Entfernungsbestimmung. Aus dem Beschleunigungswert in g, der Masse des Schiffes und der Zeit könnten wir dann den Druck ermitteln!«

Es dauerte eine Weile, bis Cargraves darauf eine Antwort einfiel. Der Denkfehler des Jungen war offenkundig, was aber nicht hieß, dass auch erwachsene Ingenieure darauf hereingefallen wären. Er formulierte seine Antwort sehr vorsichtig, um den Jungen nicht zu verletzen.

»Dein Plan ist nicht schlecht, obwohl man besser eine Fernsteuerung einsetzen sollte, als einen lebendigen Piloten. Bei neuartigen Atomversuchen muss man immer damit rechnen, dass es einen gewaltigen Rumms gibt. Aber darauf kommt es hier gar nicht an – ein auf dem Boden verankertes Schiff kann nicht beschleunigen, und wenn du noch so viel Schubkraft einsetzt!«

»Oh!«, erwiderte Morrie pikiert. »Hmm. Da habe ich aber ordentlich daneben gehauen, Doc.«

»Kann jedem passieren!«

Doch nach weiteren fünf Meilen ergriff Morrie erneut das Wort.

»Ich glaube, ich hab's jetzt, Doc! Die *Galileo* muss sich

ja frei bewegen können, wenn der Beschleunigungsmesser etwas anzeigen soll, nicht wahr? Okay. Dann werde ich einfach einen Probeflug mit ihr veranstalten. Moment, Moment«, fügte er rasch hinzu, »ich weiß genau, was Sie sagen wollen – zu gefährlich, sie sind dagegen! Das Schiff könnte explodieren. Okay, damit muss man immer rechnen. Aber schließlich ist das meine Aufgabe. Für den Mondflug bin ich nicht unbedingt erforderlich ganz im Gegensatz zu Ihnen! Ross brauchen Sie als Bordingenieur und Art für Funk und Radar. Aber was Sie nicht brauchen, ist ein zweiter Pilot. Also, ich bin der Mann für diesen Job!«

Cargraves versuchte, seiner Stimme einen emotionslosen Klang zu geben. »Morrie, was du da eben vorgeschlagen hast, spricht zwar für deinen Charakter, aber nicht unbedingt für deinen Verstand! Selbst wenn alles andere so wäre, wie du sagst, gilt das bestimmt nicht für deine Behauptung, dass ich für den Flug unersetzlich bin. Das mag durchaus der Fall sein, *wenn* der Flug stattfindet – aber was ist, wenn der Probeflug missglückt, wenn der Reaktor hochgeht oder wenn sich das Schiff als manövrierunfähig erweist und abstürzt? Dann fällt die Fahrt zwangsläufig aus, und ich bin absolut nicht mehr wichtig!«

Morrie grinste. »Sie haben aber mächtig Tinte auf dem Füller, Doc!«

»Wolltest mich ganz schön reinlegen, was? Auch wenn ich schon alt und klapprig bin – senil bin ich deshalb noch lange nicht, Freundchen! Egal, du hast mich jedenfalls auf einen Gedanken gebracht: Wir verzichten auf den Testlauf und machen stattdessen einen Probeflug. Das heißt, ich mache den Probeflug!«

Morrie entfuhr ein Pfiff. »Wann?«

»Sobald wir da sind.«

Morrie gab Vollgas, worauf Cargraves sehr bedauerte, dass er vor der Ankunft im Lager den Mund aufgemacht hatte.

Vierzig Minuten später erteilte er die letzten Instruktionen. »Also, ihr fahrt los und sucht euch außerhalb des Reservats eine mindestens zehn Meilen entfernte Stelle, von der aus ihr das Lager sehen könnt. Wäre nicht schlecht, wenn ein Straßengraben oder eine Böschung in der Nähe wäre, wo ihr notfalls in Deckung gehen könnt. Falls ihr einen Rauchpilz bemerkt, dann versucht ja nicht zurückzukommen! Fahrt auf dem schnellsten Weg in die Stadt und erstattet Meldung bei den Behörden.«

Er reichte Ross eine Aktentasche. »Falls ich ins Gras beißen sollte, übergib das deinem Vater. Er wird wissen, was er damit tun soll. Und jetzt düst ab! Ich gebe euch zwanzig Minuten. Auf meiner Uhr ist es sieben Minuten nach fünf.«

»Einen Moment noch, Doc...«

»Was ist denn, Morrie?« Seine Stimme klang leicht gereizt.

»Ich habe mit den Jungen gesprochen, und wir waren einstimmig der Meinung, dass die *Galileo* ersetzbar ist – *Sie* aber nicht. Wir möchten gern, dass Sie heil bleiben, damit Sie einen zweiten Versuch unternehmen können!«

»Jetzt reicht's, Morrie! Anderes Thema!«

»Nee – ich finde das hier interessanter!«

»Morrie – du stehst auf verdammt dünnem Eis!«

»Wie Sie meinen, Sir!« Er stieg in den Wagen, und die anderen beiden quetschten sich neben ihn.

»Bis dahin!«

»Viel Glück!«

Er winkte ihnen hinterher und begab sich dann zur

Einstiegsluke der Galileo. Plötzlich fühlte er sich sehr einsam.

Währenddessen fanden die Jungen eine geeignete Stelle und kauerten sich hinter eine Böschung, wie Soldaten im Schützengraben. Morrie hatte einen kleinen Feldstecher vor der Nase, Art und Ross billige Operngläser des gleichen Typs, die sie bereits bei ihren Modellversuchen benutzt hatten.

»Er hat die Tür zugemacht«, eröffnete Morrie.

»Uhrzeit?«

»Fünf fünfundzwanzig auf meinem Wecker!«

»Also geht es jeden Augenblick los … Achtung!«

In den Operngläsern wirkte die Rakete wie ein Spielzeug sodass Morrie als Einziger die Details des Versuchs verfolgen konnte. Plötzlich schrie er wild auf. »Es geht los! *Geronimo!*«

Aus der Heckdüse schoss ein silbern glitzernder Strahl hervor, aber noch bewegte sich das Schiff nicht.

»Jetzt reißt er die Steuerdüsen auf!« Rot und bedrohlich schlugen die Gase des Feststoffgemisches aus dem Bug der Rakete hervor. Da die *Galileo* an beiden Enden mit Steuertriebwerken ausgestattet war, konnte sie ohne Startrampe oder -katapult aufsteigen. Kurz darauf war deutlich zu sehen, dass Cargraves auch die rückwärtigen Steuerdüsen aktiviert hatte. Die *Galileo* buckelte hoch, wurde aber von den gegenläufig arbeitenden Steuertriebwerken festgehalten.

»Da geht sie ab!« Die roten Schwaden am Bug verschwanden mit einem Schlag, und im nächsten Moment schoss das Schiff auch schon in die Höhe. Schon vor dem nächsten Atemzug war die Rakete über ihnen und raste mit irrwitziger Geschwindigkeit auf den Horizont zu. Als sie hinter dem Gebirge verschwunden war, atmeten die drei fast gleichzeitig aus.

»Heiliger Strohsack!«, flüsterte Art kaum hörbar.

Ross setzte sich in Bewegung.

»He, wo willst du hin?«

»Zurück ins Lager! Oder wollt ihr, dass er vor uns ankommt?«

»Kommt nicht infrage!« Sie jagten hinter ihm her.

Auf der Rückfahrt stellte Ross einen neuen Rekord auf, mit dem allerdings weder er noch die anderen wirklich zufrieden waren. Trotzdem hatten sie aber ihr Ziel rechtzeitig erreicht, da die *Galileo* im nächsten Moment wieder den Horizont kreuzte und volle Schubumkehr gab, als der Wagen mit einem Ruck hielt.

Sie kam im Steilflug mit abgeschaltetem Hauptantrieb herunter, bis die Bugdüsen den Boden an genau derselben Stelle aufwühlten, von der aus sie gestartet war. Noch ein korrigierender Feuerstoß aus den unteren Steuertriebwerken, und sie sank gehorsam wie ein zahmer Drache nieder.

Morrie schüttelte den Kopf. »Eine echte Bilderbuchlandung!«, sagte er bewundernd.

Als Cargraves ausstieg, wurde ihm ein kleiner, aber ausgesprochen fröhlicher Empfang bereitet. Die Jungen zollten ihm lautstark Beifall und klopften ihm auf den Rücken.

»Wie war's? Wie geht sie ab?«

»Wie am Schnürchen! Nur der Hauptantrieb reagiert ein wenig träge, aber das war ja zu erwarten. Wenn sie erst einmal richtig warm gelaufen ist, kriegt man sie kaum noch gebändigt! Man muss zusehen, wie man den Dampf los wird. Ich war schon halb in Oklahoma City, bevor ich überhaupt dazu kam, die Geschwindigkeit so weit zu drosseln, um das Wendemanöver einzuleiten und zurückzufliegen!«

»Mann! Was für ein Schiff!«

»Also, wann geht's los?«

Cargraves Gesicht nahm schlagartig einen nüchternen Ausdruck an. »Wollt ihr euch wirklich die Nacht um die Ohren schlagen, um alles zusammenzupacken?«

»Aber sicher!«

»Na klar!«

»Wo ist das Problem?«

»Gut! Dann wollen wir mal! Art, sieh zu, dass du ins Schiff kommst, und mach das Funkgerät an! Nimm als erstes Verbindung mit dem Büro von *Associated Press* in Salt Lake auf. Danach mit *United Press* und allen Agenturen für Radionachrichten. Sag ihnen, dass sie ihre Aufnahmeteams rausschicken sollen. Ab sofort ist die Geheimhaltung aufgehoben! Heiz denen richtig ein, die müssen kapieren, dass es sich um eine Riesengeschichte handelt.«

»Schon erledigt« Er wollte sich eiligst im Schiff verdrücken, blieb jedoch in der Tür noch einmal stehen. »Und wenn sie mir nicht glauben?«

»Bange machen gilt nicht! Sie müssen es dir einfach abnehmen! Halt – sag ihnen einfach, sie sollen Dr. Larksbee von der Kommission zwecks Bestätigung kontaktieren. Und erzähl denen auch, dass sie sich die tollste Geschichte seit dem Krieg durch die Finger gehen lassen, wenn sie zu spät kommen! Halt – noch was. Ruf Mr. Buchanan an, auf der Ranger-Frequenz. Für seine Verschwiegenheit hat er es verdient, dabei zu sein!«

Um Mitternacht waren sie mit den letzten Vorbereitungen praktisch fertig. Cargraves bestand darauf, dass abwechselnd jeweils zwei von ihnen in den Schlafsack kriechen sollten. An richtigen Schlaf war zwar nicht zu denken, aber er wollte verhindern, dass sie die Fahrt völlig ausgelaugt antraten. Die Brennstofftanks für die Steuerdüsen waren angeflanscht und die Reservetanks gefüllt. Die mit Zink gefüllten Behälter für den Hauptantrieb befanden sich bereits an Bord, ebenso wie eine genauso große Menge an pulverisierter Reserve. Auch die Verpflegung hatten sie bereits untergebracht, einschließlich des sorgfältig bemessenen Wasservorrats (der Wasserverbrauch stellte eigentlich kein Problem dar, da sie die Feuchtigkeit in der verbrauchten Atemluft zurückgewinnen konnten). Die Behälter für den Flüssigsauerstoff waren ebenfalls befüllt. Zuletzt hatte Cargraves selbst die beiden Garand-Gewehre an Bord verstaut, mit dem fadenscheinigen Argument, dass man bei der Rückkehr möglicherweise in einer Gegend landen könnte, wo es wilde Tiere gab. Dies angesichts der Tatsache, dass sie sogar die Einbände der wenigen Bücher entfernt hatten, die sie auf die Reise mitnahmen, um Gewicht zu sparen.

Jetzt fühlte er sich wie erschlagen. Ohne die penibel geführten Checklisten hätten ihn arge Zweifel geplagt, ob alle notwendigen Gerätschaften und sonstigen Gegenstände wirklich an Bord waren.

Den Jungen ging es eigentlich nicht anders, aber sie wurden durch die Aufregung wach gehalten. Morrie hatte das Startmanöver dreimal komplett durchgerechnet und war dabei vor Panik beinahe durchgedreht, obwohl das Ergebnis jedes Mal bis auf die letzte Dezimalstelle stimmte. Die Angst, dass er wegen eines albernen Fehlers die Mission und das Leben des gesamten Teams gefährden könnte, umklammerte wie eine eisige Hand sein Herz, bis Cargraves selbst das Ergebnis noch einmal überprüft hatte und exakt zu dem gleichen Ergebnis gelangte wie er.

Gegen ein Uhr morgens bekamen sie Besuch von Mr. Buchanan, dem Bezirksranger. »Bin ich hier richtig? Das ist doch die Landes-Irrenanstalt von New Mexico, ja?«, frotzelte er jovial.

Cargraves nickte wie zur Bestätigung.

»Ich habe mich schon seit einer ganzen Weile gefragt, was ihr hier anstellt«, gab der Ranger zu. »Natürlich habe ich eure Rakete gesehen, aber eure Einladung hat mich doch ziemlich überrascht. Ich hoffe, ihr habt Verständnis dafür, dass ich euch für völlig verrückt halte! Wünsche euch trotzdem alles Gute!«

»Danke. Können's brauchen.« Cargraves zeigte ihm das Schiff und erklärte, was sie vor hatten. Am Himmel hatte der Vollmond den höchsten Punkt seiner Bahn bereits um eine Stunde überschritten, aber es würde noch eine ganze Weile dauern, bis der Mond bei Tagesanbruch unter dem Horizont verschwinden und damit das Zeichen für den Start der Rakete geben würde. Der gewählte Zeitpunkt war keineswegs der günstigste, da sie die Unterstützung der Erdumdrehung nicht nutzen konnten. Cargraves war das jedoch einerlei, seit der Probeflug ihm bewiesen hatte, dass sein Reaktor genug Energie produzierte, um diesen Nachteil auszugleichen. Noch einmal zwölf Stunden abzuwarten, um läppische 1600 Meilen pro Stunde dazuzugewinnen, wog die nervliche Anspannung der Warterei seiner Ansicht nach nicht auf.

Er hatte die Rakete so gelandet, dass der Bug nach Westen gerichtet war, weil sonst ein umständliches Drehmanöver vonnöten gewesen wäre. Buchanan schaute sich das Ganze interessiert an, bevor er fragte, welche Richtung das Düsenfeuer nehmen würde. Cargraves zeigte es ihm, worauf Buchanan fragte: »Haben Sie schon für Wachmannschaften gesorgt, um die Gaffer fern zu halten?«

Daran hatte Cargraves nun wirklich nicht gedacht!

»Macht nichts«, beruhigte ihn Buchanan. »Ich werde Captain Taylor anrufen und ihm sagen, dass er eine Abteilung der *State Police* losschicken soll.«

»Wozu anrufen? Wir sprechen über Funk mit ihm. Art!«

Gegen vier Uhr trafen die ersten Presseleute ein, und Cargraves war nun doch heilfroh, als bald darauf auch die Polizeibeamten erschienen, da er sich ansonsten mit einem nahezu unlösbaren Problem konfrontiert gesehen hätte. Bald war das Gelände rammelvoll, sodass Helfer rekrutiert werden mussten, um neu ankommende Wagen vom Tor zum eigentlichen Startgelände zu lotsen, bevor ein Irrer auf die Idee kommen würde, den Weg durch das verminte Gelände abzukürzen. Die Polizei übernahm dagegen die schwierige Aufgabe, besonders Vorwitzige vom Betreten des Schiffes abzuhalten.

Um fünf Uhr frühstückten die Expeditionsteilnehmer noch einmal ausgiebig – das letzte Mal vor dem Start, sozusagen die Henkersmahlzeit. Ein Posten vor der Tür sorgte dafür, dass sie wenigstens diese Mahlzeit ungestört einnehmen konnten. Cargraves lehnte es ab, sich interviewen zu lassen. Stattdessen hatte er auf der Schreibmaschine eine Pressemeldung verfasst und Buchanan die Durchschläge verteilen lassen. Die Jungen wurden jedoch andauernd von Neugierigen angesprochen, bis diese ihnen so sehr auf die Pelle rückten, dass Captain Taylor sich veranlasst sah, jedem von ihnen eine Leibwache zuzuteilen.

Und dann kam der Zeitpunkt, da sie in einem von Wachleuten gebildeten Korridor zum Schiff marschierten. Das Gewitter der Blitzlichter blendete ihre Augen, Fernsehkameras hielten jede Bewegung fest. Unfassbar, dass dies derselbe Ort sein sollte, wo noch vor wenigen Stunden Dunkelheit und eine Einsamkeit regiert hatten, die Eindringlingen genug Schutz boten, um die Nerven des Teams bis zum Äußersten zu strapazieren.

Cargraves wartete, bis die Jungen an Bord waren, und wandte sich dann an Buchanan und Captain Taylor. »Zehn Minuten noch bis zum Start, meine Herren! Sind Sie sicher, dass niemand die Absperrung durchbrechen kann? Wenn ich erst einmal auf meinem Posten bin, kann ich die näherer Umgebung des Schiffes nicht mehr beobachten.«

»Machen Sie sich mal keine Sorgen, Captain Cargraves«, versicherte Taylor ihm. »Sehen sie nur zu, dass Sie in zehn Minuten wegkommen.«

Buchanan streckte die Rechte aus. »Viel Glück, Doktor! Bringen Sie mir ein bisschen von dem grünen Käse mit!«

Ein Mann kam keuchend heran, drängte einen der Wachposten zur Seite und drückte Cargraves ein zusammengefaltetes Schriftstück in die Hand.

»Was soll das?«, sagte Taylor in ziemlich scharfem Tonfall. »Machen Sie, dass Sie hier wegkommen!«

Der Mann zuckte die Achseln. »Kein Problem. Ich habe die gerichtliche Verfügung ja zugestellt.«

»Was für eine Verfügung?«

»Eine einstweilige Verfügung gegen den Start des Schiffes. Und eine Vorladung, vor Gericht zu erscheinen, um Gründe anzugeben, die gegen eine dauerhafte Verfügung sprechen, ihm zu untersagen, das Leben Minderjähriger vorsätzlich zu gefährden.«

Cargraves starrte fassungslos in die Luft. Ihm war, als bräche die Welt um ihn herum wie ein Kartenhaus zusammen. Ross und Art traten von hinten an ihn heran. »Was ist los, Doc?«

»He, ihr da! Kommt sofort heraus!«, rief der Fremde, um sich anschließend an Captain Taylor zu wenden: »Ich habe noch eine Verfügung, die mich ermächtigt, sie vor Gericht zu bringen!«

»Zurück ins Schiff!«, befahl Cargraves mit fester Stimme, bevor er den Zettel entfaltete, um den Text zu überfliegen. Das Formular wirkte ausgesprochen echt, einschließlich des Staatssiegels von New Mexico. Der Fremde stieß einen Schwall zorniger Drohungen aus, worauf Taylor ihn fest am Arm packte.

»Immer mit der Ruhe, Mister!«, sagte er.

»Danke«, meinte Cargraves. »Mr. Buchanan, kann ich einen Augenblick mit Ihnen sprechen? Captain, würden Sie bitte inzwischen auf diesen Herrn aufpassen?«

»Hören Sie, ich will hier keinen Ärger vom Zaun brechen«, rief der Fremde. »Ich tue nur meinen Job, wissen Sie.«

»Das wird sich zeigen«, erwiderte Cargraves nachdenklich. Er ging mit Buchanan um das Fahrzeug herum und zeigte ihm die Verfügung.

»Scheint okay zu sein«, kommentierte Buchanan.

»Kann schon sein. Hier steht aber, dass es eine gerichtliche Verfügung des *Landes* ist. Soweit ich weiß, halten wir uns aber auf Bundesgebiet auf, oder liege ich da falsch? Streng genommen dürfen sich Captain Taylor und seine Leute hier nur mit Ihrer Erlaubnis aufhalten. Stimmt das?«

»Hm ... ja. Das ist richtig.« Buchanan stopfte den Wisch mit einer abrupten Bewegung in seine Tasche. »Dem werde ich eins reinwürgen!«

»Augenblick noch!« Cargraves erzählte ihm hastig von dem falschen Inspektor und von den Einbrechern und weihte ihn damit in Angelegenheiten ein, die er bis dato lediglich dem Luftfahrtamt in einem Informationsbrief berichtet hatte.

»Dieser Kerl ist wahrscheinlich ein falscher Fuffziger, oder zumindest der Gehilfe irgendeines Halunken. An Ihrer Stelle würde ich das überprüfen, bevor Sie ihn gehen lassen!«

»Das hätte ich sowieso getan!«

Sie kehrten zurück, und Buchanan zog Taylor zur Seite, während Cargraves den Fremden unsanft am Arm ergriff. Als der Mann sich über die Behandlung beschwerte, sagte Cargraves bloß: »Nur weiter so, wenn Sie was aufs Maul haben wollen!«

Cargraves war gut sechs Zoll größer als der Fremde und weitaus kräftiger gebaut. Folglich kam der Mann zu dem Schluss, dass es wohl besser sei, den Mund zu halten. Wenige Augenblicke später kamen Taylor und Buchanan zurück. Der Polizist erklärte seelenruhig: »Sie haben noch drei Minuten bis zum Start, Captain. Ich sage eben meinen Leuten Bescheid, dass sie Acht geben sollen.« Er drehte sich um und rief: »Hey! Sergeant Swanson!«

»Ja, Sir?«

»Nehmen Sie diesen Kerl hier fest.« Er deutete auf den Fremden, nicht auf Cargraves.

Cargraves begab sich zurück ins Schiff. Als er sich umdrehte, um die Tür zu schließen, brach die Menge in Hurraschreie und andere Beifallsbekundungen aus. Sorgfältig verschloss er die Tür und ließ den Blick über seine kleine Mannschaft schweifen.

»Posten beziehen, Leute!«

Art und Ross begaben sich zu ihren Hängematten,

die sich direkt hinter den Pilotensitzen befanden. Die Matten waren fast senkrecht aufgehängt und erinnerten eher an Krankenbahren als an das, worin Vater im Garten seine wohlverdiente Mittagsruhe verbringt. Die Jungen schnallten sich vorschriftsmäßig an.

Morrie saß bereits mit fest aufgestützten Beinen und geschlossenen Gurten auf seinem Platz, den Hinterkopf fest gegen die Unterlage gepresst, die seine Halsmuskulatur vom Andruck entlasten sollte. Cargraves ließ sich wegen seines verletzten Knöchels sehr umständlich neben ihm nieder.

»Alles klar, Morrie!«

Er warf einen prüfenden Blick auf das Steuerpult, kontrollierte noch einmal die Temperatur des Zinks und betrachtete beunruhigt das Instrument, das die Stellung der Kadmiumdämpfer des Reaktors anzeigte.

Dann schnallte er sich an und richtete seine Augen auf die Quarzglasscheibe vor ihm. Das Gelände war, soweit er es überschauen konnte, vollständig von Menschen geräumt. Kreisrund und leuchtend hing das Ziel ihrer abenteuerlichen Fahrt am Himmel und schickte sein bleiches Licht zur Erde. Auf der rechten Armstütze seines Sitzes befand sich ein großer, griffiger Schaltknopf, um den sich seine Hand nun fest schloss.

»Art?«

»Alles bereit, Sir!«

»Ross?«

»Alles bereit, Captain!«

»Kopilot?«

»Alles bereit, Captain. Ortszeit: sechs-null-eins.«

Er drückte den Knopf langsam nach rechts. Weit hinter ihm wurden ferngesteuert die Kadmiumplatten aus dem Reaktorkern herausgefahren, die bislang die

Lagen aus Graphit und Thorium voneinander getrennt hatten. Im selben Augenblick stürzten sich Myriaden Neutronen auf die Thoriumatome, um diese zu spalten. Die vergewaltigten Atomkerne zerfielen und brachten mit der dabei frei werdenden Energie das Zink zum Sieden.

Das Schiff erschauerte.

Mit der linken Hand schaltete Cargraves die vorderen Steuerdüsen ein, um den zunehmenden Druck von hinten zu mildern. Jetzt die Landedüsen – das Schiff machte im nächsten Moment einen kleinen Satz nach vorn.

Und dann schloss Cargraves mit einem Schlag die Drosselklappe der Bugdüsen.

Die *Galileo* schoss vorwärts, und ihre Passagiere wurden von einer gewaltigen Kraft in die Polster gepresst.

Sie waren auf dem Weg in den Himmel, auf dem Weg in die Unendlichkeit.

DIE EINSAME TIEFE

Für Ross und Art drehte sich die gesamte Welt mit entnervender Langsamkeit um neunzig Grad. Dabei hatten sie soeben noch fast aufrecht gestanden, festgeschnallt in ihren Hängematten, und hatten gebannt an Cargraves und Morrie vorbei durch das Pilotenfenster auf den Mond und den westlichen Horizont gestarrt.

Doch als die Rakete losschoss, war es, als würden sie plötzlich auf dem Rücken liegen, während jemand sie mit aller Kraft in die Kissen und die elastischen Spannseile drückte.

Das Gefühl war nicht eigentlich trügerisch, es entsprach vollständig den veränderten physikalischen Gesetzmäßigkeiten: Es war der gewaltige Schub der Düsen, der sie unerbittlich gegen die Federung presste. Die Antriebskraft sorgte dafür, dass sie nach »oben« sausten.

Voraus war jedoch immer noch der Mond zu sehen, weshalb »oben« gleichbedeutend war mit »westlich«. Aus ihren Hängematten betrachtet, befanden sich Cargraves und Morrie »über« ihnen und wurden nur durch die schweren Stahlverbinder hinter den Lehnen der Pilotensitze daran gehindert, auf sie zu stürzen.

Der Mond flimmerte unter der bis zum Siedepunkt komprimierten Luft der Bugwelle. Das Geheul der Luftmoleküle, die sich an der Außenhülle des Schiffs rieben, übertönte sogar das bedrohlich tiefe Rauschen des »hinter« ihnen liegenden Antriebs. Zunehmend vergrößerte sich der Abstand zwischen dem Horizont und der Scheibe des Mondes, als sie weiter nach Westen vorstießen und mehr Höhe gewannen. Der Himmel, der noch im Augenblick des Starts die Grautöne des frühen Morgens gezeigt hatte, nahm nun ein mittägliches Blau an, während sie im Schrägflug höher und höher zum Sonnenlicht emporstiegen.

Dann veränderte sich der Ton ins Violette, das vom Funkeln der Sterne durchbrochen wurde. Das Geheul der brutal misshandelten Luft ließ allmählich nach, als Cargraves die Kreiselgeräte einschaltete und Joe, der Roboter, eine Kurskorrektur durchführte, wodurch sich der Mond ein wenig nach rechts verschob, bevor er wieder einen festen Platz am Firmament einzunehmen schien.

»Alles im Lot?«, rief er, als er sich vorübergehend nicht mehr so genau auf die Steuerung und die Instrumente konzentrieren musste.

»Großartig!«, antwortete Art.

»Ich glaube, da hockt jemand auf meiner Brust!«, schrie Ross.

»Warte nur ab, dann kommt sein dickes Brüderchen hinzu!«

»Was meinen Sie damit?«

»Egal!«, rief Cargraves. »Sie werden's schon merken, Kopilot!«

»Jawohl, Captain!«

»Ich gehe jetzt auf Automatik. Check mal den Kurs!«

»Zu Befehl, Captain!« Morrie hob den Oktanten vor sein Gesicht und schielte gleichzeitig auf den Bildschirm des Bodenradars. Dann presste er seinen Kopf in die Polsterung und spannte sämtliche Muskeln, um sich darauf vorzubereiten, was unausweichlich kommen würde.

»Fertig!«

Der Himmel war nun tiefschwarz, die Sterne klar und ruhig. Auch der Mond schien stillzustehen, und das infernalische Luftgeheul war längst nicht mehr zu hören, sodass der Geräuschpegel hauptsächlich vom Grollen des Triebwerks bestimmt wurde. Kein Zweifel, sie hatten den Rand der Atmosphäre überschritten und sich damit endgültig von der Erde befreit.

Cargraves brüllte: »Haltet eure Hüte fest, Jungs! *Ab geht's!*«

Er drückte den Hebel nach vorn, der die volle Kontrolle über das Schiff an Joe, den Roboter, übergab. Dieser stoische, nur aus toter Materie bestehende Meisterpilot schüttelte seinen nicht vorhandenen Kopf, als er zu dem Schluss kam, dass der Kurs alles andere als perfekt war. Die Insassen der Rakete sahen, wie der Mond plötzlich nach »unten« wegkippte, als der Roboter die Rakete auf einen Punkt richtete, der etwa vierzig Grad östlich »neben« dem Mond lag.

Dort lag der Ort, an dem sich der Mond zu dem Zeitpunkt befinden würde, an dem die *Galileo* ihn bei der vorgesehenen Reisegeschwindigkeit erreichte. Nachdem Joe diese Korrektur vorgenommen hatte, wandte er seine Aufmerksamkeit dem Triebwerk zu, um den Schub an die veränderten Kursdaten anzugleichen. Die Kadmiumplatten wurden noch ein wenig mehr aus dem Reaktorkern entfernt, wodurch die Rakete erst richtig auf Touren kam.

Und nun fühlte Ross sich tatsächlich wie ein Sofa, auf dem eine ganze Familie Platz genommen hatte. Das Atmen fiel ihm schwer, und er kämpfte verzweifelt gegen die beginnende Ohnmacht an.

Joe war nicht dafür konstruiert, menschliche Gefühlsregungen zu empfinden. Aber selbst wenn er dies vermocht hätte, wäre er gewiss nicht stolz auf seine Leistung gewesen, da er lediglich Schritt für Schritt in die Tat umgesetzt hatte, was man ihm vorher eingab.

Unter Cargraves Aufsicht hatte Morrie einen dreidimensionalen Geber mit Joe verschaltet. Diese Vorrichtung »sagte« Joe genau, welchen Kurs er zu wählen hatte und welche Beschleunigung erforderlich war, um das Manöver wie geplant durchzuführen. Joe konnte den Mond nicht sehen – tatsächlich wusste er nicht mal, dass es ihn überhaupt gab! Doch seine elektronischen Sinne registrierten, welche Flugrichtung das Schiff in Bezug auf die Bewegungen der Kreiselstabilisatoren einnahm, und er konnte den Kurs so ändern, wie es der Geber in seinem Innern vorsah.

Der Geber selbst war von einem nahen Verwandten Joes entwickelt worden, dem Großcomputer »Eniac« an der Universität von Pennsylvania. Mittels des kleinen Astrogationsrechners konnten Morrie und Cargraves die *Galileo* durchaus manuell steuern. Aber Joe, unterstützt durch das lichtschnelle Genie seines berühmten Verwandten, führte die notwendigen Berechnungen genauer, schneller und unermüdlich durch – immer vorausgesetzt, dass der menschliche Kommandant ihm die richtigen Aufgaben stellte.

Joe war keine Erfindung Cargraves, vielmehr hatten Tausende von Wissenschaftlern, Technikern und Mathematikern zu seiner Schöpfung beigetragen. In den schlimmen letzten Tagen des zweiten Weltkriegs hatten Joes »Großväter« die V-2-Raketen der Nazis ins Ziel manövriert. Seine »Väter« waren entwickelt worden, um die ganze Ozeane überspannenden, atomaren Lenkwaffen der UN-Weltpolizei zu steuern. Seine »Geschwister« waren in jedem neueren Raketenschiff anzutreffen, ganz gleich, ob es Passagiere beförderte oder Fracht, oder welchem Zweck es auch immer dienen mochte.

Ob transozeanischer Kurzflug oder Reise zum Mond

– für Joe war es einerlei. Er führte nur aus, was sein Innenleben ihm diktierte. Worum es dabei eigentlich ging, kümmerte ihn nicht – er empfand keinerlei Gefühle, war sich nicht einmal seiner eigenen Existenz bewusst.

»Wie geht's euch da hinten?«, rief Cargraves.

»Wir kommen schon zurecht«, erwiderte Ross, dem man jedoch anhörte, dass ihm das Sprechen keineswegs leicht fiel.

»Mir ist schlecht«, gab Art stöhnend zu.

»Atme durch den Mund! Tief einatmen!«

»Geht nicht!«

»Dann reiss dich zusammen – es dauert nicht mehr lange!«

Nachdem sie rund fünfundfünfzig Sekunden mit höchster Beschleunigung geflogen waren, entschied Joe, der Roboter, dass das Manöver seinen Zweck erfüllt hatte, und sorgte dafür, dass die Kadmiumplatten sich wieder zwischen die aus Graphit und Thorium gefertigten Platten schoben, um den Neutronenfluss zu unterbinden. Mit einem Schlag verstummte das Grollen des Triebwerks.

Die Geschwindigkeit des Schiffes verringerte sich nicht, als der Schub kleiner wurde. Das Schiff behielt die einmal erreichte Geschwindigkeit vielmehr bei und schoss unbehindert durch das nahezu reibungsfreie Vakuum. Die Beschleunigung war jetzt nur noch so groß wie die Erdanziehungskraft, genauer gesagt, etwas geringer, da sie sich allmählich dem 200 000 Meilen von der Erde entfernten Punkt näherten, an dem sich die Anziehungskräfte des Mondes und der Erde gegenseitig aufheben. Deshalb reichte dieser verringerte Beschleunigungswert aus, um den »Sog« der gewaltigen Erdmasse zu überwinden.

Für die vier Insassen des Schiffes verhielt es sich so, als hätten sie wieder das gewohnte Körpergewicht. Diese falsche »Schwerkraft« kann man trotzdem nicht wirklich mit der Erdanziehung vergleichen, da Letztere sich nur bemerkbar macht, wenn man auf irgendeine Weise mit der Erdoberfläche in direkten oder indirekten Kontakt kommt.

Zwar wirkt die Erdanziehung auch im Weltraum, der den Planeten umgibt, doch besitzt der Mensch kein Sinnesorgan, das diese Kraft wahrnimmt. Wenn jemand aus ungeheurer Höhe – sagen wir, fünfzigtausend Meilen – herunterfallen würde, so würde er es nicht als Sturz wahrnehmen, sondern meinen, die Erde käme ihm engegengerast.

Als die brutale Beschleunigungsphase vorbei war, wandte Cargraves sich wieder Art zu. »Geht es wieder, Junge?«

»Alles klar, denke ich«, antwortete Art.

»Fein. Möchtet ihr zwei nicht mal nach vorn kommen? Die Aussicht hier ist wirklich klasse!«

»Natürlich!«, erwiderten Art und Ross gleichzeitig.

»Okay. Aber passt auf, dass ihr euch nicht langlegt!«

»Machen wir.« Die beiden lösten ihre Gurte und kletterten an den dafür vorgesehenen Kerben in der Seitenwand hinauf zum Kommandostand. Dort angelangt, ließen sie sich zu beiden Seiten der Pilotensitze auf den Halteschienen nieder. Sie schauten hinaus.

Von ihren Hängematten aus war der Mond nach dem Kurswechsel nicht mehr zu sehen gewesen. Doch von dieser Stelle aus konnte man ihn an der »unteren« Ecke des Pilotenfensters entdecken. Kein Erdschatten störte den Anblick des silberweißen Trabanten, der so hell strahlte, dass die Augen tränten. Noch war er kaum größer, als von der Erde aus gesehen. Um ihn herum standen Sterne am kohlrabenschwarzen Himmel; kein Flimmern, kein Funkeln, nur harte, diamantene Lichtpunkte.

»Sieh mal dort«, stieß Ross hervor, »der gute, alte Tycho. Er leuchtet wie ein Flutlicht. Mann!«

»Schade, dass wir die Erde nicht sehen können«, meinte Art. »Ärgerlich, dass die Kiste nicht ein paar Gucklöcher mehr hat!«

»Was erwartest du für sechs Dollar fuffzig?«, fragte Ross. »Himmelbetten und Frühstückskellner? Schließlich war die *Galileo* nur ein schnöder Frachter!«

»Warte mal, ich kann sie dir auf den Schirm geben«, bot Morrie an. Er schaltete den Landungsradar ein. Als der Leuchtschirm nach einigen Sekunden zum Leben erwachte, konnte man den Planeten tatsächlich dort sehen. Der Anblick war allerdings ziemlich enttäuschend – zwar konnte Art das Schirmbild gut deuten, da er die Radaranlage ja selbst erdacht hatte. Aus ästhetischer Sicht war die Darstellung jedoch völlig unbefriedigend – nur ein kreisrunder, verwaschener Fleck mit einer bestimmten Abmessung und Position.

»Das habe ich nicht gemeint«, maulte Art. »Ich möchte sie *sehen*. Ich möchte den Globus *sehen*, die Kontinente und die Ozeane!«

»Da wirst du dich bis morgen gedulden müssen, wenn wir die Beschleunigung wegnehmen und das Schiff herummanövrieren. Dann kannst du die Erde und auch die Sonne sehen!«

»Na gut. Wie schnell fliegen wir jetzt? Warte – das kann ich selbst...« Er betrachtete eines der Instrumente auf dem Steuerpult. »3300 Meilen die Stunde.«

»Du liest es nicht richtig ab«, erklärte Ross. »Es sind 14.400 Meilen pro Stunde.«

»Bei dir piept's wohl!«

»Setz mal deine Brille auf, Mann!«

»Ruhe, Jungs!«, mahnte Cargraves belustigt. »Ihr solltet euch erst mal einigen, welches Instrument ihr meint! Welche Geschwindigkeit willst du denn haben, Art?«

»Ich möchte bloß wissen, wie schnell wir fahren«, meinte Art beharrlich.

»Denk mal nach, Art – ihr habt doch jedes einzelne dieser Instrumente zig Mal auseinander- und wieder zusammengebaut. Denk nach, dann kommst du von selbst drauf!«

Art starrte wieder auf das Steuerpult und machte dabei ein Gesicht wie ein waidwunder Hirsch. »Ach ja! Hatte es ganz vergessen. Wartet mal – wir haben 14 000 und ein paar Zerquetschte drauf, jetzt runde 15 000 pro Stunde im freiem Fall – aber wir fallen ja gar nicht!«

»Wir fallen dauernd«, warf Morrie ein, der sich in diesem Augenblick ganz als erfahrener Pilot gab. »Man fällt vom Augenblick des Starts an, arbeitet dem freien Fall aber durch Beschleunigung entgegen ...«

»Ja, das war mir auch so klar«, schnitt Art ihm das Wort ab. »Ich war nur ein bisschen durcheinander. 3 300, das ist die Geschwindigkeit, die ich haben wollte – jetzt sind's schon 3 310!«

Im Weltraum ist »Geschwindigkeit« ein ziemlich dehnbarer Begriff, der sich auf jeden Punkt beziehen kann, den man willkürlich als »stationär« betrachtet – obwohl es in Wirklichkeit keinen solchen Punkt gibt. Die Geschwindigkeit, die Art wissen wollte, bezog sich auf die Bewegung der *Galileo* entlang einer gedachten Verbindungslinie zwischen Erde und Mond. Ihr Wert basierte auf komplexen Berechnungen, die tief im Innern von Joe dem Roboter durchgeführt wurden, indem er eine Vektoraddition drei komplexer Zahlen vornahm: erstens die zunehmende Beschleunigung, die durch den Düsenantrieb des Schiffes hervorgerufen wurde, zweitens die Bewegungen, denen das Schiff durch die Erdnähe unterlag – seine durch den freien Fall verursachte Geschwindigkeit, von der Art gesprochen hatte. Und schließlich wurde auch die Erdrotation einbezogen, deren Wert und Richtung aus dem Zeitpunkt und Ort des Starts ermittelt wurden. Die letzte Zahl wurde genau genommen eher subtrahiert als addiert, obwohl die bekannten Begriffe der Arithmetik bei derartigen Berechnungen nicht unbedingt anwendbar sind.

Soweit eine vereinfachte Darstellung – aber es geht auch weitaus komplizierter, wenn man berücksichtigt, dass die *Galileo* ja mit Erde und Mond um die Sonne kreiste, mit einer Geschwindigkeit von ungefähr 19 Meilen pro Sekunde oder annähernd 70 000 Meilen in der Stunde. Zudem bewegt sich der Mond ja einmal im Monat um die Erde, was Joe der Roboter dadurch kompensierte, dass er das Schiff nicht auf die momentane Position des Mondes zusteuerte, sondern diejenige, die er bei der geplanten Mondlandung einnehmen würde.

Darüber hinaus hätte man noch die komplexe Eigenbewegung des gesamten Sonnensystems in Bezug auf die wild durchs All wirbelnden Sterne berücksichtigen können, woraus man praktisch jede denkbare Geschwindigkeit hätte ermitteln können. Es hing halt nur davon ab, *welchen* Stern man als Fixpunkt des Universums ansah.

Natürlich kümmerte sich Joe der Roboter nicht um

derartig philosophische Betrachtungen. Seine unzähligen Stromkreise legten fest, wie er das Schiff von der Erde zum Mond zu bringen hatte, und er kannte auch die Methoden, mit denen sich dies bewerkstelligen ließ. Einsteins Relativitätstheorie interessierte ihn schon deswegen nicht, weil das Gewirr aus Drähten und Bauteilen, aus dem er bestand, nicht dafür geschaffen war, so etwas wie Interesse zu empfinden. Stattdessen tat er das, was er besser als jeder Mensch konnte: Die verschiedenen Zahlenwerte miteinander kombinieren, um zweifelsfrei zu ermitteln, dass die *Galileo* sich zur Zeit mit einer Geschwindigkeit von mehr als 3 300 Meilen pro Stunde auf einer imaginären Linie bewegte, welche die Erde mit dem Punkt verband, an dem der Mond an einem vorausberechneten Zeitpunkt positioniert sein würde.

Morrie konnte Joes Behauptungen überprüfen, wenn er die Entfernungen anhand des Radars ermittelte und einige Berechnungen anstellte. Falls die von ihm ermittelten Werte nicht zu dem passten, was Joe berechnet hatte, konnte Morrie Joe die neuen Werte übermitteln, worauf der Roboter sie ohne Murren in den nächsten Rechengang einbezog.

»3 300 Meilen pro Stunde«, meldete Art. »Das ist nicht die Welt, da waren die V-2-Raketen im Krieg schneller! Drehen wir mal richtig auf, um zu sehen, was dabei herumkommt! Was meinen Sie, Doc?«

»Klar!«, pflichtete Ross ihm bei. »Wir haben doch freie Bahn und mehr als genug Platz! Lass es krachen!«

Cargraves seufzte halb amüsiert. »Passt mal schön auf«, sagte er, »ich habe absolut nichts dagegen, wenn ihr in den Rostmühlen, die ihr als Autos bezeichnet, neue Weltrekorde aufstellen wollt – selbst wenn ich selbst dabei Kopf und Kragen riskiert habe, weil ich dumm genug war, mich von euch kutschieren zu lassen! Aber soweit es diese Rakete betrifft, wird sie so langsam oder so schnell fliegen, wie es *mir* passt. Und momentan habe ich es absolut nicht eilig, wisst ihr?«

»Ist schon klar, war ja bloß ein Vorschlag!«, versicherte Ross ihm. Dann schwieg er für einen Moment, um anschließend hinzuzufügen: »Eine Sache lässt mir keine Ruhe ...«

»Wovon redest du?«

»Ich habe es nicht einmal, sondern tausendmal gelesen, was ich jetzt sage, versteht ihr? Also, soweit ich weiß, muss man eine Geschwindigkeit von sieben Meilen pro Sekunde erreichen, um von der Erde wegzukommen. Aber wir fliegen nur mit 3300 Meilen pro Stunde, was ja irgendwie nicht hinkommen kann!«

»Siehst du nicht, dass wir trotzdem gut vorankommen?«

»Das schon, aber ...«

»Tatsache ist, dass wir bis zum Wendemanöver unsere Geschwindigkeit noch um einiges steigern werden. Der erste Teil unseres Fluges verläuft wesentlich schneller als der zweite. Aber nehmen wir einmal an, wir würden unsere gegenwärtige Geschwindigkeit halten – wie lange würde es dauern, bis wir den Mond erreichen?«

Ross ließ die Zahlen durch seinen Kopf rasen – der Einfachheit halber rundete er die Entfernung zwischen Erde und Mond auf 240000 Meilen ab. »Ungefähr drei Tage.«

»Falsch! Hör zu«, sagte Cargraves freundlich, »ich will mich nicht als Schlaumeier aufspielen – du bist auf einen Irrtum hereingefallen, der schon älteren Datums ist und auf den viele technisch weniger gebildete

Schriftsteller reinfallen, wenn sie Zukunftsromane schreiben: Man darf eine Rakete nicht wie ein Projektil behandeln, das von einer Kanone abgeschossen wird! Würde man eine Raumschiff direkt zum Mond schießen wollen, wie es Jules Verne beschrieben hat, muss die Mündungsgeschwindigkeit tatsächlich sieben Meilen pro Sekunde betragen – ansonsten würde das Raumschiff irgendwann zur Erde zurückfallen! Mit einer Rakete kann man es jedoch mit weitaus geringerer Geschwindigkeit schaffen, falls man genug Antriebskraft und Brennstoff zur Verfügung hat, um die Geschwindigkeit ein wenig zu steigern. Natürlich wäre der Kraftaufwand haarsträubend, aber in gewissen Grenzen nutzen wir diese Methode derzeit auch aus. Wir haben bislang mit Kraft gegeizt aber ich sehe nicht ein, warum wir übermäßig beschleunigen sollten, bloß um unser Ziel ein wenig früher zu erreichen. Der Mond hat lange auf uns gewartet, da kommt es auf ein paar Stunden nicht an.

»Trotzdem finde ich es seltsam«, fügte er nachdenklich hinzu, »dass die Menschen trotz aller Forschung, trotz all der schlauen Bücher immer noch nicht zwischen einem Projektil und einem Raumschiff zu unterscheiden vermögen. Das erinnert mich irgendwie an eine andere unsinnige Behauptung: das eine Rakete im luftleeren Raum nicht funktioniert, weil es nichts gibt, an dem sie sich abzustoßen vermag. Ja, da lacht ihr!«, bemerkte Cargraves, als er ihre belustigten Gesichter sah. »Ihr findet das albern, genauso albern wie die Idee, die Erde sei flach! Wundert euch nicht, genau das habe ich mir erst im Jahr 1943 von einem Luftfahrtingenieur anhören müssen!«

»Das gibt es doch gar nicht!«

»O doch! Dieser Mann hatte fünfundzwanzig Jahre

Berufserfahrung hinter sich, unter anderem auf *Wright Field* und bei der Marine. Wohlgemerkt, er sagte das 1943 – ein Jahr bevor die Nazis London mit der V-2 bombardierten. Seiner Meinung nach war das völlig undenkbar!«

»Dabei sollte man doch meinen, dass jeder, der einmal den Rückstoß eines Gewehrs verspürt hat, automatisch verstehen müsste, wie eine Rakete funktioniert«, wunderte sich Ross.

»Was nutzt es ihm, wenn er nur bemerkt, dass ihm die Schulter wehtut?« Er bereitete sich darauf vor, den Pilotensitz zu verlassen. »Los, lasst uns Essen fassen! *Au, verflixt!* Mein Fuß ist eingeschlafen. Mir reicht's, ich möchte nur noch ordentlich futtern und mich dann ein wenig hinhauen. Das Frühstück wollte mir nicht recht schmecken – zu viele Gaffer!«

»Hinhauen?«, sagte Art. »Willst du wirklich schlafen? Das könnte ich nicht, ich bin viel zu aufgeregt! Ich glaube, ich werde den ganzen Flug über kein Auge zukriegen!«

»Von mir aus! Soweit es mich betrifft, ich werde mich auf's Ohr legen. Zur Zeit gibt es nichts Großartiges zu sehen, und das wird sich auch nicht ändern, bis wir in den freien Fall übergehen. Und den Mond kannst du mit dem Fernrohr von der Erde aus fast genauso gut sehen!«

»Das ist aber kein Vergleich«, entgegnete Art.

»Nein, da hast du gewiss recht«, gab Cargraves zu. »Trotzdem möchte ich ausgeruht sein, wenn wir den Mond erreichen. Morrie, wo hast du den Dosenöffner versteckt?«

»Ich ...« Morrie stockte und schaute ihn bestürzt an. »O je, den habe ich wohl vergessen. Wenn ich mich richtig erinnere, hatte ich ihn gerade neben den Ausguss gelegt, als diese blöde Reporterin anfing, mir irgendwelche dämlichen Fragen zu stellen, und ...«

»Das habe ich mitbekommen«, fiel Ross ihm ins Wort. »Habe eigentlich fest damit gerechnet, dass du gleich mit verdrehten Augen vor ihr auf die Knie gehst und Pfötchen gibst! Es war ein wirklich erhebender Anblick.«

Cargraves flötete eine schräge Tonfolge. »Ich hoffe nur, dass wir nichts vergessen haben, das wichtiger ist als der Dosenöffner! Aber mach dir keine Gedanken, Morrie – ich bin so hungrig, dass ich die Dose wohl auch mit den Zähnen aufbekomme!«

»Ach, das ist nicht nötig, Doc«, rief Morrie eifrig. »Ich habe doch mein Taschenmesser dabei, das auch mit ...« Er fummelte in seiner Hosentasche herum, bis sein Gesichtsausdruck sich seltsam veränderte. Dann holte er etwas aus der Tasche hervor, um es Cargraves anzubieten.

»Äh, hier ist der Büchsenöffner, Doc!«

Ross blickte ihn unschuldig an. »Ach, hat sie dir ihre Adresse gegeben, Morrie?«

Das Abendessen – oder auch zweite Frühstück, je nachdem, wie man es sah – bestand aus einer einfachen Mahlzeit aus Konserven. Danach holte Cargraves seinen Schlafsack heraus und breitete ihn auf dem Schott aus, das den Kommandoraum vom hinteren Teil des Schiffs trennte. Morrie beschloss, es sich auf dem Sitz des Kopiloten gemütlich zu machen. Dieser Sitz ähnelte einem opulent gepolsterten Friseurstuhl, komplett mit Nackenstütze, Armlehnen und Fußteil. Er ließ sich so weit nach hinten neigen, dass man tatsächlich recht bequem darin schlafen konnte. Cargraves ließ den Jungen gewähren, ermahnte ihn aber, vor dem Einschlafen die Steuerung zu blockieren.

Ungefähr eine Stunde später kletterte Morrie herunter und breitete seinen Schlafsack neben dem von Cargraves aus. Art und Ross schliefen in ihren Hängematten, was recht bequem war, solange man sich festschnallte.

Es dauerte nur wenige Minuten, bis sie einschliefen – trotz des Triebwerksgrollens, trotz der nervlichen Belastung des Weltraumfluges. Sie waren hundemüde und brauchten den Schlaf.

Während der »Nacht«-Ruhe verminderte Joe der Roboter langsam den Schub des Düsentriebwerks, um ihn an die abnehmende Anziehungskraft der Erde anzugleichen.

Art wachte als Erster auf. Zuerst war er völlig desorientiert und plumpste beinahe aus seiner Hängematte auf die beiden Schläfer unter ihm. Das genügte, um ihn mit einem Schlag hellwach zu machen. Der Weltraum! Er war draußen im Weltraum! Auf dem Weg zum Mond!

Als er wie ein Affe aus der Hängematte kletterte, legte er eine übertriebene Vorsicht an den Tag, da ihm nicht richtig bewusst war, dass er den Geräuschpegel des Triebwerks wohl kaum übertönen konnte, zumal Ross und Cargraves sich alle Mühe gaben, den Düsenlärm zu imitieren. Er nahm auf Morries Sitz Platz und genoss für einen Moment die von der reduzierten Beschleunigung hervorgerufene, ungewohnte Leichtigkeit seines Körpers.

Der Mond war jetzt doch sichtlich größer und präsentierte ich in einer Schönheit, die ein beinahe schmerzhaftes Gefühl der Wehmut in ihm hervorrief. Seine Position hatte sich nicht verändert, sodass er den Blick senken musste, um das Ziel der Reise sehen zu können. Für einen Moment überkam ihn ein Gefühl irrationaler Panik – was wäre, wenn der Mond niemals die Position erreichen würde, die sie ansteuerten?

Morrie, dem durch seine Pilotenausbildung die Kollisionsberechnungen und Bewegungsgleichungen in Fleisch und Blut übergegangen waren, hätte sich davon wohl kaum beunruhigen lassen. Doch für Art, der sich hier mit Dingen konfrontiert sah, die dem gesunden Menschenverstand völlig zuwider zu laufen schienen, war es nicht so einfach, die aufkommenden Zweifel zu unterdrücken. Er versuchte, sich das Ganze anhand eines Beispiels zu vergegenwärtigen: Wenn ein Auto auf einen Bahnübergang zufährt, dem sich von links ein Zug nähert, sodass es aufgrund der Geschwindigkeit der beiden Fahrzeuge zu einer Kollision kommen muss, bleibt der Aufprallwinkel bis zum letzten Augenblick konstant.

Das Problem ließ sich mit kongruenten Dreiecken sehr anschaulich auf dem Papier erklären, aber es war natürlich etwas völlig anderes, dieses Rechenbeispiel *bewusst* auf die gegenwärtige Situation zu übertragen. Der Mond eilte dem Treffpunkt mit ungefähr 2000 Meilen pro Stunde entgegen, wobei er jedoch niemals von der »vorgeschriebenen« Flugbahn abwich, sondern lediglich größer und größer wurde, bis er schließlich den gesamten Himmel ausfüllte.

Er ließ den Blick über das pockennarbige Gesicht des Erdtrabanten schweifen und die vertrauten Namen der Landschaftsmerkmale Revue passieren – Mare Tranquilitatis, Qceanus Procellarum, Appenines, La Grange, Ptolemäus, Mare Imbrium, Catharina. Klangvolle Namen, die man sich auf der Zunge zergehen lassen konnte.

Dabei hatte er seine liebe Mühe, sämtliche Hauptstädte der einundfünfzig Bundesstaaten zusammenzubekommen, und auch die Aufzählung der Mitgliedsstaaten der Vereinten Nationen hätte ihm Schwierigkeiten bereitet. Aber die Geographie des Mondes – oder hieß es einfach nur *Lunagraphie*? – war ihm nicht minder vertraut als die Straßen seiner Heimatstadt.

Der Anblick des Gesichts des Erdtrabanten warf für ihn stets die Frage auf, wie wohl das *andere* Gesicht aussehen würde – jenes, das man von der Erde aus niemals zu sehen bekam.

Mit der Zeit tat das blendende Licht der Mondscheibe den Augen weh, sodass er nun den Blick hob, um das unergründliche, samtige Schwarz des Weltraums zu betrachten, das durch die ruhigen Lichtflecken der Sterne noch schwärzer wirkte.

In Richtung des Zieles, auf das die *Galileo* zustrebte, gab es nur sehr wenige wirklich helle Sterne. Aldebaran war in der obersten Ecke des Fensters zu sehen, und auch ein Teil der Milchstraße, jener wahrhaft unglaublichen Sternenansammlung. Weniger grell waren auch die Sternenlichter im Zeichen des Schützen zu erkennen, und in der Nähe des mächtigen Aldebaran die geisterhaften Plejaden. Direkt voraus aber sah er nichts als schwache Lichter und die große, schwarze Leere.

Er lehnte sich zurück und starrte in die ferne, einsame Tiefe vor sich, deren Weite das menschliche Fassungsvermögen überstieg. Der Anblick fasziniert ihn so sehr, dass er sich körperlich in diese Weite hineingezogen fühlte. Ihm war, als habe er die Wärme und Sicherheit des Schiffes verlassen, um sich dort in der unendlichen Stille zu verlieren.

Er blinzelte, um dieses schaurige Gefühl zu verscheuchen, das in ihm den Wunsch aufkommen ließ, niemals die sichere, vertraute Welt verlassen zu haben, aus der er kam. Er sehnte sich nach seinem Labor im

Keller, nach dem kleinen Laden der Mutter und nach dem langweiligen Geschwätz einfacher Menschen – Menschen, die zu Hause blieben und sich nicht die Bohne für das Universum dort draußen interessierten.

Doch dann siegte wieder die Faszination. Die schwarze Tiefe dort draußen, der Steuerhebel unter seiner rechten Hand – er musste ihn nur aus der Ruhestellung lösen und ganz nach rechts drücken, um das Raumschiff mit unvorstellbarer Geschwindigkeit am Mond vorbeizujagen, der zu langsam sein würde, um den vorbestimmten Punkt zur rechten Zeit zu erreichen. Am Mond vorbei, weiter fort von der Sonne, von der Erde – weiter und weiter und weiter, bis das Thorium ausgebrannt oder das Zink verbraucht war. Und selbst das würde ihren Flug nicht aufhalten, da sie mit der einmal erreichten Geschwindigkeit für immer und ewig in die bodenlose Tiefe stürzen würden.

Wieder blinzelte er, schloss dann fest die Augen und umklammerte die Armlehnen, um sich festzuhalten.

»Schläfst du?«

Die Stimme ließ ihn erschreckt aus dem Sitz fahren. Seine Augen waren noch geschlossen, als sie ihn aus den Gedanken riss. Aber es war nur Doc, der zu ihm heraufgeklettert kam.

»Guten Morgen, Doc! Mensch, gut, dass du wach bist! Ich freue mich, dich zu sehen. Ich war drauf und dran, die Nerven zu verlieren!«

»Guten Morgen auch – falls es wirklich Morgen sein sollte. Denke schon, dass es so ist...« Er schaute auf die Uhr. »Überrascht mich wirklich nicht, dass du in Panik gerätst! Wie würde es dir gefallen, die Reise ganz allein zu machen?«

»Da hätte ich keinen Schnief darauf!«

»Ich auch nicht! Auf dem Mond ist es zwar auch nicht weniger einsam, aber man hat zumindest ein bisschen festen Boden unter den Füßen. Ich denke, dass Reisen zum Mond erst dann wirklich populär werden, wenn es ein paar nette, laute Nachtklubs gibt und ein bis zwei Bowlingbahnen!« Er ließ sich auf seinen Sitz nieder.

»Also nie?«

»Ach, da bin ich optimistisch. Eines Tages wird irgendjemand auf die Idee kommen, den Mond zur Touristenattraktion auszubauen. Und wie dir vielleicht schon mal aufgefallen ist, ist ein neues Urlaubsziel für Touristen nur dann interessant, wenn sie dort die gleichen Unterhaltungsangebote finden wie zu Hause.«

Art nickte und merkte sich diese sehr plausibel klingende Überlegung. Mit seinen eigenen Urlaubserfahrungen war es nicht weit her – bis jetzt jedenfalls.

»Sag mal, Onkel, glaubst du, dass ich durch den Ausguck eine brauchbare Aufnahme vom Mond machen könnte?«

Cargraves schielte prüfend auf das Fenster. »Kann sein. Aber es wäre eine Verschwendung guten Filmmaterials – von der Erde aus kann man bessere Fotos schießen. Warte, bis wir in eine Umlaufbahn einschwenken und das Schiff herumsteuern. Dann kannst du ein paar wirklich einmalige Bilder machen – die Erde aus dem Weltraum. Oder warte, bis wir die andere Seite des Mondes sehen können!«

»Das wäre was! Bilder von der anderen Seite des Mondes, Mensch!«

»Habe mir gleich gedacht, dass du so reagierst.« Cargraves schwieg einen Augenblick und fügte dann hinzu: »Aber bist du sicher, dass du eine Aufnahme davon hinkriegst?«

»Nun ... ach so, ich weiß, was du meinst! Die andere Seite ist ja völlig dunkel!«

»Das habe ich nicht gemeint, obwohl es sicher hinzukommt, da es auf der anderen Seite seit drei Tagen Neumond ist, wie immer es dort auszusehen hat. Wir werden versuchen, die Bilder auf dem Rückflug zu machen. Aber was ich eigentlich ansprechen wollte, war etwas anderes: Woher willst du wissen, dass es die Rückseite des Mondes überhaupt gibt? Du hast sie niemals gesehen, und auch sonst keiner!«

»Moment mal ... da muss doch ... ich meine, das kann man doch sehen ...«

»Haben Sie eben wirklich behauptet, dass es die Rückseite des Mondes gar nicht gibt, Doc?« Es war Ross, der plötzlich neben Cargraves aufgetaucht war.

»Guten Morgen, Ross! Nein, ich habe nicht behauptet, dass der Mond *keine* Rückseite hat. Ich habe Art nur gebeten, mir zu erklären, wieso es sie seiner Meinung nach gibt!«

Ross grinste. »Lass dich nicht reinlegen, Art! Er versucht nur, dich zu veralbern!«

Cargraves lächelte schelmisch. »Okay, Aristoteles – du hast es erfasst! Aber nimm mal an, du müsstest mir beweisen, dass der Mond eine Rückseite hat.«

»Das sagt einem doch der gesunde Menschenverstand!«

»*Wessen* Verstand? Bist du jemals da gewesen? Hast du sie jemals gesehen?«

»Nein, aber ...«

»Hast du jemals einen anderen Menschen getroffen, der sie gesehen hat? Hast du jemals einen Bericht von jemand gelesen, der behauptet, sie gesehen zu haben?«

»Nein, das nicht – aber ich bin überzeugt, dass es sie gibt!«

»Warum?«

»Weil ich die Vorderseite sehe!«

»Aber was beweist das? Deine gesamte Erfahrung beruht doch auf dem, was du von der Erde aus sehen kannst! Und im Übrigen gibt es was, das du auf der Erde beobachten kannst, das ebenfalls keine Rückseite hat.«

»Was soll das für ein Ding sein? Leute, ihr solltet mich mal einweihen!« Morrie kam auf der anderen Seite heraufgeklettert.

Art sagte: »Hallo, Morrie – willst du auf deinen Sitz?«

»Nein, lass mal. Ich hocke mich solange hier hin.« Er setzte sich und ließ die Beine baumeln. »Also, worum geht es?«

»Doc versucht zu beweisen, dass der Mond keine Rückseite hat«, erklärte Ross.

»Nein, nein und nochmals nein!«, widersprach Cargraves. »Ich habe nur versucht, euch dazu zu bringen, eure Behauptung zu beweisen, dass es eine Rückseite geben muss. Außerdem habe ich behauptet, dass es sogar auf der Erde ein Phänomen gibt, das keine Rückseite hat, um Ross' Argument zu entkräften, dass man aufgrund von Erfahrungen etwas als unabdingbar ansehen kann, selbst wenn man einmal voraussetzt, dass die auf der Erde gemachten Beobachtungen auch für den Mond gelten, was ich so nicht unterschreiben würde!«

»Momento! Langsam, langsam! Fangen wir beim Letzten an: Gelten die Naturgesetze nicht überall im Universum?«

»Das ist eine reine Annahme, völlig unbewiesen.«

»Aber die Astronomen können daraus doch zutreffende Vorhersagen ableiten – eine Sonnenfinsternis, Kometen, Sternschnuppen und dergleichen. Das basiert doch alles auf dieser Vermutung – und die Vorhersagen stimmen!«

»Du zäumst das Pferd von hinten auf! Die Chinesen haben astronomische Ereignisse vorausgesagt, lange bevor der Gedanke der Allgemeingültigkeit der Naturgesetze aufkam. Trotzdem kann man bestenfalls von einer gewissen Ähnlichkeit zwischen den Vorgängen auf der Erde und denen am Himmel sprechen. Was aber nichts zu tun hat mit der Frage nach der Rückseite des Mondes, die wir niemals gesehen haben und die folglich nicht vorhanden sein muss!«

»Aber wir haben doch schon Teile davon gesehen«, wandte Morrie ein.

»Stimmt«, pflichtete Cargraves ihm bei. »Wegen der

Unregelmäßigkeiten der Mondbahn und seiner Achsneigung gelingt es uns ab und zu, ein wenig über den Zaun zu schauen, sodass wir insgesamt gut sechzig Prozent seiner Oberfläche kennen – immer vorausgesetzt, der Mond ist wirklich rund. Ich rede aber von den fehlenden vierzig Prozent, die wir noch nie gesehen haben.«

»Ach so«, sagte Ross, »Sie meinen, die Seite, die wir nicht sehen, könnte einfach abgeschnitten sein, sodass der Mond aussähe wie ein Apfel, aus dem man ein Stück herausgeschnitten hat? Schön und gut, das könnte natürlich sein, aber ich wette sechs Schoko-Malz, dass Sie danebenliegen – zahlbar bei Rückkehr, versteht sich!«

»Nein«, antwortete Cargraves, »das ist eine wissenschaftliche Diskussion, und da halte ich Wetten für ziemlich unangebracht. Ganz davon abgesehen, dass ich verlieren könnte. Aber das mit dem angeschnittenen Apfel habe ich gar nicht behauptet: Ich habe genau das gemeint, was ich gesagt habe – überhaupt keine Rückseite! Also, wenn es so ist, und wir fliegen um den Mond herum, dann würden wir überhaupt nichts vorfinden, absolut *nichts*, nur leeren Raum. Ich behaupte keineswegs, dass es wirklich so ist – ich wollte nur wissen, ob ihr den Beweis dafür erbringen könnt, dass es eine Rückseite gibt.«

»Augenblick mal«, warf Morrie ein, während Art nervös den Mond anschielte, als ob er sich vergewissern wollte, das er noch da ist. In der Tat, da war er auch…

»Sie haben doch vorhin von etwas gesprochen, das es auf der Erde gibt – ein Ding ohne Rückseite. Was soll das sein? Ich komme nämlich vom Dorf, wissen Sie!«

»Ein Regenbogen! Du kannst ihn nur von einer Seite sehen, von der Seite aus nämlich, die der Sonne zugewandt ist. Die andere Seite existiert einfach nicht.«

»Weil man ja gar nicht dahinter gelangen kann!«

»Stimmt nicht – an einem sonnigen Tag kannst du einen Regenbogen selbst erzeugen, mit einem simplen Rasensprenger. Und du kannst auch um ihn herumwandern – aber du wirst feststellen, dass es keine Rückseite gibt. Wenn du dahinter stehst, ist er einfach nicht mehr da!«

»Aber Doc«, rief Ross belustigt, »sie weichen der Frage aus! Man kann doch den Mond nicht mit einem Regenbogen vergleichen – das eine besteht aus Lichtwellen, das andere aus fester Materie!«

»Aber das sollt ihr ja gerade beweisen – was euch immer noch nicht gelungen ist. Woher weißt du, dass der Mond aus fester Materie besteht? Alles, was du bisher darüber weißt, beruht auf Lichtwellen, genau wie bei dem Regenbogen!«

Ross dachte angestrengt nach. »Na gut – ich glaube, ich weiß jetzt, worauf Sie hinauswollen. Aber 1946 wurden doch Radarwellen am Mond reflektiert, was beweist, dass er aus fester Materie besteht!«

»Aber Radar ist doch nichts großartig anderes als Lichtwellen – ob infrarotes Licht oder Ultrakurzwellen, es handelt sich immer um elektromagnetische Wellen.«

»Aber das Experiment hat doch funktioniert!«

»Es ist das dabei herausgekommen, was wir aufgrund der Verhältnisse auf der Erde angenommen haben. Aber ich wiederhole, wir wissen absolut nichts von den auf dem Mond herrschenden Naturgesetzen, außer dem natürlich, was uns die elektromagnetischen Wellen berichten.«

»Und was ist mit den Gezeiten?«

»Die Gezeiten existieren, daran besteht kein Zweifel. Wir können sie beobachten, wir können fühlen, wie unsere Füße nass werden. Aber das sagt uns nichts über den Mond. Die Theorie, dass der Mond die Gezeiten verursacht, ist eine reine Konvention, blanke Theorie. Und die Wissenschaftler lassen Theorien öfter fallen, als sie ihre Unterwäsche wechseln. Vielleicht passt es schon bald besser in unser wissenschaftliches Weltbild, dass die Gezeiten den Mond verursachen, als umgekehrt. Na, was hast du noch am Lager?«

Ross holte tief Atem. »Sie versuchen, mich mit großen Worten klein zu kriegen. Zugegeben, ich habe die andere Seite des Mondes niemals gesehen. Ich habe meinen Fuß niemals auf den Mond gesetzt und auch kein Stück herausgebissen – wobei mir einfällt, dass man bei Ihrer Argumentation gewiss auch behaupten könnte, der Mond bestünde aus grünem Käse!«

»Falsch«, erwiderte Cargraves gelassen. »Es gibt Dinge, die eindeutig gegen diese Überlegung sprechen. Irgendein Astronom hat einmal das Spektrogramm des Mondlichts mit dem von Käse verglichen. Nicht die geringste Ähnlichkeit.«

Art lachte. »Ist das wirklich wahr?«

»Tatsache. Habe es schwarz auf weiß gesehen, in einer Fachzeitung!«

Ross zuckte mit den Achseln. »Das ist nicht besser als der Radarbeweis«, gab er offen zu. »Aber gehen wir es einmal von der anderen Seite an – wenn die Vorderseite des Mondes immerhin so fest ist, dass sie Radar reflektiert, dann muss er aus fester Materie bestehen. Und dann muss er zwingend eine Rückseite haben, ob diese nun flach, rund oder viereckig ist oder wie zerknülltes

Papier aussieht. Das sagt uns bereits die einfachste Mathematik!«

Morrie musste schallend lachen.

Cargraves grinste nur amüsiert und sagte: »Nun, Ross – überleg doch mal. Was beweist die Mathematik?«

»Die Mathematik …« Er schwieg. »Oh, jetzt kapiere ich. Die Mathematik *beweist* uns überhaupt nichts. Sollten wir herausfinden, dass der Mond keine Rückseite hat, dann müssten wir eine neue Mathematik erfinden, die diesem Umstand Rechnung trägt.«

»Genau das ist der springende Punkt: Tatsache ist, dass wir nicht *wissen*, ob der Mond eine Rückseite hat, solange wir sie nicht sehen können. Und ihr werdet jetzt begreifen«, fuhr er fort, »wie unhaltbar eine auf dem ›gesunden Menschenverstand‹ basierende Überlegung wird, wenn man sie einmal richtig überprüft. Weder gesunder Menschenverstand noch Logik kann etwas *beweisen*. Der Beweis resultiert aus dem Experiment, oder, um es anders auszudrücken, aus der persönlichen Erfahrung. Betrachtet dies als kurze Vorlesung über die wissenschaftliche Methodik – ihr könnt dafür von mir aus dreißig Minuten von eurem heutigen Lernpensums abziehen. So, will außer mir noch jemand Frühstück? Oder ist euch von der niedrigen Anziehungskraft der Appetit vergangen?« Er richtete sich auf, um herunterzuklettern.

Ross war sehr mit seinen eigenen Gedanken beschäftigt, während sie das Frühstück bereiteten. Heute sollte eine richtige Mahlzeit auf den Tisch kommen, zubereitet aus ihrem beschränkten Vorrat an frischen Lebensmitteln. Die *Galileo* war mit einer behelfsmäßigen Kombüse ausgestattet worden, die im Wesentlichen aus einer Kochplatte und einem kleinen Eisschrank bestand. Teller, Messer, Gabeln und Löffel wurden mit dem Wasser gespült, das aus dem Sammler der Klimaanlage aufgefangen wurde, und anschließend auf der Kochplatte sterilisiert. Auf dem Schiff gab es wirklich alles, was man zum Leben brauchte – sogar ein Badezimmer, das allerdings so klein war, dass man sich kaum darin umdrehen konnte. Alle losen Gegenstände des täglichen Lebens, wie beispielsweise die Teller, waren aus Zink gefertigt, um sie notfalls im Triebwerk verheizen zu können.

Bald ließen sie sich zu einer Mahlzeit nieder, die aus frischer Milch, Müsli, gekochten Eiern, Brötchen, Marmelade und Kaffee bestand. Cargraves seufzte zufrieden, als er seine Portion verdrückt hatte. »Denkt daran, das war auf dieser Reise das letzte vernünftige Essen«, bemerkte er, während er seine Pfeife stopfte. »Muss sagen, die Raumfahrerei ist nicht gerade die komfortabelste Form des Reisens!«

»Seien Sie ja vorsichtig mit der Pfeife, Captain!«, warnte Morrie.

Cargraves sah erschrocken auf. »Hab's glatt vergessen«, gab er schuldbewusst zu, wobei er sehnsüchtig nach der Pfeife schielte. »Sag mal, Ross«, fragte er, »meinst du, dass die Klimaanlage nicht ...«

»Rauchen Sie nur«, erwiderte Ross. »Eine Pfeife wird uns nicht umbringen. Aber ... sagen Sie mal, Doc ...«

»Ja?«

»Nun, äh ... Sind Sie *wirklich* davon überzeugt, dass der Mond keine Rückseite hat?«

»Ach du liebes bisschen! Die Frage geht dir wohl nicht aus dem Kopf, ja? Natürlich, ich glaube daran!«

»Aber ...«

»Doch, aber es ist eben nur ein Glauben. Ich glaube daran, weil es meiner Art entspricht, Vermutungen,

Überzeugungen, Vorurteile, Theorien, Aberglauben und dergleichen zu betrachten. Das ist ein Teil der großen Illusion, in der ich lebe, was aber noch lange nicht heißt, dass es zutreffen muss. Sollte es sich als falsch erweisen, dann hoffe ich, nicht so labil zu sein, dass ich daran verzweifle.

»Könnte es eine schönere Überleitung zu eurem Unterricht geben?«, fuhr er launig fort. »Ihr habt ja dreißig Minuten gut, sodass uns noch anderthalb Stunden verbleiben. Zeit, loszulegen!«

Art schaute ihn missmutig an. »Ich dachte, du würdest dir nur einen Jux machen. Aber wenn wir auf dem Mond sind, wirst du den Stundenplan doch etwas lockern?«

»Nein, es sei denn, es gibt triftige Gründe dafür. Jetzt ist der richtige Zeitpunkt, die Köpfe rauchen zu lassen, da es nichts Neues zu sehen gibt und keine besondere Arbeit anliegt!«

Arts Laune wurde dadurch nicht besser, aber dann fiel ihm etwas ein. »Oh, es wird wohl doch nicht gehen, Onkel. Die Bücher sind nämlich so verpackt, dass wir vor der Landung nicht heran können.«

»Tatsächlich? Nun, das sollte uns nicht eine Sekunde lang abhalten«, meinte Cargraves unbekümmert, um im Dozententon fortzufahren: »Eine Schule besteht aus einem Stück Fußboden mit dem Schüler an einem Ende und dem Lehrer am anderen. Wir werden einfach kleine Vorträge halten und Ratespiele veranstalten – jetzt wiederholen wir erst einmal den alten Stoff. Schart euch um mich, Legionen der Gepeinigten!«

Sie folgten seiner Aufforderung und setzten sich mit gekreuzten Beinen auf das Schott. Cargraves zog einen Bleistift und einen Zettel aus seinen notorisch voll gestopften Taschen. »Du bist als Erster dran, Art. Beschreibe ein Zyklotron anhand einer Zeichnung. Grundwissen ist gefordert – wollen mal sehen, wie viel du davon hast!«

Art begann, die wesentlichen Bestandteile eines Zyklotrons zu Papier zu bringen. Er zeichnete zwei hohle Halbzylinder, deren offene Seiten sich dicht gegenüberstanden. »Die sind aus Kupfer«, stellte er fest, »sie stellen Hochfrequenzelektroden dar, eine Hochspannungsquelle. Man könnte es auch als eine Art Kurzwellensender bezeichnen – das zeichne ich aber nicht extra ein. Dann benötigt man einen enorm starken Elektromagneten, dessen Feld hier durch die Öffnung zwischen den Halbzylindern verläuft, in der vertikal Ebene. Das Ganze wird im Vakuum betrieben und stellt eine Ionenquelle dar ...«

»Welche Art von Ionen?«

»Na, wenn man beispielsweise ein wenig Wasserstoff reingibt und den mit einem Glühfaden hier zwischen den beiden Halbzylindern anregt, erhält man Wasserstoff-Protonen.«

»Weiter.«

»Die Protonen haben natürlich eine positive Ladung. Der Wechselstrom würde sie zwischen den beiden Elektroden – den Halbzylindern – hin und her pendeln lassen, aber da Protonen eine Ladung aufweisen, werden sie im Kreis herumgewirbelt. Sie bewegen sich mit zunehmender Geschwindigkeit in einer Spirale, bis sie durch ein kleines Metallfenster in der Vakuumkammer herausfliegen.«

»Ja, aber wozu das Ganze?«

»Nun, wenn man einen Strom hochbeschleunigter Protonen auf irgendein Material abfeuert, etwa ein Stück Metall, dann geht es rund! Der Protonenstrahl reißt Elektronen aus den Atomverbund oder kann sogar ins Innere eindringen und alles Mögliche bewirken – Transmutationen, Radioaktivität und so weiter.«

»Gut«, lobte Cargraves, bevor er noch einige Fragen stellte, um das Thema zu vertiefen.

»Eine Sache noch«, bemerkte er schließlich. »Deine Antworten waren soweit richtig, aber deine Skizze dort ist nicht gerade eine Meisterleistung. Unter uns gesagt, sie wirkt auf mich ein wenig hingeschludert.«

»Ich habe nun mal kein künstlerisches Talent«, verteidigte sich Art. »Ich mache lieber Fotos.«

»Vielleicht verlässt du dich zu sehr aufs Fotografieren, was meinst du? Und was das künstlerische Talent angeht, ich habe auch keines, aber ich habe Zeichnen gelernt. Pass auf, Art – das gilt auch für die anderen. Wenn ihr etwas nicht zeichnen könnt, versteht ihr es auch nicht richtig. Aber wenn ihr etwas richtig verstanden habt, sollte es kein Problem für euch sein, es akkurat zu Papier zu bringen. Und wenn das Wissen richtig sitzt, sollte das problemlos aus dem Gedächtnis möglich sein.«

»Ja, aber die Linien verlaufen nun mal nicht so, wie ich will!«

»Ein Bleistift wandert immer dahin, wohin du ihn führst! Er hat kein Eigenleben. Also – üben und noch mehr üben und immer nachdenken über das, was man sieht. Ihr wollt Wissenschaftler werden, gut und schön! Aber die Fähigkeit, sauber zu zeichnen, ist für einen Wissenschaftler ebenso notwendig wie sein Rechenschieber. Wichtiger sogar, denn man kann durchaus ohne Rechenschieber auskommen. Alles klar, Art? Dann bist jetzt du an der Reihe, Ross – erzähl mir, was du über die Protactinium-Reihe weißt!«

Ross holte tief Luft. »Es gibt drei Gruppen von radioaktiven Isotopen: die Urangruppe, die Thoriumgruppe und die Protactiniumgruppe. Die letztgenannte beginnt mit dem Isotop U-235 und ...«

Das Thema beschäftigte sie wesentlich länger als die geplanten anderthalb Stunden. Cargraves war es recht, da er auf diese Weise die mit Ross' Vater geschlossene Vereinbarung mehr als erfüllte, sodass er kein schlechtes Gewissen haben musste, falls im weiteren Verlauf der Reise die eine oder andere Unterrichtsstunde ausfiel.

Schließlich verkündete er: »Ich denke, wir essen jetzt erst mal. Der Antrieb wird bald abgeschaltet – die Schubkraft verringert sich schon seit geraumer Zeit. Merkt ihr, dass wir leichter werden?«

»Wie wär's mit einer Notration?«, schlug Morrie in seiner Nebenfunktion als Chefsteward vor.

»Nein, jetzt nicht«, antwortete Cargraves zögernd. »Ich denke, wir beschränken diese Mahlzeit lieber auf ein paar Aminosäuren und Gelatine.« Er zog die Augenbrauen hoch.

»Hm – ich verstehe«, meinte Morrie und warf den andern beiden einen bezeichnenden Blick zu. »Ist wahrscheinlich klüger!«

Morrie und Cargraves hatten als ausgebildete Piloten schon ausreichend Bekanntschaft mit dem freien Fall geschlossen, aber soweit es Ross und Art betraf, stand noch nicht fest, wie ihr Magen auf diese Erfahrung reagieren würde.

»Das sehe ich aber ganz anders«, maulte Art.

Ross war ein wenig erbost. »Du, er glaubt wirklich, dass uns das Essen hochkommen könnte. Aber wir wiegen doch jetzt schon kaum noch etwas. Wofür halten Sie uns, Doc? Für Babys, oder was?«

»Nein«, erwiderte Cargraves, »das wollte ich damit nicht sagen! Aber es ist eben nicht auszuschließen, dass einer von euch die Schwerelosigkeit nicht verträgt. Also ist es klüger, vorverdaute Nahrung zu sich zu nehmen.«

»Unsinn! Mein Magen verträgt eine ganze Menge. Mit Luftkrankheit und so habe ich noch nie Probleme gehabt.«

»Bist du schon mal seekrank gewesen?«

»Nein, ich war noch nie auf einem Schiff...«

»Also gut«, entgegnete Cargraves, »wie du willst! Aber du hängst dir auf jeden Fall eine Tüte um – das ist ein Befehl! Ich fände es alles andere als witzig, wenn dein Essen in der Klimaanlage landet!« Er machte sich daran, ein wenig Gelatinepulver in Wasser aufzulösen, rührte das Gemisch um und trank es.

Ross schnitt ein Grimasse, sah aber doch davon ab, sich eine Notration einzuverleiben. Stattdessen schaltete er die Kochplatte ein, um mit einem Aminosäurenkonzentrat vermischte Milch aufzuwärmen. Kurz darauf erwachte Joe der Roboter aus seinem Nickerchen und schaltete den Antrieb ganz ab.

Sie schossen nicht an die Decke. Die Rakete begann auch nicht, wild herumzutrudeln. Es passierte absolut nichts von dem, was man in den Comics liest.

Als das Grollen des Triebwerks erstarb, verloren sie vollständig ihr Gewicht. Gleichzeitig wurde es bedrückend still. Sicherheitshalber hatte Cargraves in den letzten Minuten noch einmal das gesamte Schiff daraufhin überprüft, ob es irgendwo lose Gegenstände gab, die nicht festgezurrt waren oder anderweitig davon abgehalten wurden, sich in der Schwerelosigkeit selbstständig zu machen.

Cargraves befreite sich von seinem Sitz und machte wie ein Schwimmer in der Luft eine Schraube, um anschließend wieder herunterzukommen – oder vielmehr *herüber*, da Begriffe wie »oben« und »unten« nun ihre Bedeutung verloren hatten. Bald war er bei Ross und Art angelangt, die sich sicherheitshalber mit ihren Gurten an den Hängematten verankert hatten.

Cargraves stoppte seine Bewegung, indem er sich mit einer Hand an Arts Hängematte festhielt. »Wie geht es euch?«

»Ganz gut, denke ich«, antwortete Art mit einem Aufstoßen. »Fühle mich wie in einem abstürzenden Fahrstuhl!« Er war doch ein wenig grün um die Nase.

»Und du, Ross?«

»Ich komme schon klar«, behauptete Ross, aber im selben Augenblick kam ihm alles hoch. Seine Gesicht wirkte eher grau als grün.

Jeder Raumkadett weiß, dass mit der Raumkrankheit nicht zu spaßen ist. Die Symptome sind weitgehend dieselben wie bei der Seekrankheit, wo der Brechreiz durch das Stampfen und Rollen des Schiffes verursacht wird. Der Unterschied liegt in erster Linie darin, dass man im Raum nicht darauf hoffen darf, dass das Gefühl des haltlosen Fallens jemals aufhört!

Die zivilen Raketen sind immer nur wenige Minuten in der Luft, wobei sie den größten Teil der Strecke unter Beschleunigung oder im Gleitflug zurücklegen. Dagegen beinhaltete der von Cargraves ausgetüftelte Flugplan eine Reihe von Stunden, die antriebslos zurückgelegt wurden. Zwar wäre es durchaus möglich gewesen, die ganze Strecke zum Mond triebwerksunterstützt zurückzulegen, was es aber nahezu unmöglich gemacht hätte, das bevorstehende Wendemanöver so durchzuführen, dass sie das Haupttriebwerk zum Abbremsen auf Anflugsgeschwindigkeit nutzen konnten.

Nach dem Wendemanöver würden sie die Erde sehen können. Deshalb wollte Cargraves das Manöver so früh wie möglich ausführen, bevor sie sich zu weit von der Erde entfernt hatten, um sie in akzeptabler Größe betrachten zu können.

»Bleibt noch eine Weile, wo ihr seid«, befahl er. »Ich werde das Schiff wenden.«

»Das möchte ich sehen«, meinte Ross. »Warte schon die ganze Zeit darauf!« Er löste seinen Sicherheitsgurt, aber schon im nächsten Moment meldete sich erneut sein Magen. Ein Speichelfaden trat aus seinem Mund, lief aber nicht am Kinn herunter, sondern löste sich zu dicken Tropfen auf, die sich nicht so recht entschließen konnten, in welche Richtung sie davontreiben sollten.

»Nimm dein Taschentuch«, riet ihm Cargraves, der sich selbst nicht allzu wohl fühlte. »Geht es? Dann komm mit!«

Er wandte sich Art zu, der aber gerade sein Gesicht in seinem Taschentuch verbarg.

Cargraves wandte sich ab und »schwamm« vorsichtig zum Pilotensitz. Ihm war klar, dass er nichts für die Jungen tun konnte, zumal sein eigener Magen gerade damit beschäftigt war, Saltos und andere Kapriolen zu schlagen. Aber für den Magen gibt es nun mal keinen Sicherheitsgurt. Als er schließlich seinen Sitz eingenommen hatte, bemerkte er, dass Morrie sich vornüber gebeugt hatte und sich den Magen hielt. Cargraves gab keinen Kommentar dazu ab und richtete seine ganze Aufmerksamkeit auf das Wendemanöver. Morrie würde sich schon wieder erholen.

Eigentlich war das Wendemanöver keine sonderlich komplizierte Angelegenheit. Im Schwerpunkt des Schiffes befand sich ein kleines, sehr schweres Rad aus

Metall. Mit einem Hebel des Steuerpults konnte er dieses Rad dank dessen kardanischer Aufhängung um sämtliche Raumachsen drehen und anschließend arretieren. Die Drehbewegungen wurden von einem Elektromotor bewirkt, der das Rad mit hoher Geschwindigkeit antrieb.

Im freien Fall konnte man das Schiff mithilfe dieses einfachen Mechanismus wenden und auf den erwünschten Drehwinkel bringen (wobei man im Auge behalten sollte, dass sich dieses Manöver in keiner Weise auf den Kurs oder die Geschwindigkeit der *Galileo* auswirkte, sondern lediglich auf die Ausrichtung des Schiffes in Bezug auf den eingeschlagenen Kurs. Das lässt sich gut mit einem Turmspringer vergleichen, der ja auch vollständige Drehungen durchführen kann, ohne dass die Richtung seines freien Falls dadurch verändert wird).

Das kleine Rad war durch eine sehr einfache physikalische Gesetzmäßigkeit, die auf der Erde nur selten Anwendung findet, in der Lage, die nicht unbeträchtliche Masse der Rakete herumzuschwenken. Zur Anwendung kam das Prinzip der Impulserhaltung, oder genauer gesagt der Erhaltung des Drehmoments. Eiskunstläufer wenden dieses Gesetz recht häufig an, denn es bildet die Grundlage ihrer beeindruckendsten Darbietungen.

Wenn das kleine Rad sich mit hoher Geschwindigkeit in eine bestimmte Richtung drehte, bewegte sich die gesamte Rakete langsam in die Gegenrichtung. Blieb das Rad stehen, galt dies auch für das Schiff.

»Die getönten Schutzgläser, Jungs!«, rief Cargraves ein wenig hektisch, als das Schiff zu rotieren begann und die Sterne am Sichtfenster vorbei zu ziehen schienen. Obwohl sie alle nicht weit davon entfernt waren, sich zu übergeben, befolgten sie sofort seinen Ratschlag und setzten die Schutzbrillen auf.

Die wurden auch bald schon benötigt! Der Mond verschwand aus dem Sichtfenster, hinter dem jetzt die Sonne und die Erde zum Vorschein kamen. Die Erde war als große, leuchtende Sichel zu sehen, etwa vergleichbar mit dem zwei Tage alten Neumond. Auf diese Entfernung – ein Viertel des Weges zum Mond – erschien sie sechzehnmal so groß wie der Mond von der Erde aus. Doch der Anblick war um ein vieles eindrucksvoller! Die Hörner der Sichel zeigten das Blauweiß der vereisten Polkappen, während sich über die gesamte Fläche das grünliche Blau des Meeres verteilte, das tiefe Grün und sandfarbene Braun der Steppen, Wälder und Felder... Die Tagundnachtgrenze verlief durch das Herz Asiens und bis weit hinunter in den Indischen Ozean. Das alles konnten sie ganz klar sehen, so deutlich wie auf dem Globus in ihrem Klassenzimmer. Der Indische Ozean wurde teilweise durch eine riesige Wolkenwand verdeckt, die den darunter lebenden Menschen möglicherweise grau erschien, sich für die Beobachter am Himmel jedoch genau wie die Polkappen in flammendem Weiß präsentierte.

In den Armen der Sichel ruhte die Nachtseite der Erde, dunkel, aber doch ein wenig beleuchtet von dem fast vollen Mond weit draußen hinter ihrer Rakete. Doch anders als das Dunkel des Halbmonds war dies von kleinen Lichtjuwelen durchsetzt – den Städten der Menschen, die ihnen auf diese Weise einen freundlichen Gruß schickten.

Auf halber Strecke vom Äquator zum nördlichen Ausläufer der Sichel zeigten sich drei besonders schön strahlende Lichtansammlungen, die recht nahe beieinander lagen – London, Paris und das wieder auferstandene Berlin. Und jenseits des dunklen Atlantik, genau am Rand der Scheibe, leuchtete ein noch viel herrlicheres, rosiges Licht auf – die Lichter des Broadway, das große New York.

Noch nie zuvor hatten die drei Jungen New York erblickt. Aber das galt für den Großteil der über die Kontinente verteilten Städte.

Obwohl die Erde ihre Heimat war, und obwohl sie den Planeten aus einer völlig neuen Perspektive betrachten konnten, die kein Mensch vor ihnen erblickt hatte, wurde ihre Aufmerksamkeit schon einen Moment später von diesem erhebenden Anblick abgelenkt, als ein noch atemberaubenderes Gestirn am Himmel erschien – die Sonne!

Ihre sichtbare Größe war sechzehnmal kleiner als die der mächtigen Erdsichel, aber das spielte nur eine untergeordnete Rolle. Sie hing »unterhalb« der Erde – wenn man sie vom Pilotensitz der *Galileo* aus betrachtete, in einem ungefähren Abstand von vier Erddurchmessern.

Sie wirkte nicht größer oder kleiner als gewohnt und war auch nicht merklich heller, als an einem klaren, trockenen Mittag vom Wüstenboden aus betrachtet. Auf dem schwarzen Hintergrund des Vakuums zeichnete ihre Korona sich deutlich ab, und man konnte die Protuberanzen und Unregelmäßigkeiten ihrer Oberfläche genau sehen. Die Auswirkungen der infernalischen Stürme, die über ihr Antlitz tobten.

»Ihr dürft nicht direkt in die Sonne schauen«, warnte Cargraves, »selbst wenn ihr die Polarisierung voll zugedreht habt!« Damit spielte er auf die Schutzbrillen aus doppelten Polfilterscheiben an, die durch Drehung vollkommen undurchsichtig gemacht werden konnten.

»Davon *muss* ich eine Aufnahme machen!«, schwärmte Art, drehte sich um und schwamm davon. Seine Raumkrankheit hatte er völlig vergessen ...

Kurz darauf kehrte er mit seiner Contax zurück und montierte das Objektiv mit der längsten Brennweite. Die Kamera war uralt und gehörte zu den wenigen Dingen, die seine Mutter glücklich aus Deutschland herausgebracht hatte. Art behütete die Kamera wie seinen Augapfel. Als er das Objektiv angebracht hatte, wollte er seinen *Weston*-Belichtungsmesser aus der Fototasche hervorkramen, als Cargraves sich zu Wort meldete.

»Warum willst du deinen Belichtungsmesser ruinieren?«, warnte er.

Art starrte ihn fassungslos an. »Wie soll ich denn ohne Belichtungsmesser eine vernünftige Aufnahme hinkriegen?«

»Kann sein, dass es gar nicht klappt. Aber versuche es ruhig mit einem Film mit möglichst geringer Empfindlichkeit, und verwende den stärksten Filter, die kleinste Blende und die kürzeste Belichtungszeit. Ansonsten kannst du es mit Beten versuchen ...«

Als er die enttäuschte Miene des Jungen sah, fuhr er fort: »Fotos von der Sonne sind nicht so wichtig – die Astronomen können das besser, und sie werden wohl schon bald Gelegenheit dazu haben, wenn unsere Expedition weiter erfolgreich verläuft. Versuch lieber, ein Foto von der Erde zu machen. Es sollte nicht allzu schwer sein, ein tolles Bild hinzukriegen! Von mir aus kannst du erst mal ein paar Zoll Film für die Sonne opfern, aber dann kümmern wir uns um die Erde. Warte, ich werde dein Objektiv mit der Hand vor der Sonne abschirmen.«

Art folgte seinem Vorschlag. Doch als er die Erde aufnehmen wollte, gab es ebenfalls Probleme. »Ich krieg keinen vernünftigen Belichtungswert«, beklagte er sich. »Die Sonne stört!«

»Na, dann überleg einfach mal, wie viel Licht die alte Kugel da draußen wohl von der Sonne erhält! Oder nimm einfach an, dass es ungefähr soviel Licht ist wie bei der Wüstensonne, und dann gehst du einfach ein paar mal runter oder rauf mit den Einstellungen.«

Als Art fertig war, bemerkte Cargraves: »Achtet darauf, dass ihr euch keinen Sonnenbrand holt, Jungs!« Er berührte die plastische Innenschicht des Quarzglasfensters. »Dieses Zeugs hier wird vermutlich das Schlimmste herausfiltern, aber seid trotzdem auf der Hut!«

»Wieso denn – wir sind doch schon richtig gebräunt.« In der Tat, die Sonne von New Mexico hatte ihre Spuren bei ihnen hinterlassen.

»Ja, ja, aber das ist der verdammt sonnigste Tag, den ihr je erlebt habt!«

»Wie sieht es denn überhaupt damit aus? Könnte das Sonnenlicht uns nicht auch so gefährlich werden – ich spreche von schlimmeren Dingen als einem Sonnenbrand?«, fragte Morrie.

»Hm – du hast gewiss dieselben Fachartikel gelesen wie ich. Die kosmische Strahlung könnte in der Tat zum Problem werden. Möglich, dass wir dran glauben müssen. Vielleicht kommt unser Nachwuchs mit grünen Fangarmen zur Welt. Das ist ein Risiko, das wir auf uns nehmen müssen.«

»Was solls. Kolumbus hat auch einiges riskiert!«

»Und überleg nur, wie weit er es gebracht hat!«, rief Art bestätigend.

»Ja, klasse, man hat ihn für seine Mühe ins Gefängnis gesteckt, weißt du?«

»Wie dem auch sei«, sagte Cargraves, »ich werde das Schiff jetzt wieder ein Stück herumschwenken, damit die Sonne nicht so direkt hereinscheint. Dieser Kasten wird mir allmählich zu heiß!«

Es war überhaupt kein Problem, die *Galileo* gemütlich warm zu halten – aber ganz anders sah es aus, wenn es darum ging, sie von unerwünschter Hitze zu kühlen. Ihre polierte Außenhülle reflektierte zwar einen guten Teil des Sonnenlichts, aber das galt nicht für das Sichtfenster, sodass sich das Innere des Raumschiffs in den letzten Minuten deutlich aufgeheizt hatte. Ein herkömmliches Kühlaggregat konnte dieses Problem nicht lösen, da das Schiff für alle praktischen Belange ein thermisch geschlossenes System war, das sich von überschüssiger Wärme nur durch Abstrahlung in den Weltraum befreien konnte. Im Augenblick absorbierte die Rakete jedoch weitaus mehr Strahlungswärme von der Sonne, als sie in der gleichen Zeit abzustrahlen vermochte.

»Ich möchte aber noch ein paar Bilder machen«, protestierte Art.

»Ich werde es so einrichten, dass du die Erde im Sucher behältst«, versprach Cargraves und stellte den Hebel für das Rad entsprechend ein. Dann schwebte er zum Sichtfenster zurück und gesellte sich zu den anderen, die davor herumschwammen wie Goldfische in einem Aquarium.

Ross berührte mit einer Fingerspitze die Scheibe, worauf er zurückprallte, obwohl er glaubte, sehr vorsichtig gewesen zu sein. »Was meinen Sie, Doc – was würde passieren, wenn ein Meteor da reinkracht?«

»Darüber denke ich lieber nicht nach. Trotzdem würde ich mir nicht den Kopf zerbrechen. Ley hat mal ausgerechnet, dass die Chance, auf einer Fahrt zum Mond und wieder zurück von einem Meteor getroffen zu werden, bei ungefähr 1: 500 000 steht. Ich vermute mal, dass meine Überlebenschancen in dem frisierten Blechhaufen, den ihr lachhafterweise als Auto bezeichnet, weitaus schlechter liegen!«

»Auf den Wagen lassen wir aber nichts kommen!«

»Na, ich gebe um des lieben Friedens willen zu, dass er manchmal ganz zufriedenstellend funktioniert!« Er stieß sich ab wie ein Schwimmer, der am Ende seiner Bahn wendet. »Art, wenn du dich endlich an deinem Knipskasten ausgetobt hast, hätte ich einen besseren Job für dich. Hättest du nicht Lust, einen kleinen Aufruhr auf der Erde anzuzetteln?«

»Nur noch eins ... *was*? Was war das eben?«

»Du hast schon richtig vermutet – ich möchte, dass du die Röhren anheizt und nachschaust, ob irgendjemand auf Sendung ist!«

Seit dem Start hatten sie noch keinen Versuch unternommen, die Funkanlage in Betrieb zu nehmen. Zum einen hätte das Triebwerk die Funksignale gestört, zum anderen waren die Antennen während des Fluges durch die Atmosphäre eingezogen gewesen. Jetzt aber, wo das Triebwerk nicht mehr in Betrieb war, stand einem Versuch, Kontakt mit der Erde aufzunehmen, nichts mehr im Weg.

In gewisser Weise hatten sie trotzdem eine Funkverbindung aufrechterhalten, da sie während des ersten Teils der Reise den Steuerradar verwendet hatten. Mittlerweile war die Entfernung zur Erde aber so groß, dass das relativ leistungsschwache Gerät nutzlos geworden war. Schließlich konnte man es nicht mit den gigantischen Radartellern vergleichen, die stark genug waren, um Signale an der Mondoberfläche zu reflektieren. Ein derartiges Unterfangen war mit dem kleinen Radargerät, das durch das Quarzglasfenster der Rakete arbeitete, schlichtweg unmöglich.

Art folgte Cargraves Vorschlag bereitwillig, bemerkte jedoch, dass die Aussichten, irgendein Signal aufzufangen, seiner Meinung nach äußerst gering waren. »Der Sender müsste so gebündelt sein wie ... na, eben gebündelt! Warum sollte jemand ein so starkes Signal in den Raum abstrahlen?«

»Wegen uns natürlich«, behauptete Ross.

»Sie könnten uns niemals aufspüren. Auf diese Entfernung kann ein Radargerät ein so kleines Objekt wie unsere Rakete niemals anpeilen – die reflektierende Fläche ist viel zu winzig!« Art gab sich ganz als Fachmann. »Nicht mit den Radargeräten, die es derzeit gibt. Vielleicht in ferner Zukunft ... hey!«

»Hast du etwas reinbekommen?«

»Halt mal die Klappe!« Art setzte das angespannte Gesicht auf, dessen seltsam schmerzhaften Ausdruck man nur bei Menschen sieht, die gerade unter höchster Konzentration einem Signal im Kopfhörer lauschen.

Vorsichtig drehte er an einigen Knöpfen und griff in seine Taschen, um Bleistift und Notizpapier hervorzuholen. Er brummelte erbost vor sich hin, als er feststellte, dass es nicht so einfach war, in der Schwerelosigkeit etwas zu Papier zu bringen. Doch bald schon kritzelte er munter drauflos.

»Hier, das wär's«, flüsterte er ein paar Minuten später, um anschließend laut vorzulesen:

»RADIO PARIS RUFT RAKETENSCHIFF GALILEO RADIO PARIS RUFT RAKETENSCHIFF GALILEO RADIO PARIS RUFT RAKETENSCHIFF GALILEO DOK-

TOR DONALD CARGRAVES ARTHUR MUELLER MAURICE ABRAMS ROSS JENKINS GRUESSE AN ALLE FAHRT VERFOLGT BIS *NULL EINS EINS DREI* GREENWICH ZEIT VERBINDUNG VERLOREN FUENFUNDZWANZIGSTER SEPTEMBER RUFEN WEITER AUF DIESEM RICHTSTRAHL UND DIESER FREQUENZ AUF VERMUTETEM KURS ALLES GUTE FUER EUCH RADIO PARIS RUFT RAKETENSCHIFF GALILEO RADIO PARIS …

… und so weiter. Vermutlich eine Magnetaufzeichnung.« Seine Stimme zitterte.

»Heiliger Strohsack!« war alles, was Ross herausbringen konnte.

»Jungs, es sieht ganz so aus, als wären wir berühmt!« Cargraves versuchte, seinen Worten einen möglichst beiläufigen Klang zu geben. Irritiert nahm er zur Kenntnis, dass er in jeder Hand ein Stück seiner Pfeife hielt – er hatte sie tatsächlich zerbrochen, ohne es zu bemerken! Er zuckte die Achseln und ließ die Stücke achtlos davonschweben.

»Wie haben die uns bloß gefunden?«, fragte sich Art.

»Hör dir einfach die Nachricht an, dann weißt du's!«, erklärte Morrie. »Hast du die Zeitangabe mitbekommen? Das war genau der Augenblick, als wir in den freien Fall übergegangen sind. Sie haben einfach den Triebwerksstrahl verfolgt!«

»Wie? Mit dem Fernrohr?«

»Vermutlich eher mit einem Raketensucher«, meinte Cargraves.

»Glauben Sie wirklich? Aber außer der UN besitzt doch niemand ein solches Gerät?«

Cargraves setzte ein breites Grinsen auf. »Warum sollte die UN nicht an uns interessiert sein? Sag mal, Junge – kannst du ihnen was zurückfunken?«

»Versuchen kann ich's.«

Art hatte sich völlig in seine Aufgabe vertieft. Leider erhielt er keine Bestätigung seiner hinausgehenden Funksprüche. Egal wie oft er seine Meldung hinausschickte, von der Gegenstation kam immer nur die schon bekannte Aufzeichnung, und dies über gut dreieinhalb Stunden, bis auch die ständig wiederholte Botschaft von der Erde nicht mehr zu hören war, da sie die maximale Reichweite des Funkstrahls überschritten hatten.

Immerhin konnte er sich damit trösten, dass er vermutlich an der weitreichendsten Funkverbindung der Menschheitsgeschichte teilgenommen hatte.

Die *Galileo* setzte währenddessen ihren Flug von der Erde zu jener unsichtbaren Grenze fort, wo der Planet den Einfluss auf seinen Trabanten verliert, der trotz seiner geringeren Masse nun das Sagen hatte. Im antriebsfreien Flug lösten sie sich zunehmend von der noch wirksamen Anziehungskraft der Erde, vorangetragen allein von der im Sog der Erdanziehungskraft allmählich abnehmenden Geschwindigkeit, die sie durch ihr Triebwerk gewonnen hatten, bis die *Galileo* die Grenze zum Reich des Mondes übertrat. Von jetzt an wurde sie schneller und schneller und stürzte schließlich unaufhaltsam auf den silbernen Trabanten zu.

Sie aßen und schliefen und aßen wieder. Sie starrten auf die immer kleinere Erde. Und sie schliefen wieder.

Während der Schlafpause wachte Joe der Roboter über ihre Geschicke. Er analysierte die Flüsterbotschaften seiner Sensoren und kam zu dem Schluss, es sei an der Zeit, die Phase des schwerelosen Dahingleitens durch Einschalten des Triebwerks zu beenden. Doch zunächst richtete er das Schiff so aus, dass das Triebwerk auf den Mond gerichtet war, um den Sturz abzubremsen.

Das Grollen des Triebwerks weckte sie aus dem Schlaf. Cargraves hatte in Erwartung des Bremsmanövers veranlasst, dass sie sich festschnallten. Jetzt befreiten sie sich von den Gurten und kletterten hinauf zum Kontrollpult.

»Wo ist denn der Mond?«, fragte Art.

»*Unter* uns natürlich«, erwiderte Morrie.

»Besser, wenn du ihn sicherheitshalber auf dem Radar suchst, Morrie«, empfahl Cargraves.

»Mach ich.« Morrie schaltete den Strom an und wartet, bis die Elektronenröhren warm waren. Bald war der Mond auf einer Seite des Schirmes als großer, schwammiger Lichtfleck zu sehen. »Rund fünfzehntausend Meilen«, schätzte er. »Wir sollten besser einige Checks durchführen, Captain!«

Es dauerte mehr als eine Stunde, bis sie die notwendigsten Ablesungen und Vergleichsrechnungen vorgenommen hatten. Die relative Position und Entfernung des Mondes konnten durch das Radar bestimmt werden, während die genaue Flugrichtung anhand der Sternenkonstellationen ermittelt werden musste. Diese Werte wurden durch wiederholte Radarmessungen gestützt, bis der auf diese Weise ermittelte Kurs mit dem übereinstimmte, was die Instrumente anzeigten. Tatsächlich war es eine ungeheure Anzahl von Faktoren, die sie berücksichtigen mussten, um die Arbeit von Joe dem Roboter überprüfen zu können.

Sie stellten einige minimale Abweichungen fest, die sie sofort in den Autopiloten eingaben, um die notwendigen Korrekturen durchzuführen. Joe akzeptierte die Änderungen seiner Befehle ohne jeden Kommentar.

Während sich Morrie und Cargraves dieser ermüdenden Aufgabe widmeten, bereiteten Art und Ross die beste Mahlzeit vor, die sie aus den Vorräten zusammenzuzaubern vermochten. Es war wirklich angenehm, wieder sein eigenes Gewicht zu spüren, zumal es sich positiv auf den Magen auswirkte, der nun wieder Appetitgefühle meldete. Zwar hatte sich dieses Organ bei den Gefährten halbwegs an das ungewohnte Gefühl der Schwerelosigkeit gewöhnt, war aber erst nach dem erneuten Einschalten des Triebwerks bereit gewesen, seiner eigentlichen Aufgabe ohne Murren nachzukommen. Das machte sich nun in einem überwältigenden Hungergefühl bemerkbar.

Nach dem Essen gab Cargraves sich traurigen Gedanken über den Verlust seiner Pfeife hin, als schlagartig das Alarmsignal ertönte. Joe der Roboter hatte all seine Befehle ausgeführt, sein Programm war abgelaufen und er verlangte, abgeschaltet zu werden.

Sie zwängten sich im vorderen Teil des Schiffes zusammen, um den Mond zu betrachten, der gleißend hell und riesengroß am Rande des Sichtfensters erschienen war. Sie waren ihm jetzt so nahe, dass sie die Eigenbewegung des Schiffes deutlich sehen konnten, wenn sie einen Krater oder Hügel als Fixpunkt beobachteten.

»Juhuuu!«, rief Art begeistert.

»Das haut einen wirklich um, was?«, kommentierte Ross, dessen Augen sich nicht von dem Anblick loszureißen vermochten.

»Allerdings!«, stimmte Cargraves zu. »Aber jetzt lasst uns arbeiten! Jeder an seinen Platz, schnallt euch an – das Orbitalmanöver beginnt!«

Er befolgte seine eigene Anweisung und betätigte danach einen Schalter, um Joe in den wohlverdienten Schlaf zu schicken. Nun lag die absolute Herrschaft über die Rakete allein in seiner Hand. Während Morrie ihm die Werte der Instrumente durchgab, ließ er das Schiff eine Reihe komplexer Manöver durchführen, deren Auswirkungen kaum spürbar waren, aber doch dafür sorgten, dass die flachwinklige Anflugbahn allmählich in einen stabilen Orbit um den Mond überführt wurde.

»Wie mache ich mich?«, fragte er nach einiger Zeit.

»Wie im Bilderbuch!«, versicherte Morrie, nachdem er rasch die Instrumente abgelesen hatte.

»Sind wir soweit, dass ich den Autopiloten für die Orbitalkorrektur einschalten kann?«

»Wäre besser, wenn ich noch ein paar Minuten hätte.« Es dauerte nicht lange, bis Morrie sich davon überzeugt hatte, dass alles beim Rechten war. Schon vor Cargraves Anfrage waren sie in den antriebslosen Flug übergegangen. Jetzt rief der Kommandant Art und Ross zu, dass sie ihre Gurte lösen konnten, bevor er das Schiff so herumschwenkte, dass der Mond das gesamte Sichtfenster füllte. Anschließend überließ er es Joe, ihre Entfernung zur Mondoberfläche zu überwachen und die Geschwindigkeit entsprechend anzupassen.

Kaum hatte Art sich von den Gurten befreit, baute er sich schon mit seiner Kamera vor dem Sichtfenster auf.

»Alle Wetter«, rief Art, »das ist wirklich phantastisch!« Er stellte den Apparat ein und begann wie wild zu knipsen, bis Ross ihn darauf aufmerksam machte, dass er wieder einmal vergessen hatte, den Objektivdeckel abzunehmen. Dieser Hinweis rief ihn etwas zur Besinnung.

Ross wandte den Blick nach »unten« und starrte auf die trostlose Kraterlandschaft. Völlig geräuschlos jagten sie nur zweihundert Meilen über dem Boden auf die Tagundnachtgrenze zu. Die lange Schatten ließen die schroffen Bergspitzen und die klaffenden Krater noch schrecklicher erscheinen.

»Sieht ziemlich gruselig aus«, meinte Ross. »Ich weiß noch nicht, ob mir das gefällt!«

»Soll ich dich vor der Landung aussteigen lassen?«, fragte Cargraves ironisch.

»Nein, danke! Aber trotzdem, schön finde ich es da unten nicht!«

Morrie ergriff seinen Arm, als ob er sich Halt verschaffen wollte. Doch in Wirklichkeit wollte er nur seinem Freund den Trost menschlicher Nähe zuteil werden lassen. »Weißt du, was mir gerade so durch den Kopf geht, Ross?«, meinte er, während er weiter die Kraterlandschaft im Auge behielt. »Ich glaube, ich weiß, wie diese Wüste dort unten zustandegekommen ist. Das stammt weder von Vulkanen noch von Meteoriten. *Sie haben es selbst getan!*«

»Was? Wer?«

»Die Mondmenschen. Sie haben sich selbst zugrunde gerichtet. Sie haben sich selbst vernichtet. *Sie haben einen Atomkrieg zu viel angezettelt.*«

»Äh ... meinst du wirklich?« Ross starrte ihn an, dann wieder die verödete Oberfläche des Trabanten, als ob er dort die Lösung des schaurigen Mysteriums finden könnte. Art hörte auf, den Auslöser zu drücken.

»Was halten Sie davon, Doc?«

Cargraves hob die Brauen. »Schon möglich«, gab er zu. »Keine der Theorien, die eine natürliche Ursache zugrundelegen, ist wirklich stichhaltig. Zumindest würde dies die relativ glatten Stellen erklären, die wir als ›Meere‹ bezeichnen. Vielleicht waren es wirklich einmal Gewässer, und deshalb wurden sie nicht so schwer von der Zerstörung betroffen.«

»Darum sind sie jetzt keine richtigen Meere mehr«, fuhr Morrie fort. »Sie haben ihre Atmosphäre in den Weltraum geblasen, deshalb sind die Meere einfach verdampft. Schau dir mal den Krater Tycho an. Dort haben sie das größte Munitionslager des gesamten Planeten in die Luft gejagt! Es hat den ganzen Planeten zerstört. Ich wette, dass irgendjemand eine Gegenwaffe ausgetüftelt hat, die leider zu gut funktionierte – sie hat sämtliche Atombomben auf dem Mond auf einmal gezündet und ihnen den Rest gegeben! Davon bin ich überzeugt!«

»Na ja«, erwiderte Cargraves, »da wäre ich vorsichtig! Aber ich gebe zu, dass deine Theorie etwas für sich hat. Vielleicht finden wir es ja heraus, wenn wir erstmal gelandet sind. Es spricht einiges dagegen, dass wir alle Bomben auf einmal zünden. Wie sollte man das überhaupt bewerkstelligen?«

»Ach, vor ein paar Jahren hat auch niemand bei uns gewusst, wie eine Atombombe überhaupt funktionieren könnte!«, entgegnete Morrie.

»Das stimmt.« Damit hatte Cargraves aber genug von diesem morbiden Thema, das ihn auf unangenehme Weise an die Albträume erinnerte, unter denen er seit Beginn des Krieges litt.

»Ross, was denkst du jetzt über die andere Seite des Mondes?«

»Wir werden es sehr bald wissen«, erwiderte Ross kichernd. »Sagen Sie mal – das *ist* doch bereits die andere Seite, oder?«

Tatsächlich war es so – sie hatten sich in ihrer Kreisbahn weiterbewegt und schwebten jetzt über der geheimnisvollen unbekannten Seite des Mondes. Ross guckte sich beinahe die Augen aus dem Kopf.

»Sieht nicht viel anders aus...«

»Hast du etwas anderes erwartet?«

»Nein, eigentlich nicht. Aber ein wenig hatte ich es schon gehofft.« Im gleichen Augenblick kreuzten sie die Dämmerungslinie. Der Boden weit unter ihnen war dunkel, aber nicht völlig unsichtbar, da er durch das schwache Sternenlicht erhellt wurde. *Sternenlicht*, wohlgemerkt – das reflektierte Licht der Erde konnte diese Seite des Mondes niemals erreichen. Schnell verloren sich die letzten, sonnenbeschienenen Bergspitzen. Fast 4000 Meilen pro Stunde mussten sie zurücklegen, um sich auf der niedrigen Kreisbahn zu halten. Eine volle Umrundung würde bei dieser Geschwindigkeit kaum mehr als anderthalb Stunden dauern.

»Soviel zum Thema Fotografieren«, sagte Art traurig. »Schade, dass wir nicht zu einer anderen Zeit des Monats geflogen sind!«

»Ja«, pflichtete Ross ihm bei, der immer noch gebannt hinausschaute, »es ist eine Schande, so nahe dran zu sein und doch nichts zu sehen!«

»Seid mal nicht so ungeduldig«, bemerkte Cargraves. »Wenn wir in acht oder neun Tagen wieder zurückfliegen, kommen wir ja noch einmal hier vorbei, und ihr könnt schauen und Fotos knipsen, bis ihr schielt!«

»Warum bleiben wir nur acht oder neun Tage? Unsere Verpflegung reicht doch viel länger!«

»Nun, ich nenne euch gleich zwei Gründe: Erstens, wenn wir bei Neumond aufbrechen, brauchen wir auf dem Rückweg nicht immer in die Sonne zu starren. Zweitens, ich habe jetzt schon Heimweh, obwohl ich noch nicht einmal gelandet bin«, erklärte er grinsend.

In Wirklichkeit hielt er es einfach für wenig ratsam, ihr Glück durch einen zu langen Aufenthalt allzu sehr zu strapazieren.

Bald hatten sie wieder die helle Seite des Mondes unter sich, deren herrlicher Anblick jedoch allzu rasch an ihnen vorbeizog, sodass sie kaum mehr wahrnahmen, als wenn man in einem Auto an den Schaufenstern einer Stadt vorbeirasten. Die Krater und »Meere« waren ihnen längst vertraut, wirkten nun aber doch bizarr und fremd. Es ähnelte dem Gefühl, wenn man endlich einen Urlaubsort aufsucht, den man bislang nur von Postkarten kannte. Man erkennt alles wieder, aber es wirkt trotzdem unwirklich.

Art hatte inzwischen die Filmkamera hervorgeholt, mit der er auch die Tests der *Starstruck* festgehalten hatte. Er nahm eine durchgehende Sequenz vom *Mare Fecunditatis* bis zum Krater *Kepler* auf. Danach bat Cargraves ihn energisch, endlich aufzuhören und sich wieder anzuschnallen.

Nun sollte der Landeanflug beginnen. Cargraves und Morrie hatten für die Landung ein flaches, namenloses Gebiet jenseits des *Oceanus Procellarum* ausgewählt, das genau an der Grenze zwischen der Erdseite und dem unbekannten Teil des Mondes lag. So schlugen sie zwei Fliegen mit einer Klappe: Erstens konnten sie von dort aus noch einmal versuchen, Funkverbindung mit der Erde aufzunehmen, wozu ja direkte Sicht erforderlich war. Zweitens konnten sie von jener Stelle aus wenigstens den Rand der unbekannten Mondseite erforschen.

Joe der Roboter wurde wieder zum Leben erweckt und veranlasst, ein neues Programm einzuleiten, mit dem er das Bremsmanöver und den Radaranflug durchführen sollte. Cargraves hielt sorgfältig die Bodenhöhe und Geschwindigkeit ein, während Joe Messwerte fraß, bis sein Gebieter ihm den Befehl erteilte, die Steuerung des Schiffes zu übernehmen, als Morrie meldete, dass sie den vorausberechneten Punkt erreicht hatten.

Joes erste Amtshandlung bestand darin, das Schiff mit den Steuerdüsen herumzudrehen, um anschließend mit der Heckdüse den Sturz auf die Mondoberfläche abzubremsen. Der Mond stand jetzt unter ihnen, und Cargraves konnte nichts sehen außer den Sternen, den Sternen und der Erdsichel, die eine Viertelmillion Meilen von ihnen entfernt war, sodass niemand von dort ihnen zur Hilfe kommen konnte, falls etwas schief ging.

Er fragte sich einen Moment lang, ob er seinen Fuß jemals wieder auf den Boden seines Heimatplaneten setzen würde.

Morrie verfolgte das Landemanöver auf dem Radarschirm. »Bis auf neun Stellen genau, Captain!«, verkündete er stolz und mit übertriebenem Pathos. »Wir haben es völlig im Griff!«

Auf dem Schirm sah er, wie der Boden auf sie zugerast kam. Dann, im letzten Moment, als man gar nicht mehr glauben konnte, dass die Schussfahrt jemals ein Ende nehmen würde, drosselte Joe das Haupttriebwerk und warf das Schiff herum.

Als er sich von der furiosen Drehung erholt hatte, sah Cargraves, wie die Bugdüsen Feuer spuckten und wurde sich gleichzeitig dessen bewusst, dass das rückwärtige Steuertriebwerk ebenfalls in Betrieb war. Fest wurde er in den Sitz gepresst, und für einen Augenblick hätte er sich sogar zugetraut, die Landung selbst durchzuführen, da sie ihn ungemein an die erste, enthusiastische Landung auf dem Wüstenboden von New Mexico erinnerte.

Für einen Sekundenbruchteil überkam ihn Panik, als er dessen gewahr wurde, wie der von weiter oben so glatt und flach erscheinende Boden des Mondes plötzlich Risse, Spalten und schroffe Felskanten offenbarte, loses, scharfkantiges Geröll ... Selbst wenn sie keine Bruchlandung bauen würden, erschien es ihm nahezu unmöglich, von dort wieder zu starten ...

Doch dann bemerkte er, dass ihn nur das Sonnenlicht genarrt hatte. Als das Gestirn in ihrem Rücken stand, waren die Schatten nahezu unsichtbar, sodass sich der Boden wie eine flache Ebene in die Ferne erstreckt hatte. Nun aber zeigte sich, dass die Unebenheiten zwar nicht so monströs waren, wie es im ersten Moment den Anschein gehabt hatte, aber doch im Zweifelsfall ausreichen würden, um die *Galileo* in ein nutzloses Wrack zu verwandeln.

Auf eine Sekunde haltloser Panik, in der er die Situation in ihrer gesamten Tragweite erfasste, folgte rasches, zielsicheres Handeln. Mit einer Hand schaltete er den Autopiloten ab, mit der anderen betätigte er den Steuerhebel der Heckdüse, während er die Bugdüsen auf vollem Schub laufen ließ.

Die Nase des Schiffes ruckte nach oben.

Die *Galileo* verharrte starr in ihrer Position, festgehalten vom Düsenstrahl und den rasenden Drehungen der Kreiselstabilisatoren. Dann gewann langsam, ganz allmählich das Hecktriebwerk die Oberhand – so langsam, dass ihm siedend heiß bewusst wurde, wie träge die Reaktion des Kernzerfalls auf die Steuerung reagierte. So träge, dass es unmöglich war, das Schiff sauber damit zu landen ...

Und dann gewann die *Galileo* deutlich Distanz zur Oberfläche des Mondes.

»Um ein Haar ...«, hauchte Morrie.

Cargraves wischte sich den Schweiß von der Stirn. Er zitterte.

Ihm wurde bewusst, was ein verantwortungsvoller Pilot nun getan hätte. Er wusste, dass es das einzig Richtige war, das Schiff vom Mond wegzubringen und Kurs auf die Erde zu nehmen, zu dem einzigen greifbaren Planeten, der über eine Atmosphäre verfügte, in der ein Pilot ohne Schwierigkeiten das widerspenstige Schiff landen konnte. Und er wusste auch, dass er nicht aus dem Stoff war, aus dem Helden gemacht sind, dass er alt wurde und sich diesbezüglich nichts mehr vormachen durfte.

Aber er wusste auch, dass er es Morrie gegenüber niemals zugeben konnte.

»Wollen Sie sie manuell runterbringen?«, fragte der Junge.

»Bitte?«

»Das ist doch die einzige Möglichkeit, das Schiff auf unbekanntem Terrain zu landen. Das geht nur, wenn man die letzte halbe Minute sehen kann, wo es langgeht. Nur die Bugdüsen einsetzen, keinen Radar!«

»Ich schaff es nicht, Morrie.«

Der junge Mann schwieg. Er saß einfach da und starrte ausdrucklos vor sich hin.

»Ich werde sie jetzt zur Erde zurückzubringen, Morrie.« Dem Jungen war nicht anzusehen, ob er ihn überhaupt gehört hatte. Auf seinem Gesicht war weder Zustimmung noch Missbilligung zu erkennen, nicht einmal die leiseste Gemütsregung.

Cargraves musste plötzlich daran denken, dass Ross weitergemacht hatte – blind und bandagiert. Und an Art, der trotz Raumkrankheit unentwegt seine Bilder geschossen hatte. An die anstrengende Flugprüfung, die Morrie ohne Murren hatte über sich ergehen lassen.

Der Junge sagte nichts, schaute ihn nicht einmal an.

Diese Bengel, diese *verdammten* Bengel! Wie war er nur in diese blödsinnige Situation hineingeraten? Was hatte ihn dazu bewegt, mit einer Rakete unter dem Allerwertesten und einer Ladung Minderjähriger zum Mond zu fliegen? Er war Laborwissenschaftler, kein Übermensch. Wenn es Ross gewesen wäre, wenn Ross der Pilot wäre – er erinnerte sich an die haarsträubenden Autofahrten mit Ross hinter dem Lenkrad. Art war genauso schlecht. Und Morrie noch schlimmer.

Er wusste, dass er niemals ein guter Pilot sein würde – dazu hatte er zwanzig Jahre zu spät damit angefangen. Diese jungen Burschen mit ihrer Unbekümmertheit, ihrer draufgängerischen Art – sie waren der Stoff, aus dem gute Raumpiloten gemacht werden. Sie waren zu jung und zu unerfahren, um sich den Kopf zu zerbrechen, und ihre Reflexe wurden nicht durch tiefsinnige Grübeleien beeinträchtigt. Er musste daran denken, wie Ross ihm klar gemacht hatte, dass er trotz der Erblindung mitmachen würde.

»Übernimm du die Landung, Morrie!«

»Sofort! Natürlich, Doc!«

Der Junge schaute ihn nicht einmal an. Er ließ das Schiff vorne hochkommen, dann langsam sinken, indem er den Schub Heckdüse regulierte. Rein aus dem Gefühl heraus, nur aufgrund instinktiver Eingebungen. Cargraves konnte durch das Sichtfenster nichts erkennen – bis auf die Sterne –, und anders erging es dem Jungen ja auch nicht, doch er ließ das Schiff wieder in die Waage kippen und nahm den Schub von den Landedüsen.

Der Boden war fast schon spürbar nahe und raste weiter auf sie zu.

Ein Feuerstoß aus den Landedüsen, um das Schiff zu

einem sauberen, ebenmäßigen Landegrund zu bringen. Danach kurze Stöße aus den Bugdüsen, dazwischen hektische Blicke, um sich zu vergewissern, dass alles seine Richtigkeit hatte.

Als sie so dicht über dem Boden waren, dass Cargraves felsenfest glaubte, sie würden kopfüber in den Grund krachen, mit zerplatzendem Sichtfenster dem Tod im gnadenlosen Vakuum preisgegeben, ließ er noch einmal die Steuerdüse arbeiten, um das Schiff wieder in die Waage zu bringen. Dann brachte er sie sanft auf den Landedüsen herunter – eine Landung nach der Wasserwaage, ganz knapp über dem Grund, der sich nun bis zum nahen Mondhorizont vor Cargraves erstreckte.

Morrie lugte schnell durch das Sichtfenster, drosselte ein letztes Mal die Landedüsen und ließ das Schiff sanft aufsetzen. Die Triebwerke kamen schnurrten zum Stehen.

Die *Galileo* ruhte auf der Oberfläche des Mondes.

»Gelandet, Doc! Zeit: null-acht-drei-vier.«

Cargraves holte tief Luft. »Eine saubere Landung, wirklich klasse, Morrie!«

»Danke, Captain!«

Ross und Art hatten ihre Gurte bereits gelöst und diskutierten gespannt, wie es wohl sein würde, einen Skaphanderanzug zu tragen, als Cargraves mit noch ziemlich wackligen Beinen von seinem Sitz kletterte und fast zu Boden fiel. Die verminderte Schwerkraft, ein Sechstel dessen, was sie von der Erde gewohnt waren, irritierte ihn doch. Mit der völligen Schwerelosigkeit und dem beklemmenden Andruck der Beschleunigungsphasen war er ziemlich gut zurechtgekommen. Das scheinbar normale Körpergewicht bei einer Beschleunigung von einem g und das Manövrieren hatte wohl den falschen Eindruck in ihm erweckt, der Weltraumflug sei diesbezüglich nicht ungewöhnlicher als die Kunstfliegerei.

Doch was jetzt geschah, empfand er wirklich als gewöhnungsbedürftig. Es fühlte sich, als würde er auf Eiern laufen, oder als legte man nach langem Marsch seine Schneeschuhe oder Wanderstiefel ab.

Morrie blieb noch etwas länger auf seinem Posten, um das Bordbuch zu pflegen. Als er zu der Spalte kam, an der die Position eingetragen wurde, hielt er verwirrt inne. Eigentlich sollten hier Längen- und Breitengrad des Standorts genannt werden, weshalb er ratlos auf seinem Stift kaute.

Natürlich wusste er, dass der Mond genau wie die Erde einen Nord- und einen Südpol besitzt, womit die Breitengrade festgelegt waren. Soweit es die Angabe des Längengrades betraf, erforderte dies die Festlegung eines Nullmeridians. Auch das war kein Problem; Tycho war für den Mond das, was Greenwich für die Erde war.

Dummerweise hatte er aber nur Navigationstabellen für die *Erde* bei sich. Es gab einen mathematischen Lösungsweg, soviel wusste er. Mittels der sphärischen Trigonometrie konnte man die Tabelle auf den Mond umrechnen, was allerdings ziemlich mühselig war und so gar nicht dem Temperament eines Piloten entsprach, der für alle wichtigen Berechnungen eine Näherungsgleichung im Kopf hat. Nun aber blieb ihm nichts anderes übrig, als die alte Methode von Marc St. Hilaire auszukramen, die seit gut zwanzig Jahren als Anachronismus galt. Und im Vorfeld konnte er erst mal alle erdbezogenen Werte in mondbezogene umsetzen...

Schließlich entschied er, dass die ganze Angelegenheit warten konnte, solange wichtigere Dinge anstanden. Cargraves würde dadurch eine Gelegenheit erhalten, ihn mit schwierigen Fragen zu piesacken. Doch nun gab es wichtigere Dinge – er hatte eine Verabredung mit dem Mann im Mond.

Er gesellte sich zu den anderen, die sich vor dem Sichtfenster drängten. Vor ihnen dehnte sich eine wüstenartig leblose Ebene aus, die sich in einigen Meilen Entfernung in einer schroffen Hügelkette verlor. Es war heiß, glühend heiß unter den harten Strahlen der Sonne, und es war vollkommen still. Die Erde war nicht zu sehen, da sie in den letzten Minuten der improvisierten Landung über den Rand in die unerforschte Hälfte des Trabanten vorgedrungen waren.

Statt des gelblichen Himmels, den man über der wüstenartigen Szenerie eigentlich vermutet hätte, breitete sich über ihnen ein schwarzer, sternenübersäter Nachthimmel aus.

Wenigstens kann man sich hier nicht so leicht verirren, sagte sich Morrie, als er wieder an das Navigationsproblem denken musste. Anhand der Sterne konnte ein gebildeter Mann jederzeit seinen Standort bestimmen und seinen Weg planen.

»Wann steigen wir endlich aus?«, fragte Art.

»Nerven bewahren!«, sagte Ross zu ihm und wandte sich an Cargraves: »Doc, das war wirklich eine glatte Landung! Aber sagen Sie mal – der erste Anflug, war das bloß ein kurzes Orientierungsmanöver mit manueller Steuerung, oder haben Sie das auch in den Autopiloten eingegeben?«

»Keines von beiden, wenn man's genau nimmt.« Er zögerte. Die ersten Bemerkungen von Ross und Art hatten eindeutig gezeigt, dass sie gar nicht gemerkt hatten, in welcher Gefahr sie sich befanden, und auch nicht mitbekommen hatten, welch schwierige Entscheidung er in diesen wenigen Sekunden treffen musste. Er fragte sich, ob es wirklich notwendig war, sie jetzt mit diesem Wissen zu belasten. Und ihm war klar, dass Morrie den Mund halten würde, wenn er sich entschied, das Thema nicht zur Sprache zu bringen.

Es war dieser Umstand, der ihn dazu bewegte, eine Entscheidung zu treffen. Dieser Mann – wohlgemerkt: *Mann*, und nicht *Junge* – musste gelobt werden für das, was er getan hatte.

»Morrie hat den Kahn gelandet«, teilte er ihnen mit. »Wir mussten den Roboter abschalten, und Morrie brachte das Schiff runter.«

Ross stieß einen erstaunten Pfiff aus.

»Was hast du gesagt?«, fragte Art. »Jetzt erzähl mir nicht, der Radar sei ausgefallen – ich habe ihn mindestens sechs Mal überprüft!«

»Nein, deine Basteleien haben einwandfrei funktioniert«, beruhigte ihn Cargraves. »Aber es gibt Dinge, die ein Mensch einfach besser kann als der technische

Kram. Und das war hier der Fall.« Er schilderte ihnen, was genau passiert war.

Ross schaute Morrie mehrmals von Kopf bis Fuß an, bis dieser errötete. »Ein Klassepilot bist du, da beißt die Maus keinen Faden ab!«, sagte Ross lobend. »Aber ich bin doch heilfroh, dass ich nichts davon gemerkt habe.« Er begab sich in den hinteren Teil des Schiffes und pfiff den Trauermarsch, schräg und nervtötend, während er sich an seinem Skaphanderanzug zu schaffen machte.

»Wann gehen wir endlich raus?«, wollte Art wissen.

»Gleich jetzt, denke ich.«

»Halleluja!«

»Mensch, du hast es aber eilig! Pass nur auf, dass du nicht gleich der Mann mit dem kurzen Streichholz bist, der im Schiff zurückbleiben muss!«

»Aber ... warum soll denn jemand beim Schiff bleiben? Habt ihr Angst, dass es geklaut wird? Von wem denn?«

Cargraves zögerte. Auf Expeditionen war es üblich, dass mindestens ein Mann auf dem Schiff verbleibt, so unlogisch dies im Einzelfall auch erscheinen mochte. Schließlich hätte der Verbleibende nichts für seine Kameraden tun können, bevor er nicht selbst einen Skaphander anlegte und sich nach draußen begab.

»Wie wär's mit einem Kompromiss?«, fragte er. »Morrie und ich – nein, du und ich!« In letzter Sekunde war ihm eingefallen, dass er nicht das Leben beider Piloten zugleich aufs Spiel setzen durfte. »Du und ich, wir gehen zuerst! Wenn alles klappt, können die anderen nachkommen. Alles klar, Männer«, sagte er und wandte sich um. »Rein in die Skaphander!«

Nachdem sie ihre Gesichtshaut an den Stellen, die

nicht von der Schutzbrille abgedeckt wurden, mit Sonnenschutzcreme eingerieben hatten, halfen sie sich gegenseitig beim Überstreifen der Anzüge. Anschließend ordnete Cargraves an, die Anzüge zunächst auf das Doppelte des normalen atmosphärischen Drucks einzustellen, während er eigenhändig die Sauerstoffflaschen inspizierte, die sie sich auf den Rücken geschnallt hatten.

Währenddessen überprüften sie ihre tragbaren Sprechfunkanlagen. Zwar konnten sie sich auch auf normalem Wege unterhalten, solange sie sich noch in der Atmosphäre des Schiffes aufhielten, aber das dicke Material der Helme dämpfte ihre Stimmen doch sehr, sodass es einfach bequemer war, die Funkanlage zu benutzen.

»Okay, Jungs«, sagte er schließlich. »Art und ich, wir gehen zusammen in die Luftschleuse und begeben uns dann vor das Sichtfenster. Wenn ich den Daumen hochhalte, dürft ihr auch raus. Noch eine letzte Sache: bleibt zusammen! Entfernt euch nicht weiter von mir als zehn Yards. Ach ja, noch eins: Ich habe zufällig gehört, dass ihr hier ein Wettspringen machen wollt! Nun, man schafft hier mühelos fünfundzwanzig bis dreißig Fuß aus dem Stand. Aber ich rate euch, es trotzdem zu lassen!«

»Warum denn?«

Ross Stimme klang über Funk etwas ungewohnt.

»Weil wir keine Lust haben, dich an der Stelle zu beerdigen, wo du mit deinem Helm aufschlägst, sodass er zerbricht wie eine Eierschale! Los, Morrie! Nein, entschuldige – ich meinte natürlich *Art*!«

Sie zwängten sich in die winzige Schleuse, wie Ölsardinen in die Büchse. Der Motor, der die Pumpe betrieb, mit der die Luft aus der Schleuse abgesaugt wurde, schnurrte kurz hoch, um sogleich mit einem Quietschen stehen zu bleiben – offenbar füllten die beiden die enge Kabine so aus, dass kaum noch Platz für Luft gewesen war. Das Restluftventil entlud den letzten Gasdruck in das Vakuum vor der äußeren Schleusentür, worauf Cargraves diese zu entriegeln begann.

Er setzte zu einem Sprung an, der ihn unerwartet zeitlupenartig zu Boden schweben ließ. Art folgte ihm, landete auf Händen und Knien und federte gekonnt ab.

»Alles klar, Junge?«

»Großartig!«

Sie begaben sich zur Vorderseite des Schiffes, wobei jeder Schritt durch das leise Knirschen des Mondstaubs unter ihren Stiefeln angezeigt wurde. Er bückte sich, um eine Hand voll davon zu ergreifen, da er sich Aufschlüsse darüber erhoffte, ob dies wirklich die Reste einer Atomexplosion sein konnten. Er ließ sich noch einmal Morries Theorie durch den Kopf gehen. Offensichtlich standen sie auf dem Boden eines weiten Kraters, da das Areal von einem weitläufigen Hügelzug eingegrenzt war. Aber war es tatsächlich ein Atombombenkrater?

Er konnte es nicht sagen. Der Boden des Mondes glich geschmolzenem Sand, aber das konnte ebenso gut das Resultat eines Vulkanausbruchs sein, oder auch die Hinterlassenschaft eines gewaltigen Meteors. So einfach war das nicht zu klären …

Art blieb plötzlich stehen. »Tut mir leid, aber ich muss zurück!«

»Wieso denn das?«

»Ich hab meine Kamera vergessen!«

Cargraves musste lachen. »Beim nächsten Mal! Hier gibt es nichts, das vor deinem Objektiv weglaufen könnte!«

Arts gewohnte Fotosucht hatte wohl gerade eine unerwartete Steigerung erfahren! Es hätte gewiss niemanden überrascht, hätte er seinen Fotoapparat mit in die Badewanne genommen.

Apropos, dachte Cargraves amüsiert, ich könnte wohl selbst ein Bad vertragen! Die Raumfahrerei hatte doch ihre Schattenseiten. Allmählich mochte er seinen eigenen Geruch nicht mehr – besonders wenn er sich mit ihm einen Skaphander teilen musste!

Ross und Morrie warteten ziemlich ungeduldig hinter dem Sichtfenster auf sie. Ihre Stimmen wurden erst jetzt hörbar, da die Funksignale bislang von der metallenen Schiffshülle unterdrückt worden waren. Die Quarzglasscheibe ließ die Funkwellen jedoch durch. »Wie steht's, Doc?«, rief Ross, wobei er sich die Nase am Sichtfenster plattdrückte.

»Soweit scheint alles in Ordnung zu sein«, hörten sie ihn sagen.

»Dann können wir ja kommen!«

»Halt – noch ein paar Minuten, bis ich ganz sicher bin!«

»Na ... wenn's unbedingt sein muss ...« Ross hielt seine Ungeduld kaum im Zaum, leistete der Anordnung aber doch Folge, Art schnitt lustige Grimassen und tanzte albern herum, wobei er kleine Tippelschritte machte, dabei aber immer ein paar Fuß hoch in die Luft sprang, oder vielmehr ins Vakuum. Er schwebte langsam und einigermaßen graziös umher. Es erinnerte an einen Tanz in Zeitlupe oder ein Ballett unter Wasser.

Als er sich immer höher zu schraubte und dabei die Hacken zusammenschlug, wurde es Cargraves jedoch zu bunt.

»Klapp sofort die Flügel ein und komm runter, Sportsfreund! Du bist kein Nijinsky.«

»Nijinsky? Wer ist denn das?«

»Tut nichts zur Sache. Los, die Beine auf den Boden – zumindest eins! Hallo, Morrie«, rief er nun, »kommt raus. Du und Ross.«

Im Nu verschwanden die beiden Gesichter hinter dem Sichtfenster.

Als Morrie seinen Fuß auf den Mond setzte, sich umschaute und die flache, öde Ebene mit dem Hintergrund aus schartigen Felsrücken sah, überkam ihn schlagartig ein überwältigendes Gefühl der Tragik. »Das sind die bleichen Gebeine«, murmelte er, »die bleichen Gebeine einer toten Welt.«

»Was ist los mit dir?«, fragte Ross. »Kommst du, Morrie?«

»Bin dicht hinter dir!«

Cargraves und Art gesellten sich zu ihnen.

»Wohin jetzt?«, fragte Ross.

»Da dies unser erster Mondspaziergang ist, halte ich es für ratsam, dass wir uns nicht zu weit vom Schiff entfernen«, erklärte Cargraves. »Man sollte immer mit unangenehmen Überraschungen rechnen, die wir uns gar nicht ausmalen können. Wie viel Druck habt ihr auf den Anzügen?«

»Wie im Schiff.«

»Dann könnt ihr ungefähr auf die Hälfte runtergehen. Der geringe Druck schadet nichts, es ist ja Sauerstoff.«

»Wir sollten uns mal die Hügel dort anschauen«, schlug Morrie vor. Dabei deutete er auf eine Stelle hinter dem Schiff, wo sich in weniger als einer halben Meile Entfernung der Rand des Kraters abzeichnete. Es war die Seite, auf der auch die Sonne stand und lange Schatten von Felsspitzen hervorrief, die bis auf knapp hundert Yards an das Schiff heranreichten.

»Ein Stückchen vielleicht. Der Schatten da wird uns gut tun, ich fang langsam an zu schwitzen!«

»Eigentlich müssten wir vom Kraterrand aus die Erde sehen können«, meldete sich Morrie zu Wort. »Als wir das Schiff gewendet haben, meinte ich sie aus dem Augenwinkel bemerkt zu haben. Wir sind ja nicht so weit auf der erdabgewandten Seite!«

»Wo sind wir denn überhaupt?«

»Bevor ich das genau sagen kann, müsste ich erst einmal ein paar Messungen vornehmen«, erklärte Morrie. »Ich denke, irgendwo westlich des *Oceanus Procellarum* und in der Nähe des Äquators.«

»Das weiß ich auch so!«

»Na, Captain – wenn Sie es eilig haben, sollten Sie den nächsten Bus nehmen!«

»Ich habs aber gar nicht eilig. Auf jeden Fall hoffe ich, dass wir die Erde von dort aus sehen können. Falls ja, könnten wir dort Arts Antenne aufbauen. Ist ja nicht zu weit weg vom Schiff. Offen gesagt halte ich wenig davon, das Schiff vor dem Rückflug zu bewegen, selbst wenn wir die Gelegenheit verpassen, Funkverbindung mit der Erde aufzunehmen.«

Cargraves war erleichtert, weil sie jetzt schon die langen Schatten erreichten. Im Gegensatz zur landläufigen Vorstellung waren die Schatten nicht völlig schwarz, wie man es eigentlich vermuten würde, da es auf dem Mond keine Luft gibt, in der sich das Sonnenlicht zerstreuen könnte. Stattdessen wurden die Schatten durch das von den Hügeln und vom Boden reflektierte Licht aufgehellt.

Als sie ein Stück weiter auf die Hügel zugelaufen waren, merkte Cargraves, dass sein kleiner Trupp sich zerstreut hatte. Er war stehen geblieben, um eine von Ross entdeckte Stelle zu prüfen, wo der nackte Fels durch den Mondstaub brach. Gerade bemühte er sich, im schummrigen Licht die genaue Gesteinsart zu ermitteln, als er bemerkte, dass Morrie nicht mehr bei ihnen war.

Er schluckte seinen Ärger herunter. Gut möglich, dass Morrie, der die Führung übernommen hatte, nicht bemerkte, dass sie stehen geblieben waren. Er schaute sich besorgt um.

Morrie war ungefähr hundert Yards vor ihnen, wo die ersten Bodenverwerfungen den Beginn des Kraterrandes anzeigten.

»Morrie!«

Die Gestalt richtete sich auf, doch im Funkgerät war keine Reaktion zu vernehmen. Dann bemerkte er, wie Morrie sich herumdrehte und dabei ins Taumeln geriet. »Morrie! Komm hierher zurück! Alles okay?«

»Natürlich. Mir geht's bestens!« Er kicherte albern.

»Komm zurück!«

»Kann nicht kommen! Hab zu tun – ich hab sie gefunden!« Morrie tat einen unvorsichtigen Schritt, schoss in die Höhe, segelte wieder herunter und kam taumelnd zum Stehen.

»Morrie! Hör auf mit dem Mist!« Cargraves eilte ihm entgegen.

Morrie ignorierte seine Anweisungen. Er begann zu springen, höher und höher.

»Ich hab sie gefunden!«, jubelte er. »Ich hab sie gefunden!« Schließlich tat er noch einen letzten Sprung, und während er zappelnd herunterschwebte, rief er laut: »Ich hab sie gefunden ... die *bleichen Gebeine* ...« Dann versagte ihm die Stimme. Er kam mit den Füßen zuerst zu Boden, überschlug sich einmal und blieb reglos liegen.

Cargraves, der den Weg mit riesigen Sätzen überwunden hatte, war praktisch im selben Moment zur Stelle.

Hektisch überprüfte er den Helm – nein, keine Bruchstelle! Aber dann bemerkte er, dass die Augen des Jungen ins Leere starrten. Der Kopf hing zur Seite, das Gesicht war aschgrau.

Cargraves nahm ihn auf die Arme und stürmte auf die *Galileo* zu. Er kannte die Anzeichen, hatte sie bei der Pilotenausbildung in der Unterdruckkammer gesehen – Sauerstoffmangel! Irgendetwas war schief gegangen; Morrie brauchte dringend Sauerstoff! Möglich, dass es zu spät war. Er war vielleicht schon tot oder – noch schlimmer – hatte einen Hirnschaden davontragen, der ihn für den Rest seines jungen Lebens zu einem sabbernden Idioten machen würde …

Er wäre nicht der erste Pionier gewesen, der höchste Höhen erklommen hat und dafür auch den höchsten Preis bezahlen musste!

Das zusätzliche Gewicht verlangsamte Cargraves Vorankommen nicht. Im Gegenteil – die insgesamt vielleicht siebzig Pfund, die sie zusammen mit ihren Skaphanderanzügen wogen, verschafften ihm einen weitaus sichereren Tritt.

Er quetschte sich und Morrie, den er fest an seine Brust drückte, in die Schleuse und wartete den sich quallvoll in die Länge ziehenden Moment ab, bis sich der kleine Raum mit Luft gefüllt hatte. All seine Kraft hätten nicht ausgereicht, die Tür zum Innenraum des Schiffes zu öffnen, solange nicht auf beiden Seiten derselbe Druck herrschte.

Dann stürmte er schon ins Schiff und bettete den Jungen vorsichtig auf den Boden. Morrie war noch nicht wieder bei Bewusstsein. Er versuchte, ihm mit zitternden Händen den Anzug auszuziehen, aber die klobigen Handschuhe behinderten ihn dabei so sehr, dass er aufsprang, um sich zunächst seines Skaphanders zu entledigen. Dann öffnete er rasch Morries Helm. Doch auch die sauerstoffreiche Atmosphäre des Raumschiffs riss den Jungen nicht aus der Bewusstlosigkeit.

Er stieß eine Verwünschung aus und versuchte, seine eigene Sauerstoffflasche an Morries Anzug anzuschließen. Dabei bemerkte er, dass das Ventil an Morries Anzug klemmte. Rasch griff er nach seinem Anzug und löste den Sauerstoffschlauch, um ihn Morrie direkt unter die Nase zu halten, während er gleichzeitig mit flachen Händen den Brustkasten des Jungen rhythmisch niederpresste.

Schließlich kehrte das Leben in Morries Augen zurück, und er schnappte heftig nach Luft.

»Was ist passiert? Geht es ihm gut?« Die anderen beiden waren unbemerkt durch die Schleuse gekommen, während er noch mit den Wiederbelebungsversuchen beschäftigt gewesen war.

»Weiß ich nicht – weiß ich nicht!«

Aber dann kam er tatsächlich zu sich, richtete sich mit einem Schlag auf und blinzelte mit den Augen. »Was 'n los?«, fragte er verwirrt.

»Leg dich wieder hin«, sagte Cargraves sanft und legte ihm eine Hand auf die Schulter.

»Wieso denn …? Ich bin ja wieder drin …«

Cargraves erklärte ihm, was vorgefallen war. Morrie blinzelte wieder. »Das ist ja seltsam. Es war eigentlich gar nichts, außer das ich mich phantastisch gefühlt habe …«

»Und das ist genau das Symptom!«

»Stimmt, ich erinnere mich. Aber ich habe es nicht bemerkt. Ich hatte gerade ein Stück Metall mit einem Loch drin gefunden und wollte es aufheben …«

»Was erzählst du da? Metall mit einem Loch? So wie mit einem Bohrer? Das irgendjemand ...«

»Ja, deshalb war ich ja auch so aufgeregt ...« Er ließ den Satz in der Luft hängen und schüttelte verwirrt den Kopf. »Aber das kann doch gar nicht sein!«

»Möglich ist alles. Dieser Planet *könnte* durchaus einmal bewohnt gewesen sein ... oder vielleicht waren es nur Besucher, wer weiß?«

»Ach, das ist doch egal!« Morrie tat, als wäre das Thema völlig belanglos. »Ich wollte es mir gerade näher anschauen und überlegte noch, was ich davon halten sollte, als ein kleiner kahlköpfiger Kerl auf mich zukam ... Aber das kann nun wirklich nicht sein ...«

»Nein«, bestätigte Cargraves nach einer kurzen Pause, »das kann nicht sein. Vermutlich waren das schon die Auswirkungen des Sauerstoffmangels. Aber was war mit dem Metallstück?«

Morrie schüttelte den Kopf. »Keine Ahnung«, gab er kleinlaut zu. »Ich weiß noch ziemlich klar, dass ich es in der Hand gehalten und angeschaut habe. Aber der kleine Kerl war genauso echt, ich schwör's! Er stand da, und da waren noch einige andere von seiner Sorte hinter ihm. Und ich wusste im nächsten Moment ganz genau, dass es die Mondmenschen waren. Häuser und Bäume waren wohl auch da.« Er schwieg für einen Moment. »Ich denke, damit ist die Sache wohl erledigt.«

Cargraves nickte und wandte seine Aufmerksamkeit Morries Sauerstoffflasche zu. Das Ventil arbeitete jetzt problemlos, ohne dass er feststellen konnte, wieso es eigentlich versagt hatte. Möglicherweise hatte Morrie sich zu weit in die Schattenzone hineingewagt, und das Ventil war eingefroren. Vielleicht hatte sich auch ein Schmutzpartikel festgesetzt. Andererseits war es durchaus denkbar, dass Morrie Cargraves Anordnung, den Druck im Anzug zu verringern, ein wenig zu enthusiastisch nachgekommen war. Was immer die Ursache für den Unglücksfall gewesen sein mochte, er musste sicherstellen, dass so etwas nicht noch mal passierte. Er wandte sich an Art.

»Hör mal zu, Art. Ich möchte die Ventile schließen, damit man sie nicht ganz zudrehen kann. Hm ... nein, das reicht wohl! Außerdem brauchen wir auch ein Warnsignal – irgendetwas, das dem Träger des Anzugs mitteilt, dass die Zufuhr einen bestimmten Wert unterschreitet!«

Art setzte jenes angespannte Gesicht auf, das ihm zu Eigen war, wenn er sich mit all seinem erfinderischen Einfallsreichtum auf ein technisches Problem konzentrierte. »Ich habe unter den Ersatzteilen einige winzige Signallampen«, erinnerte er sich. »Wenn ich so eine auf den Halsring montiere und so verschalte, dass sie mit der Zufuhr ...«

Cargraves hörte nicht mehr hin, da er wusste, dass es nur eine Frage der Zeit war, bis Art einen funktionstüchtigen Schaltkreis ausgetüftelt hatte.

EINER HAT SIE NICHT ALLE!

Vom Kraterrand aus konnten sie die Erde sehen, wie Morrie prophezeit hatte. Dieser Anblick wurde allerdings nur Cargraves, Art und Ross offenbart, da Morrie zurückgeblieben war, um sich zu erholen und an seinem Navigationsproblem zu arbeiten. Cargraves hatte darauf bestanden, die beiden Jungen zu begleiten, weil er verhindern wollte, dass sie übermütig wie Gämsen umhersprangen und dabei vielleicht eine noch größere Katastrophe heraufbeschworen. Angesichts des verringerten Körpergewichts war die Versuchung einfach zu groß...

Außerdem wollte er die Stelle absuchen, an der Morrie den Unfall hatte. Kleine kahlköpfige Männer – unmöglich! Aber ein Metallstück mit einem Loch darin, ja, das war durchaus vorstellbar. Wenn sie es finden würden, wäre dies mit Sicherheit die größte Sensation der Menschheitsgeschichte.

Aber sie hatten kein Glück – die Stelle selbst war zwar leicht zu finden, da sie einfach nur Morries Fußabdrücken folgen mussten. Doch so sehr sie sich auch anstrengten, sie fanden das Metallstück nicht. Allerdings wurde ihre Suche dadurch erschwert, dass dieser Teil des Geländes beim momentanen Sonnenstand vom Kraterrand überschattet wurde. In ein paar Tagen würde es hier taghell sein, und Cargraves entschied, die Suche zu diesem günstigeren Zeitpunkt fortzusetzen.

Es war durchaus denkbar, dass Morrie das Metallstück in seinem Delirium weit fortgeworfen hatte, falls es überhaupt existierte. Gut möglich, dass es erst nach zweihundert Yards zu Boden gegangen war und sich dabei tief in den Mondstaub gebohrt hatte.

Trotzdem zahlte sich der Ausflug auf den hügeligen Kraterrand aus. Cargraves erklärte Art, dass sie so bald wie möglich versuchen würden, von hier aus eine Botschaft zur Erde zu schicken. Anschließend musste er den Jungen beinahe mit Gewalt davon abhalten, zum Schiff zurückzurennen, um die dafür benötigte Ausrüstung heranzuschaffen. Sie beendeten den Ausflug damit, eine Stelle für den Aufbau ihrer »Hundehütte« zu finden.

Die Hundehütte war ein vorgefertigter Unterschlupf, der zur Zeit noch aus Einzelteilen bestand, die den runden Innenwänden der *Galileo* angepasst waren. Ross hatte sich diese praktische Vorrichtung ausgedacht. Es war eines der Projekte, die er und Art während des Sommers angegangen waren, als Cargraves und Morrie ihren Pilotenschein erwarben. Das Ganze erinnerte in aufgebautem Zustand an eine Wellblechgarage mit rundem Dach, oder auch an die Hütten der Quonset-Indianer. Alle Einzelteile waren so kompakt, dass man sie bequem durch die Luftschleuse der *Galileo* tragen konnte.

Natürlich konnte man so eine Hütte nicht einfach an einem beliebigen Ort auf dem Mond errichten und meinen, dass man damit einen praktischen Unterschlupf geschaffen hat – je nach Sonnenstand hätte sich das Häuschen entweder in einen Backofen oder in einen Kühlschrank verwandelt. Deshalb sollte die Hütte lediglich als Bestandteil einer maßgeschneiderten Felsenhöhle dienen.

Am höchsten Punkt des Kraterrandes fanden sie zwischen zwei Felsnadeln ein halbwegs ebenes Stück Boden, das für ihre Zwecke gerade groß genug war. Eine der Felsnadeln war leicht zu erklimmen und bot einen hervorragenden Ausblick zur Erde, was für die

Verbindung ja unerlässlich war. Um den Horizonteffekt brauchte Art sich keine Gedanken zu machen, da sich die Wellen mangels Atmosphäre nur zu dem Punkt fortpflanzen würden, den er anvisierte. Als sie den Standort ausgiebig begutachtet hatten, kehrten sie zum Schiff zurück, um Werkzeug und Nachschub zu holen.

Cargraves und Ross kümmerten sich allein um den Bau der »Hundehütte«, da sie der Auffassung waren, Art solle sich erstmal richtig austoben, da er schon zu lange darauf hatte verzichten müssen, Fotos zu knipsen, und es andererseits kaum erwarten konnte, mit der Funkapparatur herumzuspielen. Morrie schob auf Cargraves Anordnung vorerst leichten Dienst: Er kümmerte sich um das Essen, werkelte an seinem Navigationsproblem herum und hielt sich auf diese Weise von der anstrengenden Arbeit im Skaphanderanzug fern.

Die schwache Anziehungskraft des Mondes erleichterte den Transport der Bauteile und Werkzeuge. Jeder konnte problemlos Gegenstände mit sich tragen, die auf der Erde über fünfhundert Pfund gewogen hätten. Nur beim umständlichen Aufstieg zum Kraterrand reduzierten sie die Last auf ein weniger herkulisches Maß.

Schließlich bereiteten sie den Untergrund vor, indem sie den sandigen Boden zwischen den beiden Felsnadeln begradigten, bis er eben genug war, um das Bodenblech der Hütte auszulegen. Anschließend begannen sie damit, das kleine Gebäude zusammenzusetzen. Diese Arbeit ging zügig voran, da sie kein Werkzeug außer Schraubenschlüsseln einsetzen mussten und die Blechplatten so leicht zu sein schienen wie Zeichenpappe. Zuletzt setzten sie die »Tür« ein, eine zu beiden Seiten mit einem luftdichten Flansch versehene Konstruktion, die an eine Regentonne erinnerte.

Als dies geschehen war, begannen sie, viele Erdtonnen Mondstaub auf das Dach des Häuschens zu schaufeln, bis der Raum zwischen den Felsnadeln völlig angefüllt war, sodass das Häuschen mit einer gut drei Fuß dicken Schicht Mondstaub und feinem Geröll bedeckt war.

Zum Schluss war von dem Unterschlupf nur noch der Eingang zu sehen, der zwischen den beiden Felsspitzen herausragte. Der Mondstaub – ein schlechter Wärmeleiter – würde eine nahezu perfekte Isolationsschicht bilden.

Was fehlte, war der luftdichte Abschluss. Dazu installierten sie erst einmal die Beleuchtung und schafften eine Reihe versiegelter Kisten und flacher Ballen heran. Die Kisten enthielten selbstklebende Platten, die aus einem zähen, gummiartigen Kunststoff bestanden. Diese Platten klebten sie nun wie Tapeten an die Innenwände der Hütte, wobei sie sehr zügig vorgehen mussten, da sich die Lösungsmittel im Vakuum besonders schnell verflüchtigten. Nachdem sie Decke, Wände und Boden damit ausgekleidet hatten, wickelten sie die Ballen ab, die aus spiegelblanker Aluminiumfolie bestanden, die nun auf der Gummitapete angebracht wurden, und zwar an allen Stellen außer dem Boden, der mit schweren Duralplatten belegt wurde.

Nun konnte der erste Dichtigkeitstest durchgeführt werden. An einigen Stellen waren noch kleinere Flickarbeiten fällig, aber schließlich war ihr Unterschlupf nach weniger als zwei »Tagen« Arbeit bezugsfertig.

Die »Hundehütte« sollte Art als Funkbude dienen, aber das war beileibe nicht alles. Sie war auch als Vorrats- und Lagerraum gedacht für all jene Dinge, die sie entbehren konnten und auf dem Rückflug zur Erde nicht benötigten. Schließlich wollten sie an Bord der

Rakete möglichst viel Platz für das schaffen, was sie als Souvenir vom Mond mitzunehmen gedachten – wobei es sich wohl ausschließlich um Gesteinsproben handeln würde, aber auch die waren ja nicht zu verachten.

Darüber hinaus sollte die Hütte aber auch als Wohnhaus dienen. Deshalb schafften sie all ihren persönlichen Besitz hinein und errichteten eine hydroponische Anlage für die Rhabarberpflanzen, um die Luft zu regenerieren, sodass der Unterschlupf so weit als möglich für einen Daueraufenthalt gerüstet war.

Und so wurde aus der schlichten Hütte ein Symbol für die Kolonisierung des Mondes durch die Menschheit, ein Symbol für den Willen des Menschen, den Erdtrabanten in Besitz zu nehmen und so einzurichten, dass er darauf leben konnte.

Und obwohl sie der Hütte schon in wenigen Tagen vielleicht für immer den Rücken kehren würden, hatten sie hier in der tödlichen Mondwüste eine neue Heimat geschaffen, ein Manifest der Sesshaftigkeit.

Deshalb feierten sie die Fertigstellung des Unterschlupfes in einer Zeremonie, die Cargraves absichtlich bis zur völligen Fertigstellung der »Hundehütte« aufgeschoben hatte. Nachdem sie sich im Halbkreis vor der Tür aufgestellt hatten, hielt Cargraves eine kurze Ansprache:

»Als Leiter dieser Expedition, die von einer Kommission der Vereinten Nationen genehmigt und mit einem in den USA registrierten Schiff durchgeführt wurde, nehme ich stellvertretend für die Vereinten Nationen der Erde und in Übereinstimmung mit deren Gesetzen und den Gesetzen der USA diesen Planeten als Kolonie in Besitz. Die Fahnen hoch, Ross!«

An einem kurzen, schlanken Mast wurden das Banner der Vereinten Nationen und die amerikanische Flagge gehisst. Natürlich fehlte der Wind, sodass die Fahnen schlapp am Mast heruntergehangen hätten, wenn Ross sie nicht in weiser Voraussicht mit Draht versteift hätte. So zeigten sie nun ihre stolzen Farben.

Als Cargraves das Hochziehen der Fahnen verfolgte, spürte er plötzlich einen Kloß im Hals. Für ihn war diese improvisierte, enge Höhle das erste Bauwerk von *Luna City*. Er stellte sich vor, wie in ein bis zwei Jahren an dieser Stelle bereits Dutzende solcher Wohnhöhlen stehen würden, die gewiss größer und besser ausgerüstet waren als ihre Pioniertat. In diesen Höhlen würden Wissenschaftler wohnen, hartgesottene Bergleute und Bauarbeiter – Arbeiter, die unter dem Grund des Kraters eine dauerhafte Mondstadt errichten würden und darüber einen großen Raumflughafen.

Und irgendwo dort würden sich gewiss auch die Fundamente der »Cargraves-Stiftung für physikalische Forschung« und die des »Galileo-Mondobservatoriums« befinden.

Unwillkürlich hob er eine Hand an sein Gesicht, als er bemerkte, wie ihm Tränen die Wangen herunterliefen. Erst dann fiel ihm ein, dass er ja einen Helm trug und die Tränen nicht einfach wegwischen konnte. Ross schaute ihn seltsam an, und er bemerkte unsicher: »Nun, Freunde, gehen wir wieder an die Arbeit. Seltsam«, fügte er an Ross gewandt hinzu, »was Symbole bei einem Menschen bewirken können ...«

Ross Blick wechselte von Cargraves hinauf zu den fröhlich bunten Fahnen. »Kein Wunder«, erwiderte er langsam. »Der Mensch besteht eben nicht aus chemischen Reaktionen, sondern aus *Ideen*!«

Cargraves machte große Augen. Seine »Jungs« verwandelten sich in richtige Männer!

»Wann gehen wir endlich auf Expedition?«, wollte Morrie wissen. »Was steht dem noch entgegen, jetzt, wo wir die ›Hundehütte‹ fertig haben?«

»Bald, bald!«, antwortete Cargraves ausweichend. Schon während der letzten Tage hatte er Morrie an die Kandare nehmen müssen. Der Junge war einfach enttäuscht, weil die Rakete nicht, wie ursprünglich geplant, als Vehikel für die Expeditionen eingesetzt werden sollte. Ein wenig hatte dies gewiss auch damit zu tun, dass er darauf brannte, sich durch weitere perfekte Landungen ein für alle Mal zum Klassepiloten aufzuschwingen.

Cargraves hingegen hatte die Befürchtung, dass eine Reihe solcher Landungen die Rakete unnötig gefährden würden. Bei einer Havarie des Schiffes würden sie entweder verhungern oder ersticken – falls sie nicht gleich dabei umkamen. Deshalb schlug er vor, die Expeditionen auf Fußmärsche zu beschränken.

»Sehen wir mal nach, wie Art weiterkommt«, schlug er vor. »Ich möchte ihn nicht zurücklassen – er möchte sicher Fotos machen. Andererseits muss er an der Funkanlage arbeiten. Schauen wir mal, ob wir ihm nicht zur Hand gehen können!«

Sie begaben sich in die Luftschleuse der »Hundehütte«. Art und Ross hatten sich bereits vor ihnen dorthin zurückgezogen.

»Art!«, sagte Cargraves, als er seinen klobigen Anzug abgelegt hatte. »Wie lange brauchst du noch mit dem Sender?«

»Das kann ich nicht sagen, Onkel. Muss ja mit dem zurechtkommen, was wir dabei haben. Mensch, ich habe gleich gesagt, dass wir noch so einiges mitnehmen sollten...«

»Du vergisst, dass wir nicht den nötigen Zaster hatten!«, warf Ross ein.

»Stimmt. Jedenfalls habe ich eine gute Idee. Hier ist ja überall ein Vakuum, wie man es auf der Erde kaum hinbekommt. Was wär's, wenn wir das ausnutzen, um ein paar Röhren zu bauen? Ich meine natürlich keine Elektronenröhren im herkömmlichen Sinne – wir brauchen ja keinen Glaskörper, sondern können die Kathoden und Anoden einfach im Freien montieren.«

»Dazu haben wir kaum die Zeit«, gab Morrie zu bedenken. »Doc, planen Sie nach wie vor, in weniger als zehn Tagen Erdzeit wieder abzufliegen? Könnten wir nicht ein bisschen länger bleiben?«

»Nein, das geht nicht«, antwortet Cargraves entschlossen. »Hmm … Art, vergiss den Sender mal für ein paar Minuten – schließlich haben wir niemandem versprochen, Kontakt mit ihm aufzunehmen. Aber wie lange würde es dauern, bis wir Signale von der Erde empfangen können?«

»Wenn die mit genügend Leistung arbeiten«, sagte Art, »dürfte es nicht mehr als zwei Stunden dauern, bis ich sie drin habe.«

»Prima! Wir werden derweil das Mittagessen zubereiten!«

Es vergingen doch fast drei Stunden, bis Art verkündete, dass alles vorbereitet war. »Hierher«, sagte er, »das ist es!«

Sie drängten sich um ihn. »Wen willst du denn reinbekommen?«, fragte Ross neugierig.

Art zuckte die Achseln. »Weiß nicht – bin heilfroh, wenn es überhaupt funktioniert. Vielleicht NAA oder den Sender in Berlin, wenn sie uns anpeilen. Oder Radio Paris, das ist wohl der aussichtsreichste Kandidat.« Er drehte mit angestrengtem Blick an den Knöpfen.

Die anderen waren mucksmäuschenstill – wenn es

wirklich funktionierte, würden sie Zeugen eines historischen Ereignisses sein, dessen waren sie sich alle bewusst.

Plötzlich blickte er erschreckt hoch.

»Hast du Empfang?«

Einen Moment schwieg er noch. Dann schob er einen Kopfhörer weg und sagte ein wenig beleidigt: »Einer von euch hat seine Helmfunkanlage nicht ausgeschaltet!«

Cargraves machte sich daran, die Anzüge zu untersuchen. »Nein, Art, du musst dich geirrt haben!«

Art schaute sich verwirrt in dem kleinen Raum um. »Aber ... aber ... das gibt es doch gar nicht! Das ist doch vollkommen verrückt!«

»Was ist denn überhaupt los?«

»Was los ist, fragst du? Ich empfange einen Sender – und zwar von hier, direkt aus unserer Nähe!«

KEINE CHANCE!

»Bist du ganz sicher?«, fragte Cargraves verblüfft.

»Natürlich!«

»Wahrscheinlich ist es Radio Paris«, vermutete Ross. »Du weißt ja gar nicht genau, wie weit der Sender weg ist.«

Art blickte ihn empört an. »Nun, vielleicht möchten Sie selbst hier Platz nehmen und sich davon überzeugen, Mr. de Forrest? Es kam direkt aus allernächster Nähe! Es kann keine Erdstation gewesen sein!«

»Eine Rückkopplung?«

»Sei nicht albern!« Wieder spielte er an den Knöpfen herum. »Jetzt ist es weg!«

»Augenblick mal«, meinte Cargraves. »Wir müssen der Sache nachgehen! Art, kannst du nicht irgendwie einen Sender zusammenbasteln?«

»Ist nicht so einfach – Moment, doch! Es müsste klappen. Wir könnten einfach den Rufsender verwenden.« Der Rufsender diente der Verbindung zwischen den Helmfunkanlagen und der »Hundehütte«, besaß allerdings keine große Abstrahlleistung.

»Gebt mir eine halbe Sekunde Zeit, dann habe ich's am Laufen!« Zwar dauerte es etwas länger als eine halbe Sekunde, aber dann neigte er sich zum Mikrofon und rief: »Hallo! Hallo! Ist da jemand? Hallo!«

»Er muss geträumt haben«, sagte Morrie ruhig zu Cargraves. »Unmöglich, dass noch jemand hier oben ist!«

»Klappe halten!«, sagte Art über die Schulter. »Hallo! Hallo! Hallo!«

Plötzlich wurde sein Gesicht aschfahl, und seine Stimme nahm einen scharfen Unterton an.

»Sprechen Sie Englisch! Bitte wiederholen!«

»Was war das?«, fragten Cargraves, Ross und Morrie zugleich.

»Ruhe ... bitte!« Dann, ans Mikrofon gewandt: »Ja, ich höre Sie. Wer ist dort? Wie? Bitte wiederholen! – Hier ist das Raumschiff *Galileo*, Sie sprechen mit Arthur Mueller. Warten Sie einen Augenblick.« Art betätigte hastig einen Drehschalter. »Noch mal! Wiederholen Sie Ihre Identifikation!«

Eine schwere Bassstimme war zu hören: »Hier ist die Mondexpedition Nummer Eins«, verkündete sie. »Gedulden Sie sich bitte einen Augenblick!«

»Moment, Moment!« rief Art. »Bleiben Sie dran!« Doch der Sprecher antwortete nicht.

Ross pfiff nervös eine schräge Melodie.

»Hör mit der Pfeiferei auf!«, verlangte Art.

»Entschuldige!« Ross kniff die Lippen zusammen und wartete einen Augenblick, bevor er sagte: »Ich nehme an, ihr wisst, was das bedeutet?«

»Wovon redest du? Ich weiß nicht, worauf du hinauswillst!«

»Dann erkläre ich's dir: Jemand hat uns den Preis weggeschnappt! Wir sind nicht die Ersten hier oben!«

»Wie kommst du denn darauf?«

»Nun, ich bin nicht ganz sicher, aber es erscheint mir doch ziemlich wahrscheinlich!«

»Pah! Ich gehe jede Wette ein, dass wir zuerst gelandet sind!«

»Wir werden sehen! Hör mal!« Wieder erklang eine Stimme, heller und mit einem Hauch von Oxford-Akzent: »Sind Sie noch da? Hier spricht Captain James Brown von der Ersten Mondexpedition. Ist dort das Raketenschiff *Galileo*?«

Cargraves neigte sich zum Mikrofon. »Raketenschiff *Galileo*, hier spricht Captain Cargraves. Erbitte Ihre Position!«

»Ganz nahe bei Ihnen, guter Freund! Alles kein Problem – wir können Sie anpeilen. Senden Sie bitte weiter.«

»Dann geben Sie uns wenigstens Ihre relative Position an!«

»Lassen Sie das mal unsere Sorge sein! Wir kommen zu Ihnen. Bleiben Sie, wo Sie sind, und senden Sie weiter!«

»Geben Sie bitte Ihre Position nach lunarem Längen- und Breitengrad an!«

Der Sprecher zögerte einen Augenblick, bevor er fortfuhr: »Wir haben Sie jetzt ausgemacht. Einzelheiten können wir ja später besprechen. Auf Wiedersehen!«

Art rief »Hallo!«, bis er heiser war, bekam aber keine Antwort. »Bleib lieber auf Empfang, Art«, empfahl Cargraves. »Ross und ich gehen zum Schiff zurück, das werden sie ja nicht übersehen können. Obwohl – kann eine Woche oder so dauern, bis sie auftauchen.« Er überlegte. »Das könnte eine ganze Reihe neuer Probleme mit sich bringen.«

»Zumindest einer von uns sollte doch zum Schiff gehen«, schlug Morrie vor, »und zwar sofort! Vielleicht sind sie schon beim Landeanflug, wer weiß? Sie können jederzeit auftauchen!«

»Ich glaube nicht, dass sie von einem Schiff gesendet haben«, sagte Art, bevor er sich wieder seinem Mikrofon zuwandte.

Schließlich wurde entschieden, dass Cargraves und Ross zum Schiff zurückgehen sollten. Die beiden legten ihre Anzüge an und begaben sich in die Luftschleuse. Kaum hatten sie sich einige Schritte den steilen, felsigen

Abhang hinunter bewegt, sah Ross eine Rakete. Da er sie nicht hören konnte, hätte er sie gar nicht bemerkt, hätte er nicht gerade zurückgeschaut, um festzustellen, ob Cargraves noch hinter ihm war.

»Da, schauen Sie!«, rief er in sein Helmmikrofon und deutete nach Westen, von wo aus das Schiff in geringer Höhe und ziemlich langsam angeflogen kam. Der Pilot ließ die Rakete offenbar auf dem Düsenstrahl gleiten, da die Treibgase eher nach unten als nach hinten gerichtet waren.

»Wir sollten ein wenig zulegen!«, rief Ross, bevor er mit großen Sätzen davoneilte.

Aber die Rakete setzte nicht zur Landung an, sondern flog im steilen Winkel mit schwer arbeitenden Bugdüsen auf die *Galileo* zu. In einer Höhe von höchstens fünfhundert Fuß riss der Pilot sie herum und gab vollen Schub auf die Heckdüse.

Wo die *Galileo* stand, war plötzlich ein gewaltiger Blitz zu sehen, eine völlig lautlose Explosion, gefolgt von einer Staubwolke, die sich schnell im luftleeren Raum verteilte. Nach einer endlos erscheinenden Pause erreichte sie der Donnerschlag der Explosion – natürlich nicht als Knall, sondern als spürbares Beben.

Als die Staubwolke verflogen war, sahen sie die *Galileo* – auf der Seite liegend, mit einem ausgezackten Loch, das sich vom zerborstenen Sichtfenster bis mittschiffs erstreckte.

Cargraves stand völlig reglos da und starrte auf das Unfassbare, aber Ross hatte sich schneller wieder im Griff.

»Sie haben uns keine Chance gelassen!«, rief er und reckte verzweifelt die Fäuste gen Himmel. »Nicht mal den Hauch einer Chance!«

WAS STECKT DAHINTER?

Er drehte sich um und stolperte den Hang hinauf, wo Cargraves immer noch fassungslos verharrte.

»Haben Sie das gesehen, Doc?«, fragte er. »Haben Sie das gesehen? Diese Verbrecher haben uns mit Bomben beworfen – mit Bomben! Warum, Doc? Warum haben sie das nur getan?«

Tränen liefen ihm übers Gesicht. Cargraves klopfte ihm unbeholfen auf die Schulter. »Ich weiß es nicht«, entgegnete er langsam. Er hatte den Schock noch immer nicht überwunden.

»Oh, ich könnte denen den Hals umdrehen!«

»Ich auch.« Cargraves wandte sich entschlossen ab. »Vielleicht sind wir sogar dazu gezwungen. Komm – wir müssen es den anderen erzählen!« Er begann, den Hang hinaufzusteigen.

Als sie die Luftschleuse erreichten, kamen Art und Morrie gerade heraus. »Habt ihr das auch mitbekommen?«, fragte Morrie. »Es hat eine Art Mondbeben gegeben!«

Cargraves antwortete nicht gleich. »Art, hast du den Sender abgestellt?«

»Ja, aber was ist passiert?«

»Schalte ihn auf keinen Fall wieder ein! Sie könnten uns anpeilen!« Er deutete auf den Boden des Kraters. »Da, seht euch das an!«

Es dauerte einige Zeit, bis die beiden ihre Fassung wiedergewannen. Dann wandte sich Art mit hilflosem Blick an Cargraves und sagte:

»Aber ... Onkel, was ist da passiert? Warum haben sie das Schiff zerstört?«

»Sie haben uns hinterrücks überfallen!«, fauchte Cargraves wütend. »Sie haben uns ausgebombt. Wären wir an Bord gewesen, hätten sie uns getötet. Und das war wohl auch ihre Absicht!«

»Aber *warum*?«

»Keine Ahnung! Sie wollen uns einfach nicht hier haben.« Er hielt es für besser, zu verschweigen, was ihm gerade durch den Kopf ging: Der unbekannte Feind hatte seinen Plan auf jeden Fall in die Tat umgesetzt, nur würde sich ihr Tod ein wenig verzögern. Durch eine Bombe zu sterben, war sicher und angenehm im Vergleich zu dem, was ihnen bevorstand … gestrandet auf einem toten und luftleeren Himmelskörper …

Wie lange würden sie es wohl durchstehen? Einen Monat? Zwei? Besser, die Bombe hätte sie getroffen …

Plötzlich marschierte Morrie auf die Luftschleuse zu.

»Was hast du vor, Morrie?«

»Die Knarren holen!«

»Die nutzen uns nichts.«

Doch Morrie hörte ihn nicht mehr, da seine Helmantenne bereits durch das Blech der Schleuse abgeschirmt wurde.

Ross meinte: »Ich bin nicht ganz sicher, dass die Gewehre so unnütz sind, Doc!«

»Wieso? Wie meinst du das?«

»Nun, was werden sie wohl als Nächstes tun? Kaum zu glauben, dass sie nicht herauskommen, um anzuschauen, was sie angerichtet haben! Da sie sofort weitergeflogen sind, können sie unmöglich aus der Rakete gesehen haben, welchen Schaden die Bombe verursacht hat!«

»Ach?«

»Wenn sie also tatsächlich hier landen, werden wir ihnen *ihre* Rakete klauen!«

Art kam näher heran. »Und dann werden wir Ihnen was pfeifen, Ross! Ihr werdet sehen, wir kriegen sie! Zeigen werden wir's ihnen! Diese Mörder!« Seine Stimme überschlug sich und war so grell und laut, dass es den anderen in den Ohren wehtat.

»Versuchen wir's«, entschied Cargraves spontan. »Versuchen wir's ... Wenn sie landen, wird sich ein Kampf auf Leben und Tod wohl nicht vermeiden lassen! Aber es kann ohnehin nicht schlimmer kommen, als es jetzt schon ist.« Plötzlich erschien es ihm, als wäre eine große Last von ihm abgefallen. Die Aussicht auf ein Feuergefecht, das erste überhaupt in seinem Leben, beunruhigte ihn nicht mehr. Es sorgte sogar in gewisser Weise für zusätzlichen Antrieb.

»Was meinst du, Ross, wo sollten wir uns verstecken? In der *Galileo*?«

»Wenn wir ... oh, verdammt, da kommen sie schon!« Die Rakete war am weiter entfernten Rand des Kraters aufgetaucht.

»Wo ist Morrie?«

»Hier.« Er war gerade aus der Luftschleuse gekommen und hatte die beiden Gewehre und den Revolver mitgebracht. »Hier, Ross, du nimmst ... he!« Er hatte die Rakete der Fremden bemerkt. »Jetzt aber Tempo!«, rief er.

Aber die Rakete landete nicht. Sie kam nur sehr tief herunter, tauchte bis auf Höhe des Kraterrandes ab, sauste mit flammender Heckdüse über das Wrack der *Galileo* hinweg, zog nach oben und raste davon.

»Und wir haben nicht einen einzigen Schuss abgefeuert!«, sagte Morrie enttäuscht.

»*Noch* nicht«, entgegnete Ross, »aber ich bin überzeugt, dass sie irgendwann zurückkommen! Das war nur ein Beobachtungsflug. Wahrscheinlich hätten sie erneut Bomben abgeworfen, wenn sie entdeckt hätten, dass sie ihr Ziel nicht erreicht haben. Haben sie aber, deshalb keine Bomben! Sie werden garantiert wiederkommen, um sich alles genauer anzuschauen! Was meinen Sie, Doc?«

»Bin ganz deiner Meinung«, erwiderte Cargraves sofort. »Sie werden sich unser Schiff genauer ansehen wollen und etwaige Überlebende massakrieren. Aber wir gehen nicht zur *Galileo* zurück!«

»Warum nicht?«

»Weil wir nicht genug Zeit haben. Sie fliegen vermutlich nur eine Wendeschleife, um dann zu landen. Sie würden uns also auf halbem Weg erwischen.«

»Das Risiko müssen wir eingehen ...«

Der Streit wurde von anderer Seite entschieden, als die Rakete wieder aus der Richtung auftauchte, in der sie verschwunden war. Der Anflugwinkel zeigte unzweifelhaft, dass der Pilot landen wollte.

»Los!«, rief Cargraves, während er bereits mit den Abhang hinunterschlitterte.

Die Rakete landete ungefähr in der Mitte zwischen der Galileo und den Schatten des Kraterrandes, die sich in den vier vergangenen »Tagen« deutlich verkürzt hatten. Schon aus der Ferne konnte man sehen, dass das fremde Schiff wesentlich kleiner war als die *Galileo*.

Doch Cargraves interessierte sich nicht für solche Details. Er war nur von dem Gedanken beseelt, die Einstiegsluke der fremden Rakete zu erreichen, bevor diese sich öffnete. Und dann würde er auf den ersten losgehen, der den Fehler machte, seine Nase aus dem Schiff zu stecken ...

Aber schon nach wenigen Metern hielt er abrupt an, weil ihm etwas einfiel – er hatte ja gar keine Waffe! Morrie hatte ein Gewehr, Ross das andere, und Art fuchtelte wild mit dem Revolver herum. Er blieb am fernsten Ausläufer der Schatten stehen, nur wenige Meter von dem Punkt entfernt, wo der Kraterboden das gleißende Sonnenlicht reflektierte.

»Halt«, befahl er. »Ich glaube nicht, dass sie uns schon gesehen haben. Und das ist gut so…«

»Was haben Sie vor?«, fragte Morrie.

»Wir warten, bis sie ausgestiegen sind, und dann stürzen wir uns auf das Schiff – aber erst, wenn sie weit genug davon entfernt sind! Wartet auf mein Zeichen.«

»Können die uns denn nicht hören?«

»Vermutlich nicht. Aber wenn sie zufällig unsere Frequenz abhören, sind wir geliefert. Also – stellt eure Funkgeräte sofort ab!«

Die plötzliche Stille war unheimlich.

Die Rakete war mit dem Heck fast genau auf ihr Versteck gerichtet. Er sah jetzt, wie drei in Druckanzüge gehüllte Gestalten aus einer auf der Seite des Schiffes angebrachten Luke stiegen. Der erste Gegner schaute sich kurz um, schien sie aber nicht bemerkt zu haben, was mit ziemlicher Sicherheit daran lag, dass er Sonnengläser trug und deshalb im Schattenbereich nicht viel sehen konnte.

Er gab seinen beiden Gefährten ein Zeichen und lief dann auf die *Galileo* zu, wobei er eine Art lang gestreckten Galopp vorlegte, wie ihn auch die Mannschaft der *Galileo* als geeignetste Fortbewegungsart für hiesige Verhältnisse entdeckt hatten. Das allein wertete Cargraves bereits als Hinweis, dass ihre Feinde schon seit einiger Zeit auf dem Mond verweilten.

Cargraves wartete ab, bis die Fremden bei der *Galileo* angekommen waren und um sie herumliefen, sodass sie nicht mehr zu sehen waren. Er erhob sich. »Los!«, rief er, ohne daran zu denken, dass seine Funkanlage ausgeschaltet war. Mit Sätzen von rund fünfzehn Fuß Weite stürmte er auf die fremde Rakete zu, bis er den weit geöffneten Einstieg erreicht hatte. Rasch stieg er ein und zog die Tür hinter sich zu. Sie wurde mittels eines Handrades verriegelt, dessen Funktion so offensichtlich war, dass er beim Betätigen keinen Gedanken daran verschwenden musste.

Danach schaute er sich um. Die winzige Luftschleuse wurde durch eine Glasscheibe in der Innentür schwach erleuchtet. Er tastete herum, bis er das Einströmventil fand.

Kurz darauf verkündete ein schwaches Zischen, dass sich die Kabine mit Luft füllte. Er lehnte sich mit vollem Gewicht gegen die Innentür und wartete ab. Unvermittelt gab die Tür nach, und er stand in der Rakete – blinzelnd, da seine Augen noch an das schummrige Licht in der Luftschleuse gewöhnt waren.

Er sah einen Mann, der auf dem Pilotensitz saß und ihm nun den Kopf zuwandte. Er schien etwas zu sagen, was Cargraves durch seinen Helm nicht hören konnte – zudem war er herzlich wenig daran interessiert, was dieser Mordbube mitzuteilen hatte.

Er nutzte den Vorteil der verringerten Schwerkraft voll aus, indem er mit einem Satz bis zu dem Kerl sprang und ihn am Kragen packte.

Sein Gegner war zu überrascht, um sich großartig zur Wehr zu setzen – und es hätte ihm wohl auch nicht viel genutzt, da Cargraves eine solche Wut verspürte, dass er es mit jedem aufgenommen hätte, notfalls sogar mit einem tollwütigen Tiger.

Es dauerte eine Weile, bis er bemerkte, dass er den Kopf des Mannes seit geraumer Zeit gegen das weiche Polster seines Sitzes hämmerte. Das würde wohl wenig einbringen. Also holte er mit seiner behandschuhten Faust aus und versenkte sie in die Magengrube des Mannes.

Sein Gegner stöhnte auf und schien jedes Interesse an einer Fortsetzung des Handgemenges verloren zu haben. Cargraves versetzte ihm noch einen kurzen Kinnhaken, um die Sache zu beenden. Dann zog er ihn auf den Boden, wobei er bemerkte, dass der Bewusstlose einen Gürtel mit einem Holster trug, das eine Pistole enthielt – eine großkalibrige *Mauser*. Er richtete sich auf und warf einen Blick durch das Sichtfenster.

Neben dem zertrümmerten Bug der *Galileo* lag jemand auf dem Boden; es war unmöglich zu sagen, ob Freund oder Feind. Ein anderer stand über ihm, und bei diesem hatte Cargraves nicht den geringsten Zweifel – es war nicht nur das ungewohnte Aussehen des Druckanzugs, sondern vor allem die Pistole in seiner Hand. Diese richtete er nun auf die Rakete, aus der Cargraves das Geschehen beobachtete.

Er sah das Mündungsfeuer einer Waffe, hörte aber natürlich nicht den erwarteten Knall. Dann folgte ein zweiter Schuss, der die Außenhülle des Schiffes traf und es wie eine riesige Glocke zum Klingen brachte. Der Lärm war ohrenbetäubend.

Cargraves begriff, dass er sich in einer schwierigen Lage befand. Zu gern hätte er am Kampf draußen teilgenommen, zumal er nun die Waffe seines überwältigten Gegners hätte einsetzen können. Doch er konnte den Gefangenen schlecht im Schiff lassen, während er hinausging. Und ihn einfach umbringen konnte er auch nicht…

Eigentlich hatte er sich schon entschlossen, dem Mann noch einen kräftigen Schlag zu versetzen, um das Problem auf diese Weise zu lösen. Doch plötzlich stand der Fremde draußen am Bug der *Galileo* ohne Helm da! Er bemerkte, dass der Kragen des Druckanzugs ausgefranst wirkte.

Der Fremde ließ die Pistole fallen und hob die Hände ans Gesicht. Für einen Augenblick stand er wie benommen da, dann machte er zwei kleine Schritte nach vorn und klappte schlagartig zusammen.

Ein paar Mal schlug und trat er noch wild um sich, kam aber nicht wieder hoch. Sein Körper zuckte noch, als eine dritte Gestalt vor dem Sichtfenster erschien. Die hielt sich aber nicht lange – sie wirkte völlig verstört und schien nicht zu begreifen, was ihnen soeben widerfuhr. Wen wunderte es, ging der Kampf doch absolut geräuschlos vor sich, was es so gut wie unmöglich machte, den Gegner zu erkennen und Deckung zu beziehen. So würde er in den Tod gehen, ohne zu ahnen, warum oder wodurch. Er griff gerade nach seiner Pistole, als er zweimal getroffen wurde. Der erste Schuss ging in die Brust, der zweite saß etwas tiefer.

Er neigte sich vornüber, bis sein Helm den Boden berührte. Keine Regung mehr, es war aus mit ihm.

Cargraves hörte ein Geräusch hinter sich. Er nahm die Pistole an sich, löste die Sicherung und wartete darauf, dass sich die Schleusentür öffnete.

Es war Art, mit blitzenden Augen und hochrotem Gesicht. »Sind hier noch welche?«, rief er Cargraves zu und deckte mit seinem Revolver den gesamten Raum in einem weitem Bogen ab. Wegen der Dämpfung der Helme hörte Cargraves ihn kaum.

»Nein! Mach dein Funkgerät an!«, brüllte er, wobei ihm einfiel, dass seines ja ebenfalls noch abgestellt war. Schnell betätigte er den Schalter und wiederholte seine Aufforderung.

»Wieso? *Meines* ist doch an«, wiederholte Art. »Ich

habe es eingeschaltet, als ich in der Schleuse gewartet habe. Wie sieht's draußen aus?«

»Scheint soweit alles okay zu sein. Hier, pass auf diesen Kerl hier auf.« Er deutete nach unten. »Ich gehe raus.«

Aber die Vorsicht erwies sich als unnötig, da sich in diesem Moment erneut die Schleusentür öffnete und Ross und Morrie hereinkamen. Cargraves konnte nicht fassen, wie es die beiden fertiggebracht hatten, sich in die sargartig enge Kabine zu zwängen.

»Braucht ihr Hilfe?«, fragte Morrie.

»Nö! Sieht auch nicht so aus, als ob ihr welche braucht, oder?«

»Die haben wir aber ganz schön überrumpelt«, sagte Ross triumphierend. »Wir haben uns im Schatten des Schiffes versteckt, und als sie auftauchten, gings sofort rund! Die haben sich kaum gewehrt, bis auf den zweiten – der war verflixt gefährlich!

»Wisst ihr«, fuhr er im Plauderton fort, als hätte er sein ganzes bisheriges Leben mit Schießereien verbracht, »es ist fast unmöglich, vernünftig anzuvisieren, wenn man einen solchen Kanister auf dem Kopf hat!«

»Hm – dafür habt ihr das aber ganz gut hingekriegt!«

»Reine Glückssache. Morrie hat nur wild um sich geschossen!«

»Habe ich nicht«, widersprach Morrie säuerlich. »Ich habe jedes Mal genau gezielt und erst dann abgedrückt!«

Cargraves schärfte ihnen ein, den Gefangenen im Auge zu behalten, während er sich nach draußen begeben wollte, um einen Inspektionsgang zu machen.

»Warum halten wir uns überhaupt mit dem Kerl

auf?« fragte Art. »Wisst ihr was? Schießen wir ihn nieder und werfen ihn hinaus. Das ist das Beste!«

»Ruhe bewahren, reg dich ab!«, sagte Cargraves. »Gefangene erschießen ist nicht die feine Art!«

»Aber was die da gemacht haben, ist es auch nicht!«, schnauzte er.

»Halt mal für einen Moment die Luft an, Art! Morrie – du passt auf unseren Sportsfreund dort auf!« Mit diesen Worten begab er sich in die Luftschleuse.

Sein Rundgang nahm nur wenig Zeit in Anspruch. Zwei von den Fremden hatten Wunden davongetragen, die auch ohne die Löcher in den Druckanzügen tödlich gewesen wären. Der Dritte, dessen Helm zerplatzt war, schien ansonsten nicht verletzt zu sein. Seine weit geöffneten Augen starrten blicklos in den schwarzen Himmel. Das Blut, das ihm aus der Nase gequollen war, schäumte noch. Er war tot – grausam erstickt im luftleeren Raum.

Cargraves lief zu dem kleinen Schiff zurück, ohne auch nur einen flüchtigen Blick auf das trostlose Wrack zu werfen, das einst die schnittige, schnelle *Galileo* gewesen war.

Als er das Schiff wieder betreten hatte, warf er sich in einen der Pilotensitze und seufzte: »Hätte schlimmer ausgehen können! Immerhin, wir haben wieder ein flugfähiges Schiff!«

»Das ist leider eine Illusion«, bemerkte Art düster. »Schau dir mal das Steuerpult dort an!«

»Was?«, erwiderte Cargraves und richtete seinen Blick auf die Stelle, auf die Art wies.

»Das ist kein Raumschiff«, meinte Art bitter, »sondern bestenfalls ein Auto. Hier, sieh dir das an!« Er deutete auf zwei Anzeigen. Auf der einen stand das deutsche Wort *SAUERSTOFF*, auf dem anderen *ALKOHOL*. »Sauerstoff und Alkohol. Diese Zitrone hier ist nur ein Kinderwagen, mit dem man über den Mond schaukeln kann. Aber für den Rückflug taugt das Ding nicht.«

»Vielleicht sind es nur die Steuerdüsen«, antwortete Cargraves hoffnungsvoll.

»Vergessen Sie's, Doc«, mischte Ross sich ein. »Ich habe mir schon alles angesehen, und Art hat mir bei den deutschen Worten geholfen. Haben Sie denn nicht bemerkt, dass diese Kiste überhaupt keine Tragflügel hat? Sie ist nur für den Mond gedacht. Da, seht mal – wir bekommen Gesellschaft.«

Der Gefangene hatte die Augen geöffnet und versuchte, sich aufzurichten.

Cargraves packte ihn an der Schulter, zerrte ihn hoch und bugsierte ihn auf den Sitz, den er selbst gerade verlassen hatte. »So – und jetzt will ich hören, was Sie sich dabei gedacht haben!«, fuhr er ihn an.

Der Mann blickte verstört drein und antwortete nicht. »Versuch es lieber auf Deutsch, Onkel«, schlug Art vor. »Die Beschriftungen hier sind alle in Deutsch.«

Cargraves musste sein Erinnerungsvermögen reichlich strapazieren, um seine seit langen Jahren eingerosteten Deutschkenntnisse hervorzukramen. »Wie heißen Sie?«

»Mein Name ist Friedrich Lenz. Ich bin Techniker im Dienstgrad eines Feldwebels. Mit wem spreche ich?«

»*Ich* frage, Sie antworten! Warum haben Sie unser Schiff bombardiert?«

»Aus ... Pflichterfüllung. Ich hatte den Befehl.«

»Das ist kein Grund. Warum haben Sie ein friedliches Schiff bombardiert?«

Der Mann setzte nur eine feindselige Miene auf.

»Na schön«, fuhr Cargraves auf Deutsch fort. »Mach die Luftschleuse auf, Art. Schmeißen wir ihn raus!«

Der Deutsche wurde plötzlich sehr redselig. Cargraves runzelte die Stirn. »Art«, sagte er auf Englisch, »du musst mir helfen. Der redet mir ein wenig zu schnell.«

»Und du kannst es ruhig für uns übersetzen!«, fügte Ross hinzu. »Was hat er denn bis jetzt gesagt?«

»Wills versuchen«, erwiderte Art, bevor er auf Deutsch sagte: »Beantworten Sie die Frage noch einmal. Und sprechen Sie langsam!«

»Ja ...«, sagte der Mann an Cargraves gewandt.

»Das heißt: *Jawohl, Herr Kapitän!*«, herrschte Art ihn an.

»Jawohl, Herr Kapitän!«, sagte der Mann ausgesprochen artig. »Herr Kapitän, ich hatte mich bemüht, Ihnen zu erklären ...« Er redete noch eine ganze Weile weiter.

Art nutzte die Sprechpausen des Mannes, um das Gesagte zu übersetzen. »Er sagt, dass er zur Besatzung dieser Rakete gehört. Und dass sie unter dem Befehl steht von – ich habe den Namen nicht verstanden, aber es ist einer von denen, die wir erschossen haben – und dass sie den Befehl hatten, ein Schiff auf dieser Position zu suchen und es zu bombardieren. Er sagt, dass es kein ... äh, dass der Angriff gerechtfertigt war, als Kriegshandlung!«

»Krieg?«, fragte Ross. »Zum Teufel noch mal, was sabbelt er da? Wir haben mit niemandem Krieg. Was sie getan haben, war nichts als ein gemeiner Mordversuch!«

Art sprach wieder mit dem Gefangenen.

»Er sagt, dass der Krieg niemals aufgehört hat. Er sagt, der Krieg wird weitergehen, bis das Reich gesiegt hat.« Er lauschte für einen Moment. »Er sagt, das Reich wird tausend Jahre bestehen.«

Morrie stieß einige Worte aus, die Cargraves noch nie von ihm gehört hatte. »Sag ihm, er soll selbst herausfinden, was ich über ihn gesagt habe!«

»Lassen wir das«, schaltete Cargraves sich ein. »Allmählich geht mir ein Licht auf.« Er wandte sich direkt an den Mann. »Wie viele seid ihr in eurer Expedition? Wie lange seid ihr schon auf dem Mond, und wo befindet sich eure Basis?«

Art übersetzte die Fragen. »Er beruft sich auf das internationale Recht für Kriegsgefangene, nach dem er die Auskunft auf solche Fragen verweigern darf!«

»Ach ja? Nun, dann sag ihm, dass das Kriegsrecht nicht gilt, weil es keinen Krieg mehr gibt! Nein, lass es besser – sag ihm, dass wir unsere Gefangenen gerne gehen lassen!« Dabei deutete er mit dem Daumen auf die Luftschleuse.

Cargraves hatte Englisch gesprochen, aber der Gefangene hatte die Geste nicht übersehen und entschied, dass es ratsam sei, zu kooperieren.

So stellte sich heraus, dass er und seine Kameraden schon fast drei Monate auf dem Mond waren. Ihre sublunare Basis lag etwa 13 Meilen westlich des Kraters, in dem sie sich gerade aufhielten. Dort gab es noch eine Rakete, die viel größer war als die *Galileo* – und ebenfalls mit *Atomkraft* angetrieben wurde! Er wusste selber nicht genau, warum der Befehl erteilt worden war, die *Galileo* zu bombardieren. Er vermutete aber, dass es um den reibungslosen Ablauf der Pläne ihres Kommandanten ging ...

»Pläne? Was denn für Pläne?«

Erneut wurde der Gefangene sehr schweigsam. Cargraves öffnete nun wirklich die Innentür der Schleuse, obwohl er nicht die Absicht hatte, seine grausige Drohung wahr zu machen. Doch der Trick funktionierte, da der Mann wieder sehr mitteilsam wurde.

Die Pläne waren einfach genug – es ging um die Eroberung der *gesamten* Erde! Die Nazibande zählte nicht gerade viele Mitglieder, setzte sich aber aus ranghohen Militärs, begabten Wissenschaftlern und fähigen Technikern zusammen. Irgendwo auf der Erde gab es ein Gebirge, in dem man eine versteckte Basis angelegt hatte, von der aus man den Kampf um die Weltherrschaft vorbereitete. Lenz schien nicht zu wissen, wo sich diese Basis befand. Cargraves machte ihm Vorschläge – Afrika? Südamerika? Eine Insel? Aber es war nichts Konkretes herauszubekommen, außer dass man von Deutschland aus ziemlich lange mit dem U-Boot reisen musste, um die Basis zu erreichen.

Viel beunruhigender jedoch war der eigentliche Plan der Nazis. Sie besaßen Atombomben, wagten aber nicht, diese einzusetzen, solange sie sich in ihrer geheimen Basis auf der Erde versteckten, da die Vereinten Nationen ebenfalls über Atomwaffen verfügte – und dies weiß Gott in weitaus größerer Zahl.

Doch nun hatten die Nazis die Technologie entwickelt, um den Mond zu erreichen, was einiges änderte. Sie planten, von hier aus eine feindliche Stadt nach der anderen zu bombardieren, bis die Vereinten Nationen kapitulierten.

Bei der Verkündung dieses Planes gab sich der Gefangene wieder arrogant. »Sie können nichts daran ändern«, schloss er. »Sie können mich töten, aber auch das ändert nichts!«

»Haben Sie was dagegen, wenn ich ihm ins Gesicht spucke, Doc?«, fragte Morrie ohne sichtbare Gefühlsregung.

»Das hilft uns auch nicht weiter«, erwiderte Cargraves. »Überlegen wir lieber, wie wir ihnen ein Schnippchen schlagen können. Irgendwelche Vorschläge?« Er zog den Gefangenen vom Stuhl und befahl ihm, sich mit dem Gesicht nach unten auf den Boden zu legen. Dann setzte er sich auf seinen Rücken und schaute Ross an. »So, wir können loslegen! Ich glaube nicht, dass er auch nur ein Wort Englisch versteht. Was wolltest du sagen, Ross?«

»Nun«, antwortete Ross, »es geht ja nicht nur darum, wie wir unseren Hals aus der Schlinge ziehen. Wir müssen sie auch daran hindern, ihren Plan zu verwirklichen. Aber gegen fünfzig Mann mit zwei Gewehren und zwei Pistolen, das ist doch eher eine Aufgabe für Tarzan oder Supermann. Offen gestanden, mir fällt auf die Schnelle nichts ein!«

»Vielleicht sollten wir erst mal ihre Basis aufspüren und dann weiter überlegen. Dreizehn Meilen, das ist nicht viel. Nicht auf dem Mond!«

»Wartet mal«, sagte Art. »Ich brauche einen bis zwei Tage, um einen Sender zu basteln, mit dem wir die Erde erreichen können, um Verstärkung anzufordern. Das würde uns doch schon mächtig weiterhelfen!«

»Und wie sollen sie ihre Truppen hierher schaffen, du Clown?«, wollte Ross wissen. »Das einzige verwendbare Raumschiff haben wir – *hatten*, besser gesagt.«

»Ja, aber – was ist denn mit Docs Entwürfen? Sie haben Ihre Aufzeichnungen bei Ross Vater hinterlegt – nicht wahr, Doc? Also können sie einfach ein paar Schiffe bauen und die ganze Bande hier ausräuchern!«

»Das wäre nicht übel«, antwortete Cargraves. »Wir sollten diese Lösung auf jeden Fall in Betracht ziehen. Wenn denen erst einmal klar wird, dass wir tatsächlich ein funktionsfähiges Mondschiff gebaut haben, könnten sie die Erdbasis dieser Nazis zerstören und uns dann zu Hilfe kommen.«

Morrie schüttelte den Kopf. »Das geht nicht schnell genug. Wir müssen uns sofort etwas einfallen lassen. Ohne unnötige Verzögerung, genau wie wir es auch jetzt gemacht haben. Nehmen wir mal an, die Vereinten Nationen brauchen sechs Wochen, bis sie hier eintreffen. Das ist zu lange. Selbst drei Wochen könnten zu viel sein. Eine Woche – schließlich reicht ein einziger Tag, um einen Atomkrieg zu führen.«

»Schön, dann fragen wir doch einfach unseren Freund hier, ob er weiß, wann sie losschlagen werden«, meinte Ross.

Morrie schüttelte wieder den Kopf und hob die Hand, weil Art etwas einwenden wollte. »Das nutzt alles nichts! Wir haben wahrscheinlich nicht genug Zeit, um einen Sender aufzubauen. Es wird nicht mehr lange dauern, bis sie diesen Krater umzingeln wie Reporter den Gerichtssaal bei einem Mordprozess. Seht es mal so – sie können wirklich in jedem Moment hier sein. Oder glaubt ihr, dass sie diese Rakete gar nicht vermissen werden?«

»Oh, zum Henker!«, fluchte Art.

Ross fragte plötzlich: »Wie spät ist es, Doc?«

So unglaublich es schien, seit dem Bombenangriff

auf die *Galileo* waren erst vierzig Minuten vergangen! Ihnen war es wie ein ganzer Tag vorgekommen.

Das munterte sie ein wenig auf, was aber auch nicht weiterhalf. Der Gefangene hatte erzählt, dass diese Rakete die einzige für Kurzstrecken geeignete war, über die die Nazis verfügten. Das große Raumschiff – er enthüllte, dass es *Wotan* hieß – würden sie wohl kaum für die Suche einsetzen. Damit war zumindest zu erwarten, dass die nächsten Stunden einigermaßen ruhig verlaufen würden.

»Aber es sieht wirklich nicht gut aus«, mutmaßte Cargraves. »Zwei Gewehre und zwei Pistolen, wir vier – das ist nicht gerade eine Streitmacht, wie ich sie mir wünsche! Andererseits: Wir können es uns nicht erlauben, zu verlieren. Ich weiß, ihr fürchtet euch nicht davor, zu sterben – aber wir *müssen* es einfach schaffen!«

»Warum«, fragte Ross, »versteifen Sie sich auf die Gewehre?«

»Worauf denn sonst?«

»Dieser Kasten hat uns doch bombardiert. Und wo eine Bombe ist, sollten eigentlich mehrere sein! Wetten?«

Cargraves wandte sich an den Gefangenen und stellte ihm auf Deutsch eine Frage, die dieser nur knapp beantwortete.

Cargraves nickte bedächtig und sagte: »Morrie, glaubst du, dass du diese Kiste fliegen kannst?«

»Kommt auf einen Versuch an.«

»Na schön! Wir werden diesen Kerl jetzt mit der Pistole dazu bringen, die Rakete zu starten. Du schaust dir schön an, wie er es macht, denn zum Üben wirst keine Gelegenheit haben. So, sehen wir uns mal an, wie man die Bomben abwirft!«

Die Bedienung war alles andere als kompliziert. Es gab keine richtige Zielvorrichtung – der Pilot flog direkt auf das Ziel zu und hakte die Bombe kurz davor aus, um danach schleunigst hochzuziehen. Es gab also lediglich eine Vorrichtung, die die Bombe freigab, worauf diese mit der von der Rakete vorgegebenen Bahn weiterflog. Sie befragten auch dazu den Gefangenen, dessen Informationen sich mit dem deckten, was sie selbst herausgefunden hatten.

Das Schiff war mit zwei Pilotensitzen und dahinter zwei Plätzen für Passagiere ausgestattet. Morrie nahm einen der Pilotensitze ein, der Gefangene den anderen. Ross saß hinter Morrie, während Cargraves Art auf den Schoß nahm. Ein Sicherheitsgurt musste für beide reichen. Art saß also dicht an die Rückenlehne des Sitzes gedrängt, den der Nazi eingenommen hatte, sodass er ihm bequem die Pistole in die Seite drücken konnte.

»Alles bereit, Morrie?«

»Alles bereit! Ich beginne mit einem Überflug, um meine Position zu bestätigen, und dann machen wir uns auf die Suche nach ihrem Schlupfloch. Dann ein zweiter Anflug und weg mit den Bomben!«

»Gut. Wäre schön, wenn du es schaffst, ihre Rakete heil zu lassen. Dann wären wir bald wieder zu Hause. Starten!« Auf Deutsch fügte er hinzu: »Achtung! Aufstieg!«

Die Rächer begannen ihre Mission.

»Wie fliegt sie sich?«, rief Cargraves nach einigen Sekunden.

»Gut!«, erwiderte Morrie laut, um den Lärm zu übertönen. »Sehr gut – könnte sie problemlos durch einen Kaminschlot fliegen, um Weihnachtsmann zu spielen! Seht mal! Da vorn bei dem Berg, ich glaube, da ist es!«

Den letzten Zweifel an seiner Vermutung räumte der Anblick der silbrigen Silhouette des gegnerischen Schiffes aus, der *Wotan*. Diese Gegend bestand aus gewaltigen Bodenverwerfungen, die ganz anders wirkten als der Krater, in dem sie gelandet waren. Der Punkt war ziemlich markant, da er ein wenig verloren in einem der »Meere« lag.

Schon waren sie daran vorbei, und Morrie leitete das Wendemanöver ein, wobei er viel Fahrt wegnehmen musste, sodass sie kräftig in die Sitze gedrückt wurden. Art gab sich alle Mühe, den Nazi in Schach zu halten, ohne den Revolver versehentlich abzudrücken.

Morrie führte jetzt den Anflug zum Bombenabwurf durch, indem er die Rakete im steilen Winkel nach unten zog. Cargraves, der die Luftschleuse der sublunaren Basis nicht gesehen hatte, fragte sich bang, ob Morrie wusste, was er da tat.

Doch hielt er den Mund, weil es zu spät war, um Zweifel zu äußern. Im nächsten Augenblick riss Morrie die Rakete bereits nach oben, worauf die Passagiere mit einem Schlag in die Sitze gedrückt wurden. Doch waren sie dem Boden noch gefährlich nahe, sodass Cargraves Bedenken hatte, ob Morrie in dem Bestreben, einen Volltreffer zu landen, nicht zu steil hereingekommen war. Er bereitete sich auf die Bruchlandung vor, auf das Ende ...

Doch wider Erwarten zog die Maschine weiter hoch, ohne dass es zu der gefürchteten Kollision kam. Als Morrie genug Höhe gewonnen hatte, zog er die Rakete wieder auf Gegenkurs und drosselte den Schub auf Null. Das Sichtfenster nach unten gerichtet, stürzten sie auf den Boden zu.

Dort unten war nun eine mächtige Wolke aus Staub und Gesteinsbrocken zu sehen, in deren Mitte sich schlagartig ein Strudel bildete, der den Dreck zu den Seiten wegfegte. Unmittelbar darauf war die Sicht wieder klar, und sie sahen die Wunde, die sie in den Mondboden geschlagen hatten. Ein schwarzes Loch, das unendlich tief in den Boden zu reichen schien.

Volltreffer! Er hatte es geschafft, die Luftschleuse wegzusprengen.

Wie Cargraves es geplant hatte, setzte Morrie die Rakete nun hinter dem Feindschiff und in angemessener Entfernung von dem Loch auf. »Okay, Doc!«

»Gut. Besprechen wir erst mal, wie wir nun vorgehen. Ich möchte nicht, dass wir jetzt einen Fehler machen! Ross kommt mit mir. Du und Art, ihr bleibt hier. Wir schauen uns erstmal das Schiff an, dann kundschaften wir die Basis aus. Wenn wir länger als eine halbe Stunde weg sind, haben sie uns gekriegt! Aber ihr verlasst auf keinen Fall die Rakete, egal was geschieht! Wenn jemand auf euch zukommt, rauscht ihr ab! Auch, wenn wir zurückkommen, aber nicht allein sind! Für diesen Fall – ihr habt ja noch eine Bombe – wisst ihr, was zu tun ist!«

Morrie nickte. »Klar – wir bombardieren die *Wotan*! Obwohl ich das nicht erleben möchte...« Er starrte sehnsüchtig auf das große Schiff, ihre einzige Rückfahrkarte zur Erde.

»Ja, ich weiß – trotzdem müsst ihr es tun! Danach fliegt ihr zur ›Hundehütte‹ und verschanzt euch dort. Versucht, einen Sender zusammenzubauen, mit dem ihr die Erde erreichen könnt. Mehr nicht! Auf keinen Fall kommt ihr hierher, um nach Ross und mir zu sehen. Wenn ihr in eurem Loch bleibt, können sie euch wochenlang suchen, ohne euch zu finden – und das ist eure Chance, die *einzige* Chance, zur Erde zurückzukommen. Habt ihr verstanden?«

Morrie zögerte. »Aber was machen wir, wenn wir wirklich eine Nachricht zur Erde durchbekommen?«

Cargraves überlegte einen Augenblick, bevor er antwortete: »Es macht keinen Sinn, hier untätig zu warten. Wenn du Kontakt mit der Erde aufnehmen kannst und sie dir die ganze Geschichte wirklich abnehmen, dann handle nach eigenem Gutdünken. Aber ich würde an deiner Stelle kein Risiko eingehen. Sind wir in einer halben Stunde nicht wieder hier, kannst du uns aller Wahrscheinlichkeit nach nicht mehr helfen.«

Er machte eine kurze Pause, bevor er etwas hinzufügte, das der Junge sicher nicht gern hören würde – aber es musste nun einmal gesagt werden: »Du bist dir bewusst, dass es keine Rolle spielen darf, ob Ross und ich dabei draufgehen, wenn es soweit ist?«

»Ja.«

»Das ist ein Befehl, Morrie!«

»Ja, ja.«

»Morrie!«

»Jawohl, Captain – habs kapiert!«

»Hoffentlich! Art, Morrie übernimmt das Kommando. Los, Ross!«

Auf dem Landeplatz war kein Lebenszeichen zu bemerken. Die Staubwolke hatte sich vollends verflüchtigt. Auch in dem grausig anzusehenden Loch, wo vormals die Luftschleuse gewesen war, spielte sich nichts ab. Und daneben ruhte die schnittige, mächtige *Wotan*, dem Anschein nach völlig unbewacht.

Cargraves lief zunächst mit der Pistole in der behandschuhten Faust einmal um die Rakete herum, gefolgt von Ross mit seinem Gewehr, der wie verabredet einen größeren Abstand einhielt.

Wie die *Galileo* war auch diese Rakete nur mit einer einzigen Einstiegsluke versehen, die sich neben dem

Sichtfenster befand. Er wies Ross an zurückzubleiben kletterte die Einstiegsleiter hinauf und versuchte, die Tür zu entriegeln. Erstaunt stellte er fest, dass sie nicht verschlossen war – aber dann fiel ihm ein, dass es ziemlich lächerlich war, hier auf dem Mond solche Vorkehrungen zu treffen. Schlösser waren nur auf der Erde wichtig, wo es so viele Menschen gab, dass man mit allem rechnen musste ...

Während der Druck in der Schleuse anstieg, zog er eine Taschenlampe aus dem Gürtel, die er aus dem Nazi-Flieger mitgebracht hatte. Mit einem tiefen Atemzug bereitete sich auf die Begegnung mit dem vor, was sich hinter der Innentür befand.

Als die Tür aufging, ging er blitzartig in die Hocke und leuchtete den Raum ab. Nichts ... niemand!

Weit und breit niemand zu sehen. Er war misstrauisch – sollten sie wirklich so ein unverschämtes Glück haben? Selbst wenn das Schiff zur Zeit nicht gebraucht wurde, hätte er doch einen Wachposten erwartet.

Dann wurde ihm jedoch bewusst, dass die Nazis jeden Mann brauchten, um ihre Pläne voranzutreiben. Hier auf dem Mond waren Arbeitskräfte rar. Er konnte nur vermuten, dass die Nazis sich deshalb auf eine automatische Alarmanlage verlassen hatten, statt einen menschlichen Wachposten einzusetzen. Vermutlich verließen sie sich auch in anderer Hinsicht auf ihre Maschinen, was auch hinreichend erklärte, warum sie die *Galileo* so schnell bemerkt hatten.

Vorsichtig untersuchte er den Schiffsraum, in dem es Dutzende von Andruckliegen gab, die den gesamten hinteren Teil des Schiffes einnahmen. Was er suchte, war das Bordkraftwerk.

Aber er fand es nicht. Stattdessen entdeckte er einen

leeren Raum ohne Tür. Beunruhigt lief er zum Kommandostand zurück. Was er dort fand, beunruhigte ihn noch mehr – die Sitze waren konventionell konstruiert, genau wie die Navigationsinstrumente, an die man sich schnell gewöhnen konnte. Aber die Bedienelemente ergaben einfach keinen Sinn!

Zunächst war er ziemlich verwirrt, aber dann ging ihm durch den Kopf, dass die Nazibande genau so wenig wie der *Galileo*-Klub ein mondtüchtiges Raumschiff in allen Einzelheiten entworfen und gebaut haben konnte. Vielmehr hatte man auf Bestehendes zurückgegriffen, das entsprechend umgebaut und durch selbst gebaute oder zweckentfremdete Geräte ergänzt wurde.

Denn zweifellos war dieses Raumschiff so ziemlich das leistungsfähigste, schönste und größte, das je die Fertigungsstrecken in *Detroit* verlassen hatten!

Er mahnte sich zur Eile, weil er bereits sieben Minuten mit der Untersuchung des Schiffes verbracht hatte. Also begab er sich wieder nach draußen, wo er von Ross erwartet wurde.

»Leer!«, berichtete er – für Einzelheiten war später noch genug Zeit. »Sehen wir uns mal ihren Unterschlupf an!« In weiten Sprüngen durchquerte er die Ebene.

Der Boden an der zerstörten Luftschleuse war von Trümmern übersät, sodass sie sehr vorsichtig vorgehen mussten. Da es sich nicht um eine Atomwaffe, sondern lediglich um eine mit konventionellem Sprengkopf gehandelt hatte, liefen sie keine Gefahr, sich zu verstrahlen. Aber sie mussten darauf Acht geben, nicht zu stolpern oder gar auszurutschen und in den schaurigen Abgrund zu stürzen.

Schließlich fanden sie zwischen dem Schutt eine solide Treppenflucht, die tief in den Leib des Mondes führte. Ross leuchtete mit der Taschenlampe hinunter. Die Wände, die Stufen und die Decke waren mit einem widerstandsfähigen Schutzlack versiegelt. Das Material war transparent und ließ erkennen, dass sich dahinter sorgfältig ineinandergefügte Steinplatten verbargen.

»Die haben sich ja richtig Mühe gegeben«, bemerkte Ross.

»Sei ruhig jetzt!«, flüsterte Cargraves.

Nach einem Abstieg von mehr als zweihundert Fuß endete der steile Einstieg vor einer Tür. Es handelte sich ganz offensichtlich nicht um eine Luftschleuse, sondern nur um ein luftdichtes Sicherheitsschott. Was den Menschen dahinter wenig genutzt hatte, da die Tür der Druckwelle der Explosion und der darauf folgenden explosiven Dekompression nicht standgehalten hatte. Sie hing völlig verbogen im Rahmen und hatte sich verkeilt, sodass sie einige Mühe hatten, in den dahinter liegenden Raum zu gelangen.

Hier und da wurde die Szenerie von einer der wenigen altmodischen Glühlampen erhellt, die die Katastrophe überstanden hatten. Offenbar handelte es sich um einen großen Vorraum. Cargraves lief vorsichtig voran.

Rechter Hand bemerkten sie einen Raum hinter einer nicht luftdichten Tür, die jetzt noch an einer Angel hing. Und hier erfuhren sie auch, warum der Stützpunkt so verlassen wirkte, als sie ihn angegriffen hatten.

Es handelte sich offensichtlich um das Mannschaftsquartier. Die meisten Mitglieder der Nazibande waren in ihren Kojen vom Tod überrascht worden. »Nacht« und »Tag« sind auf dem Mond nun einmal willkürlich festgelegte Begriffe, mit denen lediglich die Arbeits-,

Essens- und Schlafenszeiten festgelegt werden. Die Männer hatten das ungewöhnliche Pech gehabt, in den Kojen zu liegen, als Morries Bombe die Luftschleuse wegsprengte.

Cargraves war auf Anhieb klar, dass keiner von ihnen auch nur die geringste Chance gehabt hatte. Er zog sich wieder zurück, um Ross vor dem Anblick zu bewahren. Zwar war der Junge nicht zimperlich, aber die Gesichter der Toten mit den gefrorenen Blutgerinnseln waren wirklich kein schöner Anblick.

Er ging hinaus, weil er kurz davor war, sich übergeben zu müssen.

Ross hatte ebenfalls etwas entdeckt. »Schauen Sie mal hier!«, rief er.

Cargraves lief zu ihm. Ein Teil der Wand hatte infolge des plötzlichen Druckabfalls nachgegeben. Sie bestand nicht aus Felsgestein, sondern aus Metall. Ross hatte versucht, sie zur Seite zu zerren, um herauszufinden, was sich dahinter verbarg. Jetzt ließ er den Lichtkegel durch die Dunkelheit wandern.

Dahinter befand sich ein weiterer Korridor, der ebenfalls mit sorgfältig gefugten Steinplatten ausgeführt war. Hier fehlte jedoch der schützende Anstrich.

»Ich frage mich, warum sie es erst nach dem Bau überzogen haben«, meinte Ross. »Wäre es möglich, dass das hier als Lagerraum gedacht war? Vielleicht für A-Bomben?«

Cargraves schaute sich die eingepassten Steine, die sich vor ihm in eine unendlich wirkende Tiefe erstreckten, sehr genau an. Nach langer Zeit antwortete er dann sehr leise: »Das ist kein Lagerraum der Nazis – du hast eine Wohnstube der Mondmenschen entdeckt!«

Diesmal war Ross genau so sprachlos, wie es häufig Art zu passieren pflegte. Als er endlich die Sprache wieder fand, fragte er: »Sind Sie sicher? Sind Sie sicher, Doc?«

Cargraves nickte. »Davon bin ich überzeugt! Ich habe mich schon seit einer Weile gefragt, warum die Nazis eine so große Basis gebaut und sie so sauber mit Steinplatten ausgelegt haben. Das ist fast menschenunmöglich, wenn man im Skaphander arbeiten muss. Aber ich habe immer daran gedacht, dass die Deutschen für ihre Sorgfalt bekannt sind. Na, ich hätte es gleich wissen sollen.« Er blickte in den mysteriösen, düsteren Gang. »Kein Zweifel, das ist auf keinen Fall erst in den letzten Monaten entstanden ...«

»Wie lange ist es wohl her, dass sie das gebaut haben? Was meinen Sie?«

»Wie lange? Wie lange hättest du es denn gern – eine Million Jahre? Zehn Millionen? Ich weiß es nicht – ich kann mir kaum vorstellen, wie lang tausend Jahre sind. Wir werden es vielleicht niemals wissen.«

Ross hätte zu gerne noch mehr erfahren. Doch Cargraves schüttelte den Kopf. »Wir dürfen uns jetzt nicht mit Spekulationen aufhalten. Das hier ist ein wunderbarer Fund, einzigartig! Aber es muss warten. Es bleiben uns jetzt noch ...«, er schaute auf die Uhr, »noch elf Minuten, bis wir zurückkehren müssen.«

Schnell durchsuchte Cargraves die übrigen Räume, während Ross in der Mittelhalle Wache schob. Er fand die Funkbude des Stützpunkts, in der ein toter Mann mit Kopfhörern hockte. Er stellte fest, dass die Funkanlage kaum Schaden genommen hatte. Kurz darauf fand er das Waffenarsenal, gefüllt mit Gewehren und Bomben. Keine weiteren Männer, weder lebendige, noch tote.

Und schließlich entdeckte er auch den Lagerraum für die Fernlenkwaffen, mehr als zweihundert an der Zahl, wobei der Raum problemlos das Doppelte hätte aufnehmen können. Eigentlich hätte ihn der Anblick der Geschosse, von denen ein jedes Tod und Verderben über eine ganze Stadt bringen konnte, schockieren müssen. Aber dafür hatte er jetzt keine Zeit.

Zuletzt fand er noch einen kleineren, gut ausgestatteten Raum, der vermutlich als Offizierskasino gedient hatte. Und hier war auch ein Mensch, dem es nicht wie seinen Nazigenossen ergangen war.

Er lag der Länge nach mit dem Gesicht nach unten auf dem Boden und hatte einen Skaphanderanzug an. Obwohl er sich nicht rührte, war Cargraves äußerst vorsichtig, als er ihn herumdrehte.

Der Nazi war entweder tot oder bewusstlos, so viel stand fest. Doch wirkte sein Gesicht nicht starr, und Cargraves bemerkte auch, dass der Anzug nach wie vor unter Druck stand. Er überlegte, was er tun sollte. Zunächst nahm er dem Bewusstlosen die Pistole ab. Durch den schweren Anzug und seinen eigenen Handschuh war es unmöglich, den Puls zu ertasten oder den Herzschlag abzuhorchen – dabei war ihm sein eigener Helm im Weg.

Seine Uhr zeigte an, dass ihm noch fünf Minuten blieben. Was immer er tun würde, es musste schnell geschehen. Er packte den Bewusstlosen am Gürtel und zerrte ihn mit sich.

»Was haben Sie denn da?«, fragte Ross.

»Ein Souvenir aus Nazi-City! Lass uns verschwinden!« Er wollte seinen Atem für den Aufstieg aufheben, statt ihn zu verplappern. Also jagte er die sechzig Pfund Gewicht, die er zusammen mit dem Gefangenen zu bewegen hatte, die Treppe hinauf, wobei er jeweils sechs Stufen auf einmal nahm.

Als sie oben waren, blieben ihnen noch zwei Minuten. »Lauf zum Schiff«, befahl er. »Ich kann den Burschen hier nicht so schnell dorthin schleppen. Außerdem muss Morrie, wenn er unseren Gefangenen sieht, davon ausgehen, dass wir in eine Falle getappt sind. Wir treffen uns bei der *Wotan*. Los!« Damit lud er sich den Bewusstlosen auf die Schulter und eilte auf das große Schiff zu.

Als er den Kommandoraum der *Wotan* erreicht hatte, legte er den Gefangenen auf den Boden und zog ihm den Skaphanderanzug aus. Er fühlte sich warm an, aber Cargraves war nicht sicher, ob er noch lebte. Dann aber bemerkte er einen schwachen Herzschlag. Als die Jungs aus der Luftschleuse kamen, versuchte er gerade, den Bewusstlosen mit Mund-zu-Mund-Beatmung wieder zu beleben.

»Hi!«, grölte er. »Wer möchte mich ablösen? Ich verstehe leider nicht viel davon!«

»Warum soviel Aufwand für den da?«, fragte Morrie mürrisch.

Cargraves ließ für eine Sekunde von seinen Wiederbelebungsversuchen ab und blickte Morrie empört an. »Sehen wir einmal von den üblichen Gründen ab, die man dir sicher im Laufe deiner Erziehung eingebläut hat, solltest du immer noch daran denken, dass er uns lebendig mehr nutzt als tot!«

Morrie zuckte seine Achseln. »Na gut. Ich werde es übernehmen.« Er ließ sich auf die Knie nieder, um Cargraves abzulösen.

»Hast du ihnen alles erzählt?«, fragte Cargraves Ross.

»Die kurze Version! Also, dass wir sie ausgerottet haben, und dass wir die Ruinen entdeckt haben!«

»Die im Übrigen gar nicht so ruiniert sind«, meinte Cargraves nachdenklich.

»Hör mal, Onkel, kann ich raus und ein paar Aufnahmen davon machen?«

»Das kann warten«, erwiderte Cargraves. »Erst einmal müssen wir herausfinden, wie man dieses Schiff in Gang bringt. Sobald wir das wissen, sausen wir zurück. Das geht vor!«

»Ja, sicher«, bekannte Art ein wenig traurig. »Aber ... ich meine – überhaupt keine Bilder?«

»Hm ... warte mal ... Pass auf, wir können's auch so machen: Ross, Morrie, meine Wenigkeit und du, wir dürften erstmal alle Hände voll zu tun haben, um herauszufinden, wie man diese Kiste fliegt. Aber vielleicht können wir dich später zwanzig Minuten lang entbehren. Einstweilen musst du dich aber noch gedulden. Los, Ross. – Was ist denn mit unserem anderen Gefangenen?«

»Ach ja«, antwortete Morrie, »den haben wir festgebunden und zurückgelassen.«

»Was? Und wenn er sich befreien kann und dann mit der Rakete abhaut?«

»Der kommt nicht los. Ich habe höchstpersönlich die Knoten gemacht, das habe ich mir nicht nehmen lassen. Außerdem – was will er denn machen, ohne Druckanzug und ohne Verpflegung? Der Knabe weiß genau, dass seine einzige Chance, Großvater zu werden, bei uns liegt. Er dürfte es sich also zweimal überlegen!«

»Das ist wahr, Onkel«, bestätigte Art. »Du hättest dir mal anhören sollen, wir kooperativ er war!«

»Kann ich mir denken«, erwiderte Cargraves. »Egal, wir müssen los, Ross!«

Morrie setzte seine Arbeit fort, unterstützt von Art.

Nach einigen Minuten kehrten Cargraves mit Ross zurück. »Gibt der Haufen Elend dort immer noch kein Lebenszeichen von sich?«, fragte er.

»Nein. Soll ich aufhören?«

»Ich mache für dich weiter. Manchmal kommen sie erst nach einer Stunde zu sich, manchmal noch später. Ihr beide geht jetzt rüber zur kleinen Rakete. Bringt Feldwebel Rumpelstilzchen mit, oder wie der Kerl auch immer heißt, und einen weiteren Skaphander. Ross und ich, wir tappen nach wie vor im Dunkeln«, erklärte er. »Aber der Kerl ist schließlich Pilot. Wir müssen es irgendwie aus ihm herausbringen!«

Er hatte gerade die Wiederbelebungsversuche aufgenommen, als der Mann unter ihm ein Geräusch machte. Morrie, der vor der Schleuse stand, drehte sich um. »Na los, geh!« rief Cargraves. »Ross und ich werden schon allein mit diesem Burschen fertig!«

Der Mann bewegte sich und stöhnte. Cargraves drehte ihn herum. Hinter seinen zuckenden Augenlidern sah er hellblaue Pupillen. Der Gefangene starrte Cargraves prüfend an. »Freut mich, Ihre Bekanntschaft zu machen«, sagte er mit der völlig unpassenden Art eines Bühnenschauspielers, der einen englischen Butler mimt. »Etwas dagegen, wenn ich aufstehe?«

Cargraves richtete sich auf und ließ ihn gewähren, ohne auch nur die geringste Hilfsbereitschaft zu zeigen.

Der Nazi schaute sich um, scharf beobachtet von Ross, der das Gewehr im Anschlag hielt.

»Das ist wirklich nicht notwendig«, protestierte der Gefangene.

Ross warf Cargraves einen fragenden Blick zu, senkte den Lauf des Gewehrs aber nicht. Der Mann wandte sich an Cargraves. »Mit wem habe ich die Ehre?«, fragte er. »Sind Sie Captain Cargraves von der *Galileo*?«

»Der bin ich. Und wer sind Sie?«

»Ich bin Helmut von Hartwick, Lieutenant Colonel, Sonderkommando.« Er sprach das Wort »Lieutenant« auf englische Weise aus, also *Leftenant*.

»Gut und schön, Helmut – ich denke, Sie sind uns einige Erklärungen schuldig. Was, zum Henker, planen Sie?«

Der Mann lachte. »Wirklich, alter Freund, da gibt es nicht viel zu berichten. Wie es aussieht, sind Sie uns irgendwie entwischt und haben die Oberhand gewonnen. Das ist alles, soweit ich sehe. Pläne habe ich erst einmal nicht!«

»Schön, dass Sie es einsehen. Aber das habe ich nicht gemeint. Ich will etwas ganz anderes wissen.« Cargraves zögerte. Der Mann hatte ihn verwirrt. Er benahm sich keineswegs wie jemand, der gerade aus einer Ohnmacht erwacht war. Hatte er sich vielleicht nur verstellt – und wenn ja, wie lange schon?

Aber letztlich spielte das eine untergeordnete Rolle. Der Mann war ihr Gefangener, und nur das zählte. »Warum haben Sie den Befehl zum Angriff auf mein Schiff gegeben?«

»Ich? Mein lieber, guter Mann, wie kommen Sie darauf, ich hätte den Befehl dazu gegeben?«

»Weil Sie den gleichen blödsinnigen englischen Akzent haben wie die Stimme, die wir im Funkgerät hörten. Sie nannten sich ›Captain James Brown‹. Ich kann nicht glauben, dass es mehr als einen falschen Engländer in Ihrer Gangster-Truppe gibt!«

Der Mann runzelte die Stirn. »Gangster ist eine sehr unhöfliche Bezeichnung. Keine guten Manieren. Aber in einem Punkt haben Sie recht: Ich bin der einzige unter meinen Kameraden, der den zweifelhaften Vorzug genossen hat, eine gute englische Privatschule zu besuchen. Es ist nicht schön und nicht besonders originell, wenn Sie meinen Akzent als ›blödsinnig‹ bezeichnen. Wie dem auch sei, selbst wenn ich Ihr ›Captain James Brown‹ wäre, beweist das noch lange nicht, dass ich den Befehl zum Angriff auf Ihre Rakete erteilt habe. Das war vielmehr …«

»Ein Lügner sind Sie, und zwar gleich aus zwei Gründen: Erstens glaube ich nicht, dass Sie jemals eine englische Schule besucht haben – Ihr Akzent scheint mir eher von einer Wanderschmiere abgeguckt zu sein oder von britischen Tonfilmen. Und den Befehl haben Sie höchstpersönlich erteilt, sobald Sie unsere Position ermittelt hatten!«

Der Nazi streckte die Hände aus, die Handflächen nach unten gerichtet, und wirkte etwas beleidigt. »Also wirklich! Ihr Amerikaner seid fix, wenn es darum geht, die falschen Schlüsse zu ziehen. Glauben Sie tatsächlich, dass ich eine Rakete startklar machen, die Mannschaft zusammenrufen und die Bomben verladen kann – und das alles in knapp zehn Minuten? Meine Aufgabe war lediglich, Ihre Position zu melden.«

»Sie haben uns also erwartet?«

»Aber natürlich! Und wenn unser schwachsinniger Radarbeobachter Sie nicht aus den Augen verloren hätte, als Sie in den Landeanflug übergingen, hätten wir Ihnen schon viel früher einen fröhlichen Empfang bereitet, darauf können Sie Gift nehmen! Sie glauben doch wohl nicht, dass wir eine militärische Basis errichten, ohne ständig auf der Hut zu sein? Wir planen alles sorgfältig durch. Und deshalb gehen wir auch immer als Sieger hervor!«

Cargraves konnte sich ein Grinsen nicht verkneifen.

»Aber in diesem Fall scheint Ihr Plan doch in die Hose gegangen zu sein!«

Der Gefangene schluckte die Bemerkung ohne sichtbare Regung. »Im Krieg gibt es dauernd Rückschläge. Man muss damit rechnen.«

»Ach so, Sie bezeichnen es als Krieg, ein unbewaffnetes, ziviles Schiff ohne jede Vorwarnung zu bombardieren?«

Hartwick verzog das Gesicht. »Bitte, mein lieber Freund! Halten wir uns nicht mit Haarspaltereien auf! Sie scheinen *uns* doch ohne jede Warnung angegriffen zu haben. *Sie* haben uns ja ebenfalls ohne Vorwarnung bombardiert – ich würde nicht zu Ihnen sprechen, wenn ich nicht zufällig meinen Druckanzug angehabt hätte, als Sie Ihren Angriff unternahmen. Ich kann mich nicht erinnern, eine Warnung von Ihnen erhalten zu haben! Und soweit es Ihre Behauptung betrifft, die *Galileo* sei ein ziviles, unbewaffnetes Schiff, frage ich mich wirklich, wie es dann sein kann, dass Sie mit diesem Schiff unsere Basis in Grund und Boden bombardiert haben. Ihr Amerikaner erstaunt mich immer wieder – ihr tut ständig Dinge, die ihr bei anderen auf das Höchste verurteilt!«

Cargraves verschlug die bizarre Logik dieser Rede schlichtweg die Sprache. Ross wirkte angewidert und wollte wohl etwas Passendes sagen, als Cargraves das Wort ergriff.

»Ihre schöne Verteidigungsrede«, sagte er leise, »enthielt mehr Lügen, Halbwahrheiten und verdrehte Behauptungen, als alles, was ich bislang von Ihnen gehört habe. Und das heißt schon was! Eines möchte ich trotzdem richtig stellen: Es war nicht die *Galileo,* die Ihre Basis zerstört hat – sie ist nur noch ein Wrack! Ihre Männer waren jedoch so nett, uns Ihre kleine Rakete zu überlassen. Wenn Sie so wollen, haben Sie sich also selbst bombardiert...«

»*Idioten!*«

»Sehr gut beobachtet! Das war wirklich zu dumm von ihnen. Aber nun zu Ihrer Behauptung, wir hätten Sie ohne Vorwarnung bombardiert – das ist nicht wahr, da Sie uns zuerst angegriffen haben. Sparen Sie sich also Ihre bornierte Art, wir haben das Spiel längst durchschaut!«

Der Mann wollte etwas sagen, aber da platzte Cargraves der Kragen.

»Maul halten!«, brüllte er den Nazi an. »Ich habe genug von Ihrem haarsträubenden Unsinn! Erzählen Sie mir, wie Sie in den Besitz dieses amerikanischen Schiffes gekommen sind. Los, meine Geduld ist am Ende!«

»Ach – das haben wir ganz regulär gekauft...«

»Wollen Sie mich veralbern?«

»Keineswegs! Natürlich konnten wir nicht einfach ein voll ausgerüstetes militärisches Raumschiff ordern, jedenfalls nicht direkt. Der Kauf wurde deshalb über eine Reihe von Strohmännern abgewickelt, bis wir hatten, was wir brauchten.«

Cargraves überlegte blitzschnell. Es war durchaus möglich – solche Händel kommen ja vor. Er erinnerte sich, es war vor einer Weile in der Presse die Rede davon gewesen, dass ein Dutzend Schiffe dieses Typs auf Bestellung produziert wurden. Die Zeitungen hatten den Auftrag als Zeichen des wirtschaftlichen Aufschwungs und Wiederaufbaus nach Kriegsende gefeiert.

Er fragte sich, ob das gesamte Dutzend wirklich dem Zweck zugeführt worden waren, den man bei ihrer Bestellung angegeben hatte.

»Ja, da sind Sie überrascht, was?«, meinte der Nazi. »Ihr Amerikaner meint immer, dass die ganze Welt eure korrupte Demokratie hochhält! Aber in Wirklichkeit haben wir überall Freunde. Sogar in Washington, London und auch in Moskau! Unsere Freunde sind überall. Ein weiterer Grund, warum wir siegen werden.«

»Aha – vielleicht haben Sie auch Freunde in New Mexico, ja?«

Der Mann lachte. »Das war eine wirklich spaßige Geschichte, mein Freund. Ich habe die täglichen Berichte darüber wirklich genossen. Wir hatten kein Interesse, Sie zu sehr unter Druck zu setzen, bis sich abzeichnete, dass Sie tatsächlich Erfolg haben könnten. Sie haben großes Glück gehabt, dass Sie so froh gestartet sind!«

»Schenken Sie sich bitte das ›mein Freund‹«, erwiderte Cargraves gereizt. »Mir wird speiübel davon!«

»Wie Sie wollen, mein lieber Captain!«

Cargraves ignorierte den Sarkasmus dieser Bemerkung, da er momentan ziemlich beunruhigte war, weil Art und Morrie so lange fortblieben. War es möglich, dass noch ein Mitglied der Bande überlebt hatte und ihnen Schwierigkeiten bereitete?

Er überlegte gerade, ob er den Nazi wieder fesseln sollte, um nach den beiden zu sehen, als sie mit dem anderen Gefangenen aus der Schleuse traten.

»Er hat sich gesträubt, Onkel«, erklärte Art. »Wir mussten ein wenig nachhelfen«, fügte er kichernd hinzu. »Ich glaube, er traut uns nicht über den Weg!«

»Okay. Legt erstmal die Anzüge ab!«

Der Neuankömmling war ziemlich aus dem Häuschen, als er seinen Gefährten erblickte. Hastig riss er den Helm vom Kopf und rief auf Deutsch: »*Herr Oberst ... es ... es war nicht meine Schuld! Ich war ...*«

»Maul halten!«, brüllte der andere auf Deutsch.

»Haben Sie diesen Kerlen irgendetwas über die Steuerung des Schiffes erzählt?«

»*Nein, Herr Oberst!* Nein – ich schwöre es!«

»Dann spielen Sie weiter den Blödian, sonst kann ich für nichts garantieren!«

Cargraves hörte diesem interessanten Disput mit ausdruckslosem Gesicht zu, doch Art war völlig von der Rolle. »Onkel«, sagte er, »hast du das gehört? Hast du gehört, was er ihm angedroht hat?«

Der Oberst schaute die beiden abwechselnd an. »Aha, Sie verstehen also Deutsch?«, fragte er ruhig. »Ich hatte es befürchtet.«

Als die beiden Jungen mit dem Gefangenen hereingekommen waren, hatte Ross die Mündung seines Gewehres von Hartwick abgewandt. Cargraves Pistole steckte bereits seit geraumer Zeit wieder unter seinem Gürtel.

Hartwick beobachtete seine Gegner unbemerkt. Morrie und Art waren beide bewaffnet, einer mit einem Gewehr, der andere mit einem Revolver. Aber sie hatten ihre Waffen auf den Piloten gerichtet ...

Plötzlich stürzte der Oberst sich auf Cargraves und riss diesem die Pistole aus dem Gürtel!

Er drückte ab, ohne zu zielen. Im nächsten Augenblick umklammerte Cargraves seine Hände, doch der Oberst hämmerte ihm die Pistole auf den Schädel und bereitete sich darauf vor, den Gegner zu Boden zu werfen.

Der Pilot griff mit beiden Händen an die Brust, gab einen gurgelnden Schmerzlaut von sich und klappte zusammen. Niemand kümmerte sich um ihn – als die Jungen den ersten Schreck überwunden hatten, legten sie auf den Oberst an. Doch Cargraves war von dem Schlag mit der Pistole bewusstlos. Der Oberst hielt seine dreißig Pfund Mondgewicht mit einer Hand fest und brüllte: »Ruhe!«

Seinem Befehl hätte niemand Folge geleistet, hätte er nicht mit der freien Hand die Pistole an Cargraves Schläfe gedrückt.

»Vorsicht, meine Herren!«, zischte der Nazi. »Mir liegt nichts daran, Ihrem Doktor etwas anzutun – und das geschieht auch nicht, wenn Sie mich nicht dazu zwingen! Es tut mir leid, dass ich ihn bewusstlos schlagen musste, aber mir blieb nichts anderes übrig, als er mich angriff!«

»Achtung!«, kommandierte Morrie. »Art! Ross! Nicht schießen!«

»Sehr vernünftig«, lobte Hartwick. »Ich will keine Schießerei mit euch anfangen. Es ging mir nur darum, *ihn* auszuschalten.« Dabei zeigte er auf den toten Piloten.

Morrie blickte ihn erstaunt an. »Warum?«

»Er war ein gutmütiger, dummer Kerl! Ich konnte mich nicht auf ihn verlassen – er hätte euch wahrscheinlich alles erzählt, was ihr wissen wollt!« Er schwieg für einen Moment und sagte dann plötzlich: »So, jetzt bin ich wieder euer Gefangener!« Er ließ die Pistole fallen. Sie landete scheppernd auf dem Boden.

»Kann nicht schießen!«, keuchte Ross. »Doc ist im Weg!«

»Halt!«, donnerte Morrie. »Art, heb die Pistole auf! Ross, du kümmerst dich um Doc!«

»Wovon redest du?«, erwiderte Ross mit schriller Stimme. »Er ist ein Mörder. Ich knalle ihn ab!«

»Nein!«

»Warum nicht?«

»Doc würde es nicht wollen. Das ist Grund genug!

Schieß nicht. Das ist ein Befehl, Ross! Kümmere dich um Doc. Art, du fesselst diesen Lumpsack. Mach es ordentlich!«

»Du kannst dich drauf verlassen!«, versprach Art.

Der Oberst widersetzte sich nicht. Morrie sah zu, wie Ross sich um Cargraves kümmerte.

»Wie sieht es aus?«, fragte er, während er sich besorgt über Cargraves beugte.

»Nicht allzu schlimm, glaube ich! Werden mehr wissen, wenn ich das Blut abgewischt habe...«

»Das Verbandszeug findet ihr in dem Kästchen dort unter dem Steuerpult«, bemerkte der Gefangene so ruhig, als wäre gar nichts passiert.

»Schau nach, Ross«, ordnete Morrie an. »Ich passe inzwischen auf.« Er wandte sich an den Gefangenen. »Hoffen Sie nur, dass er es überlebt! Sollte er sterben, machen Sie einen Mondspaziergang, aber ohne Anzug! Erschießen wäre viel zu human für Sie!«

»Er wird nicht sterben. Ich weiß, was ich tue!«

»Beten Sie, das es so ist! Sie würden ihn keine zwei Minuten überleben!«

Der Oberst zuckte die Achseln. »Was sollen die Drohungen – wir sind bereits alle tot! Oder seht ihr das anders?«

Morrie schaute ihn prüfend an. »Bist du fertig mit ihm, Art? Hast du ihr ordentlich festgezurrt?«

»Wenn er sich zu befreien versucht, wird er sich strangulieren!«

»Gut! Tja, Sie sind vielleicht ein toter Mann«, sagte er zu dem Gefangenen. »Sie vielleicht! Ich weiß es nicht. Aber wir nicht! Wir fliegen mit diesem Schiff zur Erde zurück. Und wenn Sie sich anständig aufführen, nehmen wir Sie vielleicht mit!«

Der Nazi lachte. »Tut mir leid, dich enttäuschen zu

müssen, mein Junge! Verlass dich drauf, niemand von uns wird zur Erde zurückkommen! Deshalb habe ich den Piloten erschossen!«

Morrie blickte die anderen ratlos an. Plötzlich fiel ihm ein, dass sie noch gar nicht nach dem Piloten gesehen hatten. Aber das half ihnen auch nicht weiter – der Mann war tot, mitten ins Herz getroffen.

»Und wenn schon«, sagte er zu dem Oberst. »Wir haben immer noch *Sie*! Und Sie werden reden, oder ich werde Ihnen die Ohren abschneiden und setze Sie Ihnen zum Frühstück vor!«

»O wie schrecklich«, frotzelte der Gefangene. »Fürchte nur, dass euch das auch nicht weiterhelfen wird. Mir könnte ihr auch unter Folter nichts Brauchbares entlocken – schließlich bin ich kein Pilot!«

Art starrte ihn an. »Er veräppelt dich, Morrie!«

»Nein«, widersprach der Gefangene, »das tue ich nicht! Versucht es ruhig. Ihr werdet sehen. Nein, meine armen Jungs, wir bleiben hier so lange kleben, bis wir elend verrecken!«

»Rühr ihn nicht an, Art«, warnte Morrie. »Doc würde das nicht befürworten.«

Cargraves war wach genug, um laut zu fluchen, als Ross die klaffende Wunde an seinem Schädel mit einem Antiseptikum versorgte.

»Halten Sie endlich mal still, Doc!«

»Ich halte schon still. Ruhe bewahren.« Während sie ihn verarzteten, unterrichteten sie ihn, was geschehen war.

»Das Stinktier glaubt, dass es uns ausgetrickst hat«, bemerkte Ross schließlich. »Er bildet sich wirklich ein, wir können das Schiff nicht alleine flottmachen.«

»Da könnte er durchaus Recht haben«, erwiderte Cargraves wenig optimistisch. »Momentan sitzen wir nun einmal fest. Na, wir werden sehen! Werft ihn einstweilen in den Frachtraum, und dann schauen wir uns erstmal richtig um. Morrie, es war richtig, ihn nicht zu töten!«

»Ich dachte mir schon, dass Sie ihn erst mal richtig ausquetschen wollen!«

Cargraves lächelte ihn an. »Das war aber nicht dein einziger Grund, nicht wahr?«

»Ach – verflixt!«, rief Morrie ein wenig verlegen. »Er hatte die Pistole bereits fallen gelassen, also wäre es ziemlich mies gewesen, ihn niederzuschießen.«

Cargraves nickte beifällig. »Da geb ich dir recht! Aber warte ab, ich habe noch eine kleine Überraschung für ihn!«

Er stand auf, ging zu dem Gefangenen und stieß ihn mit dem Fuß an. »Hören Sie! Falls wir zur Erde zurückkehren, nehme ich Sie mit, um Sie vor Gericht stellen zu lassen! Falls nicht – nun, dann urteilen wir Sie hier ab!«

Der Gefangene runzelte die Stirn. »Weil wir Krieg

führen? Na, das finde ich ausgesprochen amerikanisch!«

»Nein – nicht wegen des Krieges – den gibt es ja nicht mehr, er ist längst vorbei. Heute sind Amerika und Deutschland Verbündete, woran auch ein paar verrückte Gangster nichts ändern können. Nein, Sie selbst gemachter Herrenmensch – Sie werden wegen des Mordes an Ihrem Kumpan hier zur Verantwortung gezogen, dem armen Teufel!« Er drehte sich um. »Werft ihn in den Laderaum, Jungs. Komm, Ross!«

Drei Stunden später musste Cargraves eingestehen, dass Hartwick Recht behalten hatte – es war unmöglich, die Steuerung der Rakete zu begreifen. An den Armlehnen der Pilotensitze waren seltsame Bedienelemente angebracht, die zweifellos etwas mit der Steuerung zu tun haben mussten. Aber egal, in welche Richtung man sie bewegte, es geschah nichts. Und der Antrieb selbst war hinter einem Schott verborgen, das mehrere Zoll dick war, wie der Ton des Metalls beim Anklopfen vermuten ließ.

Cargraves bezweifelte, dass man es mit einem Schweißgerät auftrennen konnte. Ohnehin war das Risiko zu groß, dass ein solcher Versuch einen rätselhaften Haufen Technik in einen wertlosen Haufen Schrott verwandeln würde, mit dem man noch weniger anfangen konnte.

Irgendwo *musste* es einen geheimen Schalter geben, mit dem das Triebwerk aktiviert wurde! Sie suchten wie die Verrückten, öffneten alles, was sich öffnen ließ, krochen in jede Ecke, in die man gerade eben noch hineinkriechen konnte, schoben alles zur Seite, was sich wegschieben ließ. Aber sie fanden nichts.

Bei der Durchsuchung stellten sie fest, dass es keine

Lebensmittel an Bord gab. Dieses Problem wollte Cargraves zuerst anzugehen.

»Es reicht, Jungs«, verkündete er, als er überzeugt davon war, dass weiteres Suchen nichts nutzen würde. »Als Nächstes werden wir uns ihre Unterkünfte vornehmen. Dort müssten wir Verpflegung finden. Du kommst mit, Morrie. Du darfst frisches Gemüse aussuchen!«

»Ich auch!«, rief Art. »Ich muss unbedingt noch ein paar Aufnahmen machen. Die Mondmenschen! Mann, o Mann!«

Cargraves bedauerte, dass er alt genug war, um nicht mehr diesen sorgenfreien Enthusiasmus teilen zu können. »Von mir aus«, willigte er ein. »Aber wo ist deine Kamera?«

Arts Unterkiefer fiel herunter. »Oh, Mist, sie ist ja noch in der ›Hundehütte‹«, rief er.

»Dann werden die Fotos wohl noch warten müssen. Aber komm ruhig mit, da unten gibt es einiges an elektronischen Geräten zu bestaunen. Vielleicht können wir ja auf diesem Weg Verbindung mit der Erde aufnehmen, wer weiß?«

»Und was ist mit mir?«, wollte Ross wissen. »Ich habe die Artefakte schließlich entdeckt, bekomme aber keine Gelegenheit, sie anzuschauen!«

»Tut mir leid, Ross – einer muss hier bleiben und auf den Burschen aufpassen. Er dürfte mehr über dieses Schiff wissen, als er zugibt. Es wäre mir sehr unlieb, würden wir bei unserer Rückkehr entdecken, dass das Schiff weg ist. Pass gut auf ihn auf. Sag ihm, dass du ihn über den Haufen schießt, wenn er auch nur zu husten versucht, ohne vorher um Erlaubnis zu bitten. Das ist ernst gemeint!«

»Geht in Ordnung. Ich hoffe nur, er muckt auf ... Wie lange bleibt ihr weg?«

»Zwei Stunden brauchen wir schon, denke ich.«

Cargraves durchsuchte zuerst das Offizierskasino, da er sich einiges davon versprach. Aber er fand nichts von Interesse. Als Nächstes nahm er sich den Mannschaftsraum vor. Der Anblick jagte ihm immer noch Schauer über den Rücken, aber es war nicht mehr so schlimm wie beim ersten Mal.

Währenddessen durchsuchte Art die Funkbude und Morrie die restlichen Abteilungen – er wollte die Jungs auch auf diese Weise vor dem Anblick der Toten bewahren.

Auch im Mannschaftsraum blieb die Suche ergebnislos. Beim Verlassen des Raumes hörte er Arts Stimme in seinem Kopfhörer. »Onkel, komm mal her und sieh dir an, was ich gefunden habe!«

»Was ist los?«, rief Morrie aufgeregt, »hast du die Bedienungsanleitung für die *Wotan* gefunden?«

»Nee, aber du musst es dir ansehen!« Sie trafen im mittleren Korridor aufeinander. Art zeigte ihnen stolz eine Graflex-Kamera, komplett mit Blitzlicht. »Neben der Funkbude haben sie eine vollständige Dunkelkammer eingerichtet! Da habe ich das Schätzchen hier gefunden. Na, wie sieht es nun mit Fotografieren aus, Onkel?«

»Schon gut«, erwiderte Cargraves lachend. »Morrie, du gehst mit ihm – es ist vielleicht deine einzige Chance, die Artefakte zu sehen. Ich gebe euch eine halbe Stunde. Geht nicht zu weit weg, brecht euch nicht den Hals, und seid pünktlich wieder da, oder es setzt was!«

Eigentlich hätte er sie gerne begleitet, aber für ihn gab es nun wichtigere Dinge zu tun – sodass es ihm nun sinnlos erschien, die fruchtlose Suche fortzusetzen.

Und fruchtlos waren seine Bemühungen in der Tat –

wenn es irgendwo in dieser Basis so etwas wie ein Handbuch für die Rakete gab, dann wusste er nicht, an welchem Ort er nicht schon gesucht hatte. Trotzdem gab er nicht auf, bis die Jungen wieder eintrafen.

Er warf einen Blick auf die Uhr. »Vierzig Minuten, aha«, bemerkte er. »Ihr seid pünktlicher, als ich erwartet habe! Hatte schon damit gerechnet, dass ich euch am Kragen hierher zerren müsste. Habt ihr was Interessantes gefunden? Schöne Bilder gemacht?«

»Bilder? Und ob! Warte nur ab, bis sie entwickelt sind!«

»So etwas habe ich noch nie gesehen, Doc«, gab Morrie hingerissen zu. »Es handelt sich um eine ganze Stadt – riesengroß, kein Ende abzusehen. Wunderbare, riesige Bogengänge, mehrere hundert Fuß breit, ein ganzes Netz aus Gängen, die in allen erdenklichen Richtungen verlaufen, Hallen, Galerien – man kann es kaum in Worte fassen!«

»Dann lass es. Wenn wir zurück sind, schreibst du alles schön auf. Was hältst du davon?«

»Doc, das Ganze ist einfach ... atemberaubend!«

»Das möchte ich meinen – ehrlich gesagt ist es so überwältigend, dass ich nicht einmal den Versuch mache, eingehender darüber nachzudenken. Außerdem sollten wir uns darauf konzentrieren, dass wir hier wieder lebendig herauskommen. Art, was hast du in der Funkbude gefunden? Kannst du daraus etwas zusammenbasteln, um mit der Erde Verbindung aufzunehmen?«

»Tja, Onkel – schwer zu sagen, aber es sieht nicht sehr vielversprechend aus!«

»Bist du sicher? Wir wissen doch, dass die eine Funkverbindung hatten – unser liebenswürdiger Gastgeber hat doch etwas in der Richtung erwähnt, nicht wahr?«

Art schüttelte den Kopf. »Ich meine, dass er nur von *Empfang* redete. Einen Empfänger habe ich dort auch gefunden, konnte ihn aber nicht ausprobieren, weil ich den Kopfhörer ja nicht aufsetzen konnte. Aber ich glaube nicht, dass sie zur Erde *senden* konnten!«

»Eigentlich merkwürdig! Man sollte doch meinen, dass sie eine richtige Zweiwege-Verbindung aufgebaut haben!«

»Das glaube ich eben nicht, weil es ziemlich unklug gewesen wäre! Sieh mal, von ihrer Erdbasis nach hier zu funken, das kann niemand empfangen außer denen, die auf dem Mond sind – und sie gingen nun mal davon aus, dass sie die Einzigen sind. Umgekehrt lässt es sich aber nicht vermeiden, dass die halbe Erde ihre Sendungen vom Mond empfangen würde – das wäre *Rundfunk* im wahrsten Sinne des Wortes!«

»Oh!«, machte Cargraves kleinlaut. »Daran habe ich nun gar nicht gedacht! Du kannst dir einen Pluspunkt dafür geben, Art, ich hätte wirklich daran denken sollen. Selbst wenn sie kodiert senden würde, wäre der Überraschungseffekt hin, wenn auf der Erde bekannt wird, dass jemand hier oben ist!«

»Sollte man meinen!«

»Mann, wieso habe ich nicht daran gedacht? So ein Mist, ich hatte so gehofft, dass wir eine Botschaft durchfunken können!« Er zuckte die Achseln. »Okay, zum nächsten Thema. Morrie, wie sieht es mit der Verpflegung aus?«

»Habe alles zusammengerafft!«

Sie folgten ihm in die Küche, wo er drei große Pakete zusammengeschnürt hatte. Während sie die Last schulterten, fragte Morrie: »Wie viele Männer waren eigentlich hier stationiert, Doc?«

»Ich habe siebenundvierzig Leichen gezählt, nicht

eingerechnet die eine, die Hartwick auf dem Gewissen hat. Warum?«

»Nun, mir fiel etwas Seltsames auf – als Küchenchef habe ich ausgerechnet, dass die Verpflegung hier kaum ausreicht, um so viele Menschen länger als zwei Wochen zu beköstigen. Und jetzt habe ich einen ganz bestimmten Verdacht, ihr wisst schon ...«

»Morrie, du hast völlig recht! Jetzt weiß ich endlich, warum dieser Kerl so aufsässig ist. Das sind keine Durchhalteparolen – er rechnet felsenfest damit, befreit zu werden!«

»Was meinst du, Onkel?«, wollte Art wissen.

»Er erwartet ein Versorgungsschiff – vermutlich kann es jeden Augenblick eintreffen!«

Art ließ einen Pfiff erschallen. »Und er hofft natürlich, dass wir uns von denen überrumpeln lassen!«

»Das hätte auch gut passieren können! Aber jetzt sind wir ja gewarnt.«

Er setzte sein Paket wieder ab. »Komm mit!«

»Wohin?«

»Mir ist gerade was eingefallen!«

Beim Durchsuchen des Offizierskasinos war er auf viele Dokumente, Becher, Hefte, Aufzeichnungen und sonstige Papiere gestoßen. Er hatte sie nur darauf überprüft, ob sie Hinweise zur Steuerung des Schiffes enthielten, und sie ansonsten rasch zur Seite gelegt.

Zu diesen Unterlagen gehörte auch das Logbuch des Kommandanten. Unter anderem hatte er darin die Koordinaten der Erdbasis der Nazis festgehalten. Cargraves hatte sich vorgenommen, das Buch bei einer späteren Gelegenheit zu inspizieren, aber jetzt hatte er es plötzlich sehr eilig damit.

Es war ziemlich umfangreich, da es immerhin über einen Zeitraum von fast drei Monaten mit peinlicher

Genauigkeit geführt worden war. Er überflog zusammen mit Art die Seiten, während Morrie von einem Fuß auf den anderen trat und schließlich eine spitze Bemerkung machte, weil es langsam wieder Zeit wurde, zum Schiff zurückzukehren.

»Geh schon mal los!«, ordnete Cargraves geistesabwesend an. »Nimm eine Ladung mit und mach das Essen fertig!« Er las weiter.

Unter anderem stieß er auf ein Namensverzeichnis des Nazi-Trupps. Der Kommandant war – ihr Gefangener! Cargraves hatte nur noch wenig Zweifel daran, dass der Mann sie auch belogen hatte, als er ihnen weis machen wollte, er verstehe nichts von der Steuerung des Schiffes. Natürlich war es denkbar, dass er nicht gelogen hatte. Aber die Wahrscheinlichkeit wurde zunehmend geringer ...

Schließlich fand er auch die Notizen, die er so dringend gesucht hatte – das Versorgungsschiff traf im monatlichen Turnus ein. Wenn die Nazis der Erdbasis ihre Pläne nicht aus unerfindlichen Gründen über den Haufen geworfen hatten, war in sechs bis sieben Tagen mit dem nächsten Schiff zu rechnen.

Das Wichtigste fiel ihm erst auf, als er das Logbuch schon wieder achtlos zur Seite legen wollte: Um die Versorgung sicherzustellen, musste es noch ein zweites Schiff außer der *Wotan* geben! Er vermutete, dass die Schiffe im Wechselbetrieb flogen, die *Wotan* also leer zur Erde zurückkehren sollte, sobald das Versorgungsschiff eingetroffen und entladen war. Diese Vorgehensweise war nicht dumm, da so immer ein leeres, startbereites Schiff auf dem Mond verweilte, was der Nazibande eine schnelle Flucht ermöglichte, falls es erforderlich gewesen wäre.

Zweifellos gab es jedoch nur zwei Schiffe und nicht

mehr – einmal die *Wotan*, und dann noch die *Thor*. Falls Letztere wirklich in einer Woche eintreffen sollte, musste sie spätestens in fünf Tagen von der Erdbasis starten. Die Flugdauer war ebenfalls gewissenhaft eingetragen worden – etwas mehr als sechsundvierzig Stunden.

Höchste Zeit, dachte er.

Wenn das neue Schiff abflog, war es eigentlich schon zu spät, um den Nazis die Friedenspfeife anzubieten. Die Bande musste inzwischen wissen, dass sie nicht die Einzigen waren, die über ein Mondschiff verfügten – schließlich waren die Jubelmeldungen über den erfolgreichen Start der *Galileo* auf der ganzen Erde veröffentlicht worden. Wenn die *Thor* hier eintraf, war damit zu rechnen, dass die Nazis sofort losschlagen würden.

Er musste an die langen Reihen atomarer Fernlenkwaffen denken, die in der Höhle eingelagert waren. Ihm stellten sich die Nackenhaare auf bei der Vorstellung, wie diese Geschosse auf die schutzlosen Metropolen der Erde herunterrasen würden, um sie in Schutt und Asche zu legen …

Es blieb keine Zeit mehr, um einen Sender zu bauen. Keine Zeit mehr, um etwas anderes zu tun, als drastische Maßnahmen zu ergreifen.

Und vielleicht ist nicht einmal dafür genug Zeit, sagte er sich besorgt.

KATZ UND MAUS

»Die Suppe steht auf dem Tisch!«, begrüßte ihn Morrie, als Cargraves ins Schiff trat und sich des Anzugs entledigte.

»Keine Zeit«, rief er hektisch, »mach mir ein paar Sandwiches, das muss reichen!«

Morrie zuckte die Achseln. Ross erkundigte sich: »Was soll die Hektik?«

»Muss mit Hartwick reden.« Er wollte gehen, besann sich aber eines anderen. »Nein – wartet mal! Kommt her, Jungs.« Er winkte sie zu sich heran. »Ich will mal was versuchen!« Er teilte ihnen flüsternd mit, was er vorhatte. »Nun seht zu! Ich lasse die Tür auf.«

Er ging in den Frachtraum und schüttelte den Gefangenen an der Schulter. »Aufwachen!« Dann biss er von seinem Sandwich ab.

»Ich bin bereits wach.« Der Gefangene wandte ihm mit Mühe den Kopf zu, da man ihm Fußknöchel und Handgelenke auf dem Rücken zusammengebunden hatte. »Ach, es gibt was zu Essen«, sagte er erfreut. »Ich habe mich schon eine Weile gefragt, ob Sie Kriegsgefangenen immer eine so unmenschliche Behandlung zukommen lassen!«

»Ist nicht für Sie«, erwiderte Cargraves munter kauend. »Die andere Stulle ist auch für mich. Lohnt sich nicht für Sie, noch was zu essen.«

Der Gefangene horchte auf, zeigte sich aber ziemlich unbeeindruckt. »Ach ja?«

»Ach ja«, äffte Cargraves ihn nach, um sich anschließend den Mund mit dem Ärmel abzuwischen. »Lohnt sich nicht mehr, wie gesagt. Eigentlich wollte ich Sie ja zwecks Aburteilung auf die Erde mitnehmen, aber es liegt Dringliches an, sodass ich mich damit nicht aufhalten kann. Ich werde Sie selbst aburteilen – und zwar *jetzt*!«

Dem Gefangenen gelang es trotz der Fesseln, die Schultern zu zucken. »Wenn Sie es für richtig halten, bitte schön. Von mir aus töten Sie mich, aber ersparen Sie mir die lächerliche Scharade, es als Gerichtsverhandlung zu verkaufen. Lynchjustiz, das ist wohl der richtige Begriff. Versuchen Sie, wenigstens gegenüber sich selbst aufrichtig zu bleiben! Ich habe mich korrekt verhalten! Zwar war ich gezwungen, einen meiner eigenen Leute zu erschießen, aber das war eine militärisch zwingend notwendige Handlung ...«

»Mord, meinen Sie!«, fauchte Cargraves.

»... zur Sicherung geheimer Informationen des Reiches«, fuhr der andere unbeeindruckt fort. »Sie haben gar nichts damit zu tun. Es passierte auf meinem Schiff und fällt damit nicht unter Ihre Gerichtsbarkeit. Und soweit es die Bombardierung Ihres Schiffes angeht, so habe ich Ihnen erklärt ...«

»Halten Sie endlich die Klappe!«, befahl Cargraves. »Sie bekommen später noch genug Gelegenheit, sich zu äußern. Der Gerichtshof hat soeben die Verhandlung eröffnet. Falls es Ihnen entgangen ist – der Mond unterliegt den Gesetzen der Vereinten Nationen. Wir haben formell Besitz davon ergriffen und eine ständige Basis errichtet. Deswegen ...«

»Da kommen Sie ein wenig spät, *Richter Lynch*!«, höhnte Hartwick. »Wir waren schon ein paar Monate vor Ihnen da!«

»Klappe halten, sagte ich! Sie machen sich der Missachtung des Gerichts schuldig. Noch ein Mucks, und wir denken uns was aus, um Sie zur Vernunft zu bringen. Als Kommandant eines Schiffes, das den Gesetzen der Vereinten Nationen untersteht, habe ich die Pflicht, darauf zu achten, dass diese Gesetze eingehalten werden. Ihr Rechtfertigungen sind nicht stichhaltig. Es gibt kein Deutsches Reich mehr, Sie können sich also auch nicht bei Ihrer Verteidigung darauf berufen – Sie sind nicht der offizielle Vertreter einer anerkannten Nation, sondern nur ein kleiner Gangster. Somit sind Ihre Rechtfertigungen Fiktionen, die das Gericht nicht berücksichtigen kann. Morrie, bring mir noch ein Sandwich!«

»Kommt sofort, Captain!«

»Als Kommandant der *Galileo*«, fuhr Cargraves fort, »habe ich jetzt, wo ich auf mich allein gestellt bin, die Regierung zu vertreten. Da ich keine Zeit habe, Sie zur Aburteilung auf die Erde zu verfrachten, urteile ich Sie jetzt sofort ab. Zwei Anklagepunkte: Mord und Piraterie.«

»Piraterie? Mein lieber Freund, Sie sind ein Romantiker!«

»Piraterie. Sie haben nämlich ein bei den Vereinten Nationen registriertes Schiff überfallen. Nach Ihren eigenen Angaben haben Sie an diesem Überfall teilgenommen – ob als Befehlshaber oder als Mittäter, spielt hier keine Rolle. Alle Mitglieder einer Piratenmannschaft sind der Mittäterschaft schuldig. Und vergessen Sie nicht, wir sprechen hier von einem Kapitalverbrechen. Mord, dazu komme ich sofort. Oh, das Sandwich! Danke schön, Morrie. Wo hast du denn das frische Brot her?«

»Aus einer Dose!«

»Wirklich tüchtige Kerle, diese Nazis. Wo war ich – ach so, ich hatte erst noch Zweifel, ob ich Sie wegen Mord oder wegen Totschlag anklagen sollte. Aber dann fiel mir ein, Sie mussten mir ja erst die Waffe entreißen, bevor Sie Ihren Mann erschießen konnten. Damit reden wir nicht nur von Vorsatz, sondern von Mordabsicht. Deshalb klage ich Sie der Piraterie und des Mordes an. Nun, worauf plädieren Sie? Schuldig oder nicht schuldig?«

Der Gefangene zögerte einen Augenblick, bevor er antwortete. »Da ich die Zuständigkeit dieses so genannten Gerichts nicht anerkenne, lehne ich es ab, mich zu verteidigen. Aber selbst wenn ich daran glauben würde, dass Sie dieses Spektakel hier als ordentliche Gerichtsverhandlung betrachten, wird kein ordentliches Gericht daraus, dessen Urteil ich akzeptieren könnte.«

»Ach, im Notfall hat der Kommandant eines Schiffes sehr weit reichende Vollmachten, die einen solch kleinen formellen Fehler gewiss aufwiegen. Wichtig ist nur, was dabei herumkommt – Sie können gern mal in den Kaffeesatz schauen, wie es um Ihre Zukunft steht!«

Der Gefangene zog die Brauen hoch. »Aus Ihrer sonnigen Art meine ich zu entnehmen, dass Ihr Urteil bereits vor der Beweisaufnahme feststeht?«

Cargraves überlegte einen Augenblick. »In gewisser Weise, durchaus!«, räumte er ein. »Ich würde Ihnen hier nur zu gerne ein Gericht mit unbestechlichen Geschworenen vorsetzen. Aber wozu? Es gibt nichts mehr zu beweisen, weil es keine Dinge mehr gibt, die noch zweifelhaft wären. Wir alle wissen doch, was geschehen ist. Die einzige verbleibende Frage ist doch die: Welchen gesetzlichen Tatbestand erfüllt Ihr Handeln? Dazu können Sie jetzt gern Stellung beziehen, ich bitte sogar darum!«

»Warum sollte ich? Ihre von Bastarden bevölkerten Nationen schwatzen andauernd von Gerechtigkeit und Gleichheit vor dem Gesetz. Aber in der Praxis sieht es doch ganz anders aus! Sie urteilen mich mit Händen ab, von denen noch das Blut meiner Kameraden rinnt, die Sie kaltblütig umgebracht haben, ohne ihnen eine Chance zu geben! Und ausgerechnet Sie wollen mir etwas von Piraterie und Mord erzählen?«

»Das haben wir schon einmal durchgekaut«, antwortete Cargraves gelangweilt. »In demokratischen Ländern besteht nun mal ein himmelweiter Unterschied zwischen einem heimtückischen Überfall und Notwehr. Wenn Sie an einer dunklen Ecke von einem Straßenräuber überfallen werden, müssen Sie nicht erst einen Richter anrufen, bevor Sie sich zur Wehr setzen können. Abgehakt! Haben Sie noch mehr kindische Argumente vorzubringen?«

Der Gefangene schwieg. »Na los!«, forderte Cargraves ihn auf. »Sie könnten auf Unzurechnungsfähigkeit plädieren. Wenn ich mir Ihre verdrehten Entschuldigungen ansehe, stehen die Chancen nicht einmal schlecht, dass man Sie für geistesgestört erklärt!«

Plötzlich schien es, als geriete die Überheblichkeit des Gefangenen ins Wanken. Sein Gesicht lief rot an vor Wut, aber statt zu explodieren, fasste er sich im letzten Moment und wirkte nun wieder gleichgültig und arrogant, als er sagte: »Das Ganze hier ist doch eine Farce! Machen Sie mit mir, was Sie wollen, aber Ihre Spielchen sollten Sie sich schenken!«

»Oh, seien Sie versichert, dass ich keineswegs mit Ihnen spiele! Haben Sie sonst noch etwas zu Ihrer Verteidigung vorzubringen?«

»Nein!«

»Dann erkläre ich Sie in beiden Anklagepunkten für schuldig! Möchten Sie noch etwas vor der Urteilsvollstreckung sagen?«

Der Angeklagte verkniff sich eine Antwort.

»Wie Sie wollen. Ich verurteile Sie zum Tode.«

Art sog zischend die Luft ein und zog sich vom Türeingang zurück, sodass er neben Ross und Morrie stand. Dann war es bedrückend still.

»Haben Sie noch etwas zu sagen, bevor das Urteil vollstreckt wird?«

Der Gefangene wandte das Gesicht ab. »Ich bereue nichts! Wenigstens werde ich einen schnellen Tod haben. Dagegen steht euch ein langsames, qualvolles Ende bevor!«

»Ach so«, entgegnete Cargraves, »beinahe hätte ich vergessen, es Ihnen zu sagen: Wir werden nicht sterben!«

»Hoffen Sie, ja?« Der Nazi schaute sie spöttisch an.

»Nein, da bin ich ganz sicher. Wissen Sie, das Schiff, das Sie erwarten, kommt ja schon in einer Woche an...«

»Was? Wie haben Sie das herausbekommen?« Das Gesicht des Gefangenen verzerrte sich. Er fügte murmelnd hinzu: »Nicht, dass es Ihnen weiterhilft – aber jetzt verstehe ich sehr gut, warum Sie mich töten wollen! Sie haben Angst, ich könnte Ihnen entkommen!«

»Unsinn«, gab Cargraves schroff zurück. »Sie verstehen gar nichts! Ich hätte nichts dagegen, Sie zur Erde mitzunehmen, um Sie vom Obersten Gericht aburteilen zu lassen. Es geht mir dabei gar nicht um Gerechtigkeit – an Ihrer Schuld besteht ohnehin kein Zweifel! Leider ist das nicht möglich. Und wir werden alle Hände voll zu tun haben, wenn Ihr Schiff hier eintrifft. Wir brauchen jeden Mann an den Waffen, da kann ich mir den Luxus nicht leisten, eine Wache abzukommandieren. Aber Sie werden Ihrer gerechten Strafe nicht entgehen, verlassen Sie sich darauf! Ich habe keine Gefängniszelle, um Sie einzusperren. Ursprünglich hatte ich überlegt, den Kraftstoff von Ihrer kleinen Rakete abzulassen, um Sie dort einzusperren. Ohne Druckanzug, versteht sich – ich glaube nicht, dass Sie uns dann noch in den Rücken fallen könnten. Aber jetzt, wo das Schiff kommt, brauchen wir die kleine Rakete.«

Der Oberst setzte ein grimmiges Lächeln auf. »Sie haben wohl vor, damit abzuhauen, nicht wahr? Aber damit schaffen Sie es niemals bis zur Erde – haben Sie das noch nicht bemerkt?«

»Sie kapieren es immer noch nicht! Hören Sie einfach zu, ich werde es Ihnen erklären. Wir schnappen uns ein paar von Ihren Bomben und sprengen den Raum, in dem Sie Ihre Fernlenkwaffen gelagert haben. Sehr bedauerlich, dass wir dabei die Artefakte der Mondbewohner zerstören, aber daran kann ich nichts ändern. Egal, danach sprengen wir die *Wotan.*«

»Die *Wotan*? Ja, wieso denn?« Der Gefangene wirkte plötzlich sehr interessiert.

»Um sicherzustellen, dass sie niemals zur Erde zurückkehrt. Wir können nicht mit der Steuerung umgehen, also ist das Schiff nutzlos für uns. Aber ich muss verhindern, dass es gegen uns eingesetzt wird. Also jage ich es hoch! Und dann kommt die *Thor* dran!«

»Die *Thor* auch! Was soll das, Sie können doch ...«

»Ach was – es geht genauso einfach, wie Sie die *Galileo* zerstört haben. Aber ich kann es mir nicht leisten, dass sich etwaige Überlebende die *Wotan* schnappen! Deshalb werde ich sie zuerst sprengen. Und deshalb müssen Sie auch sterben – nach der Sprengung werden wir uns auf unsere eigene Basis zurückziehen. Aha! Sie wussten gar nicht, dass wir eine haben, ja? Nun, es handelt sich lediglich um einen Raum – kein Platz für Gefangene! Wie bereits gesagt, ich hätte Sie gern in die kleine Rakete gesteckt, aber wenn ich die beiden großen Schiffe zerstöre, scheidet das wohl aus. Wir müssen die kleine Rakete startbereit halten, bis die Thor landet. Tut mir ausgesprochen leid«, erklärte er achselzuckend.

»Oder haben Sie einen vernünftigen Vorschlag, der meine Pläne ändern könnte?«, fügte er nach einer Weile hinzu.

Hartwick wirkte nun doch etwas mitgenommen. »Es könnte so funktionieren, wie Sie ...«

»Oh, es wird bestimmt funktionieren!«

»Na gut, aber dann gehen Sie ebenfalls drauf! Ein schneller Tod für mich, ein langsamer, qualvoller Tod für Sie. Wenn Sie die *Thor* bombardieren, verspielen Sie Ihre letzte Karte! Denken Sie einmal daran. Sie werden verhungern, ersticken oder erfrieren. Passen Sie auf – ich schlage Ihnen einen Handel vor. Binden Sie mich los. Ich gebe Ihnen mein Wort, dass ich es nicht ausnutzen werde! Wenn die *Thor* kommt, werde ich bei dem Kapitän ein gutes Wort für Sie einlegen! Ich werde ...«

Cargraves schnitt ihm mit einer Geste das Wort ab. »Ihr Wort – dass ich nicht lache! Sie würden Ihre eigene Großmutter verkaufen, wenn es Ihre Sache voran bringt! Sie haben offenbar immer noch nicht kapiert, dass wir alle Asse in den Händen halten. Nachdem wir Sie und Ihre Freunde erledigt haben, werden wir gemütlich und mit viel Luft und viel Verpflegung warten, bis man uns abholt. Wir werden uns nicht einmal langweilen, da wir gerade, bevor Sie sich mit uns anlegten, unsere Funkbrücke zur Erde aufgebaut hatten. Wir werden ...«

»Lügen!«, brüllte der Gefangene. »Niemand wird Sie abholen! Ihr Schiff war das einzige, über das die Vereinten Nationen verfügen! Ich weiß es, ich weiß es ganz genau. Meine Informationen stammen aus absolut zuverlässigen Quellen!«

»Ja, sie *war* das einzige Schiff, da haben Sie durchaus recht.« Cargraves lächelte ihn freundlich an. »Nur habe ich kurz vor unserem Abflug zum Mond sämtliche Pläne, Zeichnungen und Notizen über die *Galileo* der Wissenschaft der freien Welt zur Verfügung gestellt! Es wird nur kurze Zeit dauern, bis man ein Schiff so umgebaut hat, dass man uns vom Mond abholen kann. Tja, wir werden es also auf jeden Fall überleben! Ich fürchte, ich muss Sie noch in einem anderen Punkt enttäuschen. Ihr Tod wird wohl nicht so schnell und angenehm sein, wie Sie glauben!«

»Was meinen Sie damit?«

»Ich will mir das Schiff nicht mit Blut verdrecken, also scheidet Erschießen aus. Ich denke ...«

»Warten Sie! Ein zum Tode Verurteilter hat doch das Recht auf einen letzten Wunsch, nicht wahr? Sie werden mir das nicht abschlagen können – also, ich will mit der *Wotan* untergehen, mit meinem Schiff!«

Cargraves lachte ihm ins Gesicht. »Das haben Sie sich wirklich fein ausgedacht, mein Lieber! Wir stecken Sie in die *Wotan*, und Sie rauschen damit ab! Für wie dumm halten Sie uns?«

»Ich bin kein Pilot – ich könnte das Schiff gar nicht steuern! Glauben Sie mir!«

»O ja, ich glaube Ihnen. Es würde mir nicht einfallen, das Wort eines todgeweihten Mannes zu bezweifeln! Aber ich gehe kein Risiko ein. Ross!«

»Ja, Sir!«

»Schnapp dir diesen Recken hier und wirf ihn raus!«

»Mit dem größten Vergnügen!«

»Soweit, so gut.« Cargraves hatte die ganze Zeit auf

dem Boden gekauert, jetzt aber stand er auf und wischte sich die Brotkrumen von den Händen. »Ich werde Sie nicht einmal losbinden lassen, also wird es ein wenig unbequem für Sie werden, da draußen nach Luft zu schnappen! Sie sind mir ein wenig zu schnell, wenn es darum geht, sich eine Waffe zu verschaffen. Also müssen Sie so herumzappeln, wie Sie sind. Wahrscheinlich wird es aber nicht allzu lange dauern«, fuhr er mit höchst interessierter Miene fort. »Man sagt ja, es sei nicht viel anders, als zu ertrinken. In sieben bis acht Minuten ist es wohl vorbei – immer vorausgesetzt, dass Ihr Herz sich nicht in Ihre Lungen entleert, das geht ein wenig schneller!«

»Sie Dreckskerl!«

»›Captain Dreckskerl‹ für Sie!«

Ross legte diensteifrig seinen Druckanzug an. »Bereit, Doc!«

»Gut, dann bring es hinter dich – Moment, nein, ich habe es mir anders überlegt«, meinte Cargraves nachdenklich. »Ich werde es lieber selbst übernehmen! Sonst macht man mir nachher den Vorwurf, ich hätte es auf die Jungs abgeschoben. Meinen Anzug, Morrie!«

Während sie ihm in den Anzug halfen, pfiff er sich eins. Und er pfiff immer noch, als er den Gefangenen an dem Strick packte, der Fußgelenke und Handgelenke aneinander fesselte, und ihn wie eine Reisetasche zur Luftschleuse trug. Er schob ihn hinein, folgte ihm und winkte den Jungs noch einmal zu. »Bin gleich wieder zurück!« Dann verriegelte er von innen die Tür.

Als die Luft abgesaugt wurde, fing der Gefangene an zu keuchen. Cargraves lächelte ihn an und meinte: »Ein wenig zugig hier, was?« Er musste beinahe schreien, um sich durch den Helm verständlich zu machen. Der Gefangene riss verzweifelt den Mund auf.

»Sagten Sie etwas?«

Wieder riss er den Mund auf, aus dem schäumender Speichel rann. »Sie müssen schon etwas lauter sprechen«, rief Cargraves und deutete auf seinen Helm. »Ich kann Sie sonst nicht hören!« Nach wie vor entwich die Luft aus der engen Kabine ...

»Pilot ... ich bin ... Pilot!«

»Bitte?«

»Ich bin Pilot! Ich zeige Ihnen ...«

Cargraves hob die Hand, um das Ventil zu schließen. »Bei dem Lärm wird man ja halb taub. Was sagten Sie?«

»Ich kann das Schiff steuern!«, keuchte der Gefangene.

»Ja? Schön, das zu hören. Und?«

»Luft. Ich brauche Luft ...«

»Nun werden Sie mal nicht gierig«, erwiderte Cargraves. »Sie haben noch jede Menge Luft, sonst könnte ich Sie ja nicht hören. So an die vier bis fünf Pfund dürften noch hier drin sein.«

»Luft, bitte! Ich sagen Ihnen, wie man das Schiff steuert!«

»Erst sagen«, meinte Cargraves, während er seine Hand wieder an das Ventil legte.

»Warten Sie! Auf der Rückseite des Instrumenten ...«, er machte eine Pause und keuchte schwer, »des Kommandopults ist ein kleiner Schalter. Steuerbordseite. Es ist ein Geheimschalter. Kaum zu finden, sieht aus wie ein Haltebolzen. Sie müssen ihn reindrücken ...« Er japste nach Luft.

»Ich glaube, es ist besser, wenn Sie es mir zeigen«, entschied Cargraves mit der Miene eines wohlwollenden Richters. »Falls Sie die Wahrheit sagen, können Sie sich vielleicht auf ein Berufungsverfahren freuen – auf der Erde! Nicht, dass Sie es meiner Meinung nach wirklich verdient hätten ...«

Er betätigte wieder das Ventil, um Frischluft in die Kabine strömen zu lassen.

Knapp zehn Minuten später hatte sich Cargraves auf dem linken Pilotensitz angeschnallt. Hartwick saß neben ihm und wurde mit der Pistole in Schach gehalten, die Cargraves an der Armbeuge abstützte, damit der Lauf nicht durch Fahrtbewegungen vom Ziel abgerückt wurde.

»Morrie! Alles fertig?«, rief er.

»Fertig, Captain!«, kam von hinten die Antwort. Die Jungs hatten es sich in den Kojen des Passagierraumes bequem gemacht. Natürlich ärgerten sie sich, weil sie nicht an vorderster Front dabei sein konnten, aber daran ließ sich nichts ändern, da es vorne nur zwei Sitze gab. Morrie brummte natürlich am meisten herum, was ihm aber nichts half.

»Okay! Los geht's!« Cargraves wandte sich an den Nazi. »Hecktriebwerk anwerfen, Mistkerl – o Verzeihung, ich wollte natürlich *Oberst Mistkerl* sagen!«

Der Gefangene blickte ihn an. »Ich glaube immer noch nicht«, erklärte er langsam, »dass Sie es wirklich durchgezogen hätten!«

Cargraves grinste. »Wollen wir noch einmal zurückgehen und von vorn anfangen?«, fragte er.

Der Gefangene entschied, dass er die Frage lieber nicht beantworten wollte. »Achtung!«, rief er. »Wir heben gleich ab! Fertig ...« Und dann drückte er auf die Tube.

Durch die geringe Ladung verbrauchte das Schiff nur ein Minimum an Treibstoff, weshalb Cargraves den Oberst fünf Minuten lang mit 2 g beschleunigen ließ, bevor die Maschine in den freien Flug überging. Mit einer Beschleunigung von 64 Fuß pro Sekunde hatten sie trotz der Anziehungskraft des Mondes nun eine Geschwindigkeit von rund 12.000 Meilen pro Stunde erreicht.

So hätten sie in rund zwanzig Stunden auf der Erde sein können, wenn man das zwingend erforderliche, zeitraubende Bremsmanöver vernachlässigt. Cargraves plante, die Landung in etwas weniger als vierundzwanzig Stunden vorzunehmen.

Nachdem sie in den freien Flug übergegangen waren, kamen die Jungs nach vorn, da Cargraves von ihrem Gefangenen eine genaue Einweisung in die Steuerung der Rakete verlangt hatte. Als er alles Notwendige erfahren hatte, sagte er: »Okay – Ross und Art, ihr bringt den Gefangenen nach hinten. Fesselt ihn und bindet ihn in einer der Kojen fest. Dann schnallt euch selber an. Morrie und ich werden ein wenig üben!«

Der Gefangene wollte protestieren, doch Cargraves schnitt ihm das Wort ab. »Klappe halten! Sie wurden nicht freigesprochen, Sie haben lediglich kooperiert, was uns zu nichts verpflichtet. Nach wie vor gilt, dass Sie ein gewöhnlicher Verbrecher sind, über dessen Schicksal ein irdisches Gericht entscheiden wird!«

In den nächsten Stunden beschäftigten sie sich so intensiv mit dem Schiff, dass sie kaum Zeit zum Essen fanden. Auf Kurs und Geschwindigkeit hatten die Versuche der beiden keinen Einfluss, da sie jedes Manöver sorgfältig wieder rückgängig machten. Doch die anstrengenden Korrekturen sorgten dafür, dass sie bald müde wurden.

Kein Wunder – sie hatten vierundzwanzig Stunden lang fast ununterbrochen gearbeitet!

Als sie erwachten, rief Cargraves Art zu: »Versuchst

du mal, mit der Erde Verbindung aufzunehmen? Sie sollten von den Plänen der Nazis wissen!«

»Kann ich machen. Was soll ich sagen, und mit wem willst du sprechen?«

Cargraves überlegte. Die wunderbar anzusehende Erde füllte bereits die Hälfte des Sichtfensters. Aus diesem Winkel würde eine Funksendung den Stützpunkt der Nazis nicht erreichen. Das passte ihm gut in den Kram. »Versuch es mal mit Melbourne, Australien«, entschied er. »Sag ihnen, dass ...«

Kurz darauf machte Art sich an die Arbeit, nachdem er sich erst einmal mit der Bedienung der Funkanlage vertraut gemacht hatte. Bald wiederholte er geduldig immer die gleiche Meldung: »Raumschiff *City of Detroit* ruft Polizeihauptquartier der Vereinten Nationen, Melbourne. Raumschiff *City of Detroit* ruft Polizeihauptquartier der Vereinten Nationen, Melbourne ...«

Nach fünfundzwanzig Minuten antwortete endlich eine schwache Stimme: »Pax, Melbourne, Pax, Melbourne – wir rufen Raumschiff *City of Detroit*. Was gibt es, *City of Detroit*?«

Art schob eine Hörmuschel hoch und blickte Cargraves etwas hilflos an. »Sprich du lieber mit ihnen, Onkel!«

»Ach was! Sag ihnen nur, was ich dir aufgetragen habe! Das ist dein Job!«

Art widersprach nicht und führte den Befehl aus, während Morrie das Schiff vorsichtig sinken ließ, um es in eine Kreisbahn am Rande der Atmosphäre zu führen. Ihre Geschwindigkeit betrug immer noch fast fünf Meilen pro Sekunde – sie umkreisten den Globus also in neunzehn Minuten. Dann drosselte er die Geschwindigkeit langsam, um von der Kreisbahn abzuschwenken. Tiefer und tiefer drang das Raumschiff in die

Atmosphäre ein, bis die Flügelstümpfe der *City of Detroit* (Mädchenname: *Wotan*) mit schrillem Pfeifen die dünne Luft der Stratosphäre durchschnitten.

Dann ging es zurück in den Raum und wieder ab nach unten, wobei das Schiff immer tiefer eindrang und langsamer wurde. Beim zweiten Bremsumlauf hörten sie im Rundfunk die Meldung der Polizei der Vereinten Nationen, dass der Stützpunkt der Nazis ausgeräuchert worden sei und die *Thor* in die Hände der Sieger gefallen war. Bald darauf erfuhren sie, dass sich bereits zwei Rundfunksender um die Exklusivrechte stritten, während beim dritten Bremsumlauf publik wurde, dass ein Fernsehsender ein erstes Angebot für die Übertragungsrechte gemacht hatte. Und dann, beim vierten Umlauf, empfingen sie endlich die offizielle Landeanweisungen des Raketenflughafens von Columbia.

»Soll *ich* sie herunterbringen?«, rief Morrie, um das Rauschen der Luft zu übertönen.

»Mach nur«, antwortete Cargraves. »Ich bin ein alter Mann. Ich lasse mich gerne chauffieren!«

Morrie nickte und leitete das Landemanöver ein. Sie hielten sich irgendwo über Kansas auf.

Der Boden des Raketenflughafens fühlte sich seltsam fest und hart an. Elf Tage – nur elf Tage? – abseits der gewohnten Erdanziehung hatten sie vergessen lassen, was sie in ihrem bisherigen Leben als vollkommen normal empfunden hatten. Cargraves stellte fest, dass er beim Laufen schwankte wie ein betrunkener Matrose. Er öffnete die Innentür der Schleuse und wartete auf die Jungs, da sie es verdient hatten, neben ihm zu stehen, wenn die Öffentlichkeit sie begrüßte. Er verriegelte die Innentür, ging zur Außentür und öffnete sie.

Im nächsten Augenblick wurde er sprichwörtlich von frenetischem Beifall erschlagen, als eine unüberschaubar große Menschenmenge die Helden mit ohrenbetäubendem Jubel begrüßte. Feuerwerksraketen jagten über den Himmel wie Blitze bei einem Sommergewitter.

Er drehte sich zu Ross um. »Ach du liebe Zeit!«, sagte er. »Das ist ja entsetzlich! Was ist, Jungs – wollt ihr nicht vorgehen?«

David Weber
HONOR HARRINGTON
Die Ehre der Königin
Roman

David Weber
HONOR HARRINGTON
Ein schneller Sieg
Roman

David Weber
HONOR HARRINGTON
Mit Schimpf und Schande
Roman

David Weber
HONOR HARRINGTON
Im Exil
Roman